Maurice Maeterlinck
Die frühen Stücke
Band 1

Übersetzt und herausgegeben
von Stefan Gross

edition text + kritik

Diese Ausgabe wurde durch eine Unterstützung des Ministère de la Communauté française de Belgique gefördert.

CIP-Kurztitelaufnahme der Deutschen Bibliothek

Maeterlinck, Maurice:
Die frühen Stücke / Maurice Maeterlinck. Übers. u. hrsg. von Stefan Gross. – München: edition text + kritik
(Frühe Texte der Moderne)
NE: Maeterlinck, Maurice: [Sammlung <dt.>]
Bd. 1 (1983).
ISBN 3-88377-127-9

Erste Auflage 1983
Zweite, unveränderte Auflage 2000

Den Umschlag entwarf Dieter Vollendorf, unter Verwendung einer Fotografie von etwa 1890, die Maurice Maeterlinck in seinem Genfer Arbeitszimmer zeigt.
Gesamtherstellung: Druckhaus Thomas Müntzer GmbH, Bad Langensalza
ISBN 3-88377-127-9

Prinzessin Maleine

Dramatis personae:

HJALMAR, König von einem Teil von Holland
MARCELLUS, König von einem anderen Teil von Holland
PRINZ HJALMAR, Sohn von König Hjalmar
Der kleine ALLAN, Sohn von Königin Anne
ANGUS, Freund von Prinz Hjalmar
STEPHANO, VANOX } Offiziere von Marcellus
Ein Kammerherr
Ein Arzt
Ein Verrückter
Drei Arme
Zwei alte Bauern, ein Koch
Edelleute, Offiziere, ein Kuhhirt, ein beinamputierter Krüppel, Pilger, Bauern, Schloßbedienstete, Bettler, Vagabunden, Kinder etc.
ANNE, Königin von Jütland
GODELIVE, Frau von König Marcellus
Prinzessin MALEINE, Tochter von Marcellus und Godelive
Prinzessin UGLYANE, Tochter von Königin Anne
Maleines Amme
Sieben Beginen
Eine alte Frau
Hofdamen, Dienerinnen, Bäuerinnen, etc.
Ein großer schwarzer Hund mit Namen Pluto

Der erste Akt spielt in Harlingen; die anderen im Schloß von Ysselmonde und Umgebung.

Erster Akt

ERSTE SZENE: DIE GÄRTEN DES SCHLOSSES
Stephano und Vanox treten auf.

VANOX: Wieviel Uhr ist es?
STEPHANO: Dem Mond nach muß es Mitternacht sein.
VANOX: Ich glaube, es gibt Regen.
STEPHANO: Ja; es sind dicke Wolken im Westen. – Vor Ende des Fests wird man uns nicht ablösen.
VANOX: Und vor Morgengrauen wird es nicht zu Ende sein.
STEPHANO: Oh, Vanox, sieh!
In diesem Moment erscheint ein Komet über dem Schloß.
VANOX: Was?
STEPHANO: Schon wieder der Komet von der vorigen Nacht!
VANOX: Er ist riesig!
STEPHANO: Es sieht aus, als würde er Blut über das Schloß gießen!
Ein Sternenregen scheint auf das Schloß zu fallen.
VANOX: Die Sterne fallen auf das Schloß! Seht doch! Seht!
STEPHANO: Nie habe ich einen ähnlichen Sternenregen gesehen! Man könnte meinen, der Himmel weint über diese Verlobung!
VANOX: Man sagt, all dies kündigt großes Unglück an!
STEPHANO: Ja; Kriege vielleicht, oder den Tod von Königen. Man hat solche Vorzeichen beim Tod des alten König Marcellus gesehen.
VANOX: Man sagt, solche Sterne mit langem Schweif kündigen den Tod der Prinzessinnen an.
STEPHANO: Man sagt ... Man sagt vieles ...
VANOX: Prinzessin Maleine wird Angst vor der Zukunft haben!
STEPHANO: An ihrer Stelle hätte ich Angst vor der Zukunft auch ohne die Mahnung der Sterne ...
VANOX: Ja; der alte Hjalmar scheint mir recht merkwürdig ...
STEPHANO: Der alte Hjalmar? Paß auf, ich wage nicht alles zu sagen, was ich weiß; aber einer meiner Onkel ist Kammerherr bei Hjalmar; also wenn ich eine Tochter hätte, ich gäbe sie Prinz Hjalmar nicht zur Frau.

VANOX: Ich weiß nicht ... Prinz Hjalmar ...
STEPHANO: Oh, es ist nicht wegen Prinz Hjalmar, sondern wegen seinem Vater! ...
VANOX: Man sagt, er ist schon reichlich ...
STEPHANO: Seitdem jene seltsame Königin Anne von Jütland hergekommen ist, wo sie sie entthront haben, nachdem sie den alten König, ihren Mann, gefangennahmen, also seit sie in Ysselmonde ist, sagt man ..., sagt man ... Naja, der alte Hjalmar ist immerhin über siebzig, und ich glaube, für sein Alter liebt er sie ein bißchen zu sehr ...
VANOX: Oh! Oh!
STEPHANO: Ja ja, das sagt man ... – Und ich wage nicht alles zu sagen, was ich weiß. – Aber vergiß nicht, was ich heute gesagt habe.
VANOX: Die arme kleine Prinzessin!
STEPHANO: Oh mir gefällt diese Verlobung nicht! – Da! Jetzt regnet es auch schon!
VANOX: Und dahinten, möglicherweise ein Gewitter. – Unheilige Nacht! *Ein Diener mit einer Laterne geht vorbei.* Wie weit ist es mit dem Fest?
DER DIENER: Seht zu den Fenstern.
VANOX: Oh, sie werden nicht dunkel.
DER DIENER: Und sie werden heute nacht auch nicht mehr dunkel werden. Nie habe ich ein ähnliches Fest gesehen! Der alte König Hjalmar ist vollkommen betrunken, er hat unseren König Marcellus umarmt, er ...
VANOX: Und die Verlobten?
DER DIENER: Oh die Verlobten trinken nicht viel. – Ja dann, gute Nacht! Ich geh' in die Küche, da wird auch kein Brunnenwasser getrunken. Gute Nacht! *Tritt ab.*
VANOX: Der Himmel wird schwarz, und der Mond ist merkwürdig rot.
STEPHANO: Da! Jetzt haben wir den Regenschauer! Und während die anderen trinken, werden wir ...
In diesem Moment zerbrechen im hinteren Teil des Gartens klirrend die erleuchteten Fenster des Schlosses; Schreie, Aufregung, Tumult.

VANOX: Oh!
STEPHANO: Was ist los?
VANOX: Man schlägt die Scheiben ein!
STEPHANO: Ein Feuer!
VANOX: Man schlägt sich im Saal!
Prinzessin Maleine läuft mit zerzaustem Haar und in Tränen aufgelöst unter den Fenstern her.
STEPHANO: Die Prinzessin!
VANOX: Wo läuft sie hin?
STEPHANO: Sie weint!
VANOX: Man schlägt sich im Saal!
STEPHANO: Geh'n wir nachsehen! ...
Schreie, Tumult, die Gärten füllen sich mit Offizieren, Bediensteten, etc., die Torflügel des Schlosses öffnen sich ruckartig und König Hjalmar erscheint auf der Freitreppe, von Höflingen und Hellebardieren umgeben. Über dem Schloß der Komet. Weiter regnet es Sterne.
KÖNIG HJALMAR: Niederträchtiger Marcellus! Ungeheuerlich habt Ihr Euch verhalten! – Los! Meine Pferde! Los! Ich gehe weg! Ich gehe weg! Ich gehe weg! Und ich laß' Euch Eure Maleine, mit ihrem grünen Gesicht und den weißen Wimpern! Und ich laß' Euch Eure alte Godelive! Doch wartet nur! Auf Knien werdet Ihr noch durch Eure Sümpfe kriechen! Und Eure Verlobung werde ich feiern, mit allen meinen Hellebardieren und allen Raben Hollands, bei Eurem Begräbnis! Los, gehen wir! Auf Wiedersehen! Auf Wiedersehen! Ja, ja, ja!
Tritt mit seinen Höflingen ab.

ZWEITE SZENE: EIN ZIMMER IM SCHLOSS

Man entdeckt Königin Godelive, Prinzessin Maleine und die Amme; sie arbeiten am Spinnrad und singen:

Krank sind die Nonnen,
Für sie hat's begonnen;
Krank sind die Nonnen,
Im Turm hat's begonnen ...

GODELIVE: ... Nun komm, hör auf zu weinen, Maleine; wisch dir die Tränen ab und geh in den Garten. Es ist Mittag.
DIE AMME: Das sage ich ihr schon seit heut' morgen, gnädige Frau. Was nützt es, sich die Augen zu verderben? Heute morgen öffnet sie ihr Fenster, betrachtet einen Weg, der zum Wald führt, und fängt an zu weinen; ich sage ihr also: Betrachtet Ihr schon den Weg zum Turm, Maleine ...
GODELIVE: Sprich nicht davon!
DIE AMME: Doch, doch, man muß davon sprechen; sehr bald wird davon gesprochen werden. Ich frage sie also: betrachtet Ihr schon den Weg zum Turm, in den man vor Zeiten die arme Herzogin Anne gesperrt hat, weil sie einen Prinzen liebte, den sie nicht lieben durfte? ...
GODELIVE: Sprich nicht davon!
DIE AMME: Im Gegenteil, man muß davon sprechen; sehr bald wird davon gesprochen werden. Ich frage sie also ... – Da ist der König!
Marcellus tritt auf.
MARCELLUS: Also, Maleine?
MALEINE: Majestät?
MARCELLUS: Liebtest du Prinz Hjalmar?
MALEINE: Ja, Majestät.
MARCELLUS: Armes Kind! ... Doch liebst du ihn noch?
MALEINE: Ja, Majestät.
MARCELLUS: Du liebst ihn noch?
MALEINE: Ja.
MARCELLUS: Du liebst ihn noch nach? ...
GODELIVE: Macht Ihr keine Angst, mein Herr!
MARCELLUS: Ich mache ihr doch keine Angst! – Also, ich komme hierher als dein Vater, Maleine, und ich denke nur an dein Glück. Untersuchen wir es ganz sachlich. Du weißt, was geschehen ist: der alte König Hjalmar verhöhnt mich ohne jeden Grund; oder genauer, ich ahne seine Gründe nur allzu gut! ... In niederträchtiger Weise verhöhnt er deine Mutter, dich beleidigt er noch unverschämter, und wäre er nicht mein Gast gewesen, wäre er nicht unter Gottes Schutz dagewesen – er hätte mein Schloß niemals

verlassen! – Naja, lassen wir das für heute. – Doch hast du einen Grund, das uns zu verübeln? Deiner Mutter oder mir? Also Maleine? Antworte.

MALEINE: Nein, Majestät.

MARCELLUS: Warum dann weinen? Was Prinz Hjalmar betrifft, so ist es wohl besser, ihn zu vergessen; und außerdem, wie könntest du ihn ernstlich lieben? Ihr habt euch kaum einmal gesehen; und das Herz ist in deinem Alter wie aus Wachs; man macht damit, was man will. Der Name Hjalmars stand noch in den Wolken geschrieben – ein Gewitter, und alles ist weggewischt, und schon heute abend denkst du nicht mehr daran. Und außerdem, glaubst du, du wärst wirklich glücklich gewesen an Hjalmars Hof? Ich spreche nicht vom Prinzen, der Prinz ist ein Kind; aber sein Vater, du weißt selbst, daß man Angst hat, darüber zu sprechen ... Du weißt selbst, daß kein Hof in Holland finsterer ist; du weißt, daß sein Schloß möglicherweise seltsame Geheimnisse birgt. Aber du weißt nicht, was man von dieser fremden Königin sagt, die mit ihrer Tochter in den Palast von Ysselmonde gekommen ist, und ich werde dir nicht sagen, was man davon sagt; denn ich will kein Gift in dein Herz streuen. – Doch du warst im Begriff, ganz allein einen schrecklichen Wald voller Intrigen und Verdächtigungen zu betreten! – Also, Maleine, antworte; hattest du nicht selbst Angst vor all dem? Und ging nicht die Hochzeit mit Prinz Hjalmar ein wenig gegen deinen eigenen Willen?

MALEINE: Nein, Majestät.

MARCELLUS: Sei's drum, aber dann, antworte mir ehrlich. Der alte König Hjalmar soll nicht triumphieren. Wir werden einen großen Krieg haben wegen dir. Ich weiß, daß Hjalmars Schiffe sich vor Ysselmonde sammeln und noch vor Vollmond Segel setzen werden; der Herzog von Burgund andererseits, der dich seit langem schon liebt; – *sich zur Königin wendend*, ich weiß nicht, ob deine Mutter? ...

GODELIVE: Ja, Herr.

MARCELLUS: Ja und?

GODELIVE: Man müßte sie behutsam darauf vorbereiten ...

MARCELLUS: Laßt sie sprechen! – Also, Maleine? ...

MALEINE: Majestät?
MARCELLUS: Du verstehst nicht?
MALEINE: Was, Majestät?
MARCELLUS: Du versprichst mir, Hjalmar zu vergessen?
MALEINE: Majestät ...
MARCELLUS: Du meinst? – Du liebst Hjalmar noch?
MALEINE: Ja, Majestät!
MARCELLUS: *»Ja, Majestät!«* Nein! Bei allen Teufeln und Dämonen! Zynisch gesteht sie das, sagt mir das schamlos ins Gesicht! Ein einziges Mal, einen einzigen Nachmittag lang hat sie Hjalmar gesehen, und schon ist sie heißer als die Hölle!
GODELIVE: Herr! ...
MARCELLUS: Schweigt! *»Ja, Majestät!«* Und sie ist noch keine fünfzehn Jahre alt! Ach, könnte man diese ganze Zeit doch ausradieren! Fünfzehn Jahre lang lebte ich nur noch in ihr! Fünfzehn Jahre lang hielt ich in ihrer Nähe meinen Atem an! Fünfzehn Jahre lang wagten wir nicht mehr Luft zu holen, aus Angst davor, ihre Blicke zu verwirren! Fünfzehn Jahre lang habe ich aus meinem Hof ein Kloster gemacht, und an dem Tag, an dem ich in ihr Herz schaue ...
GODELIVE: Herr!
DIE AMME: Darf sie nicht lieben wie eine andere? Wollt Ihr sie unter Glas setzen? Ist das ein Grund, ein Kind so lauthals anzuschreien? Sie hat nichts Schlechtes getan!
MARCELLUS: Ach!, sie hat nichts Schlechtes getan! – Zuallererst seid Ihr still! Mit Euch spreche ich nicht, Eure Kupplerdienste stecken ja vermutlich ...
GODELIVE: Herr!
DIE AMME: Kupplerdienste! Ich, eine Kupplerin!
MARCELLUS: Werdet ihr mich jetzt endlich ausreden lassen! Verschwindet! Verschwindet alle beide! Oh ich weiß wohl, daß ihr euch einig seid und das Zeitalter der Intrigen nunmehr eröffnet ist, aber wartet! – Verschwindet! Ach! Tränen! *Godelive und die Amme treten ab.* Komm, Maleine, mach zuerst die Türen zu. Jetzt, wo wir allein sind, will ich vergessen. Man hat dir schlechte Ratschläge gegeben, und ich weiß, daß die Frauen seltsame Pläne

schmieden, wenn sie unter sich sind; nicht, daß ich Prinz Hjalmar dafür böse wäre; aber wir müssen vernünftig sein. Versprichst du mir, vernünftig zu sein?
MALEINE: Ja, Majestät.
MARCELLUS: Ah! siehst du! du denkst also nicht mehr an diese Heirat?
MALEINE: Ja.
MARCELLUS: Ja? – das heißt, du wirst Hjalmar vergessen?
MALEINE: Nein.
MARCELLUS: Du willst dich noch nicht von Hjalmar lossagen?
MALEINE: Nein.
MARCELLUS: Und wenn ich Euch dazu zwinge? Und wenn ich Euch einsperre? Und wenn ich Euch für immer von Eurem Hjalmar mit dem Kleinmädchengesicht trenne? – Was sagt Ihr? – *Sie weint.* Ach, so ist das! – Verschwindet; wir werden dann sehen! Verschwindet!
Getrennt verlassen sie die Bühne.

DRITTE SZENE: EIN WALD

Prinz Hjalmar und Angus treten auf.

PRINZ HJALMAR: Ich war krank; und der Geruch von all diesen Toten! Und der Geruch von all diesen Toten! Und jetzt ist es so, als hätten diese Nacht und dieser Wald etwas Wasser auf meine Augen gegossen ...
ANGUS: Nur noch die Bäume sind geblieben!
HJALMAR: Habt Ihr den alten König Marcellus sterben sehen?
ANGUS: Nein, aber ich habe etwas anderes gesehen; während Eurer Abwesenheit gestern abend haben sie das Schloß in Brand gesteckt, und die alte Königin Godelive lief mit ihrer Dienerschaft durch die Flammen hindurch. Sie haben sich in die Gräben geworfen, und ich glaube, alle sind dabei umgekommen.
HJALMAR: Und Prinzessin Maleine? – War sie dabei?
ANGUS: Ich habe sie nicht gesehen.
HJALMAR: Haben andere sie denn gesehen?
ANGUS: Niemand hat sie gesehen, man weiß nicht, wo sie ist.

HJALMAR: Sie ist tot?
ANGUS: Man sagt, daß sie tot ist.
HJALMAR: Mein Vater ist schrecklich!
ANGUS: Ihr liebtet sie bereits?
HJALMAR: Wen?
ANGUS: Prinzessin Maleine.
HJALMAR: Ich habe sie nur ein einziges Mal gesehen ..., allerdings hatte sie eine Art, die Augen zu senken; – und die Hände aufeinanderzulegen; – so – und seltsam weiße Wimpern! – Und ihr Blick! ..., als wäre man ganz plötzlich in einem breiten Kanal voll frischen Wassers ... Ich erinnere mich nicht mehr sehr gut; doch diesen seltsamen Blick würde ich gern wiedersehen ...
ANGUS: Was ist das für ein Turm da auf dem Hügel?
HJALMAR: Man könnte meinen, eine alte Windmühle; sie hat keine Fenster.
ANGUS: An dieser Seite ist eine Inschrift.
HJALMAR: Eine Inschrift?
ANGUS: Ja, – in Latein.
HJALMAR: Könnt Ihr es lesen?
ANGUS: Ja, aber sie ist sehr alt. – Ich will's versuchen:
Olim inclusa
Anna ducissa
anno ..., etc.,
Es ist zuviel Moos auf dem Rest.
HJALMAR: Setzen wir uns.
ANGUS: *»Ducissa Anna«*, das ist der Name der Mutter von Eurer Verlobten.
HJALMAR: Von Uglyane? – Ja.
ANGUS: Ein *Ja* ist das, langsamer und kälter als Schnee!
HJALMAR: Mein Gott, die Zeit der *Ja's* aus Leidenschaft liegt ziemlich weit zurück ...
ANGUS: Uglyane ist aber doch hübsch.
HJALMAR: Das macht mir Angst!
ANGUS: Oh!
HJALMAR: In der Tiefe ihrer grünen Augen liegt eine kleine Köchinnenseele.

ANGUS: Oh! Oh! Aber warum gebt Ihr dann Eure Einwilligung?
HJALMAR: Warum sollte ich sie nicht geben? Ich bin todkrank und kann in jeder der zwanzigtausend Nächte sterben, die wir zu leben haben, und ich will mich ausruhen! ausruhen! ausruhen! Und außerdem, sie oder eine andere, die im Mondenschein *»mein kleiner Hjalmar«* zu mir sagen wird und mir dabei in die Nase kneift! i! – Habt Ihr die plötzlichen Wutausbrüche meines Vaters bemerkt, seitdem Königin Anne in Ysselmonde ist? – Ich weiß nicht, was da vorgeht; aber irgendetwas ist da, seltsame Verdächtigungen gehen mir mittlerweile durch den Kopf; ich habe Angst vor der Königin!
ANGUS: Sie liebt Euch aber doch wie einen Sohn.
HJALMAR: Wie einen Sohn? – Ich weiß nicht so recht, und mir kommen seltsame Ideen; sie ist schöner als ihre Tochter, das ist schon ein erstes Verhängnis. Wie ein Maulwurf arbeitet sie ich weiß nicht woran; meinen armen alten Vater hat sie gegen Marcellus aufgehetzt, und sie hat diesen Krieg angezettelt; – irgendetwas steckt dahinter!
ANGUS: Sie will Euch veranlassen, Uglyane zu heiraten, das ist nicht teuflisch.
HJALMAR: Es ist noch etwas anderes.
ANGUS: Oh ja, ich weiß! Einmal verheiratet, schickt sie Euch nach Jütland, wo Ihr Euch auf den Eisschollen für ihren kleinen Usurpatorenthron schlagen und vielleicht ihren armen Gatten befreien sollt, dem das Warten auf seine Frau sicher eine ganze Menge Kummer bereitet; denn wenn eine so schöne Königin allein durch die Welt irrt, da ergeben sich fast zwangsläufig Sachen ...
HJALMAR: Es ist noch etwas anderes.
ANGUS: Was?
HJALMAR: Eines Tages werdet Ihr es erfahren; gehen wir jetzt.
ANGUS: Zur Stadt?
HJALMAR: Zur Stadt? – Es gibt keine mehr; es gibt nur noch Tote zwischen eingestürzten Mauern!
Sie treten ab.

VIERTE SZENE: EIN GEWÖLBTES ZIMMER IN EINEM TURM

Man entdeckt Prinzessin Maleine und die Amme.

DIE AMME: Drei Tage arbeite ich nun daran, die Steine dieses Turmes zu lockern, und ich habe keine Nägel mehr an meinen armen Fingern. Ihr werdet Euch rühmen können, mich ins Grab gebracht zu haben. Aber nein – Ihr mußtet ungehorsam sein! Ihr mußtet aus dem Palast weglaufen! Ihr mußtet Hjalmar wiedertreffen! Und jetzt sind wir hier in diesem Turm, zwischen Himmel und Erde, noch über den Bäumen des Waldes! Hatte ich Euch nicht gewarnt, hatte ich es Euch nicht gesagt? Ich kannte Euren Vater gut genug! – Und nach dem Krieg, wird man uns dann befreien?
MALEINE: Mein Vater hat es gesagt.
DIE AMME: Aber dieser Krieg hört niemals auf! Seit wieviel Tagen sind wir in diesem Turm? Seit wieviel Tagen habe ich weder Mond noch Sonne gesehen! Und überall treffen meine Hände nur auf Pilze und Fledermäuse; und heute morgen habe ich gesehen, daß wir kein Wasser mehr haben!
MALEINE: Heute morgen?
DIE AMME: Ja, heute morgen, warum lacht Ihr? Es gibt keinen Grund zu lachen. Wenn es uns heute nicht gelingt, diesen Stein loszumachen, können wir nur noch beten. Mein Gott! Mein Gott! Was hab' ich getan, daß ich in dieses Grab gesteckt werde, mitten zwischen Ratten, Spinnen und Pilze! Ich habe mich nicht aufgelehnt! Ich nicht! Ich bin nicht respektlos gewesen wie Ihr! War es so schwierig, sich nach außen hin zu unterwerfen und auf diese Trauerweide von Hjalmar zu verzichten, der den kleinen Finger nicht krümmen würde, um uns zu befreien?
MALEINE: Amme!
DIE AMME: Ja. Amme! Wegen Euch bin ich bald die Amme der Regenwürmer. Und wenn ich denke, daß ich ohne Euch jetzt friedlich in der Küche säße oder in der wärmenden Sonne im Garten, und auf das Essensläuten wartete! Mein Gott, mein Gott! Was hab' ich nur getan um ... Oh! Maleine! Maleine! Maleine!

MALEINE: Was?
DIE AMME: Der Stein! ...
MALEINE: Der? ...
DIE AMME: Ja, – er hat sich bewegt!
MALEINE: Der Stein hat sich bewegt?
DIE AMME: Er hat sich bewegt! Er hat sich gelockert! Es ist Sonne zwischen dem Mörtel! Kommt es Euch ansehen! Sie ist auf meinem Kleid! Sie ist auf meinen Händen! Sie ist auf Eurem Gesicht! Sie ist auf den Mauern! Macht die Lampe aus! Überall ist Sonne! Ich werde den Stein rausdrücken!
MALEINE: Sitzt er noch fest?
DIE AMME: Ja! – aber nicht mehr sehr! Es ist da, in der Ecke; gebt mir Eure Spindel! – oh! er will nicht fallen! ...
MALEINE: Siehst du etwas durch die Ritzen?
DIE AMME: Ja! Ja! – Nein! Ich sehe nur die Sonne!
MALEINE: Ist es die Sonne?
DIE AMME: Ja, ja! Es ist die Sonne! Aber seht doch! Silberne Perlen sind auf meinem Kleid! Und warm wie Milch läuft es über meine Hände!
MALEINE: So laß mich doch auch sehen!
DIE AMME: Seht Ihr etwas?
MALEINE: Ich bin geblendet!
DIE AMME: Es ist erstaunlich, daß wir keine Bäume sehen. Laßt mich nachsehen.
MALEINE: Wo ist mein Spiegel?
DIE AMME: Ich sehe besser.
MALEINE: Siehst du welche?
DIE AMME: Nein. Wir sind wahrscheinlich oberhalb der Bäume. Aber es ist windig. Ich werde versuchen, den Stein rauszudrükken. Oh! *Sie weichen vor dem Sonnenstrahl zurück, der hereinbricht, und bleiben einen Moment schweigend im hinteren Teil des Saals.* Ich sehe nichts mehr!
MALEINE: Komm, komm! Sieh es dir an! Ich habe Angst!
DIE AMME: Schließt die Augen! Ich glaube, ich werde blind!
MALEINE: Ich werde selbst sehen.
DIE AMME: Und?

MALEINE: Oh! es ist ein Glutofen! Und ich habe rotglühende Mühlsteine in den Augen.
DIE AMME: Aber seht Ihr nichts?
MALEINE: Noch nicht; doch! doch! Der Himmel ist ganz blau. Und der Wald! O! der ganze Wald!
DIE AMME: Laßt mich sehen!
MALEINE: Warte! Ich fange an zu sehen!
DIE AMME: Seht Ihr die Stadt?
MALEINE: Nein.
DIE AMME: Und das Schloß?
MALEINE: Nein.
DIE AMME: Weil es auf der anderen Seite liegt.
MALEINE: Allerdings ... sehe ich das Meer.
DIE AMME: Ihr seht das Meer?
MALEINE: Ja, Ja, es ist das Meer! Es ist grün!
DIE AMME: Aber dann müßt Ihr auch die Stadt sehen. Laßt mich schauen.
MALEINE: Ich sehe den Leuchtturm.
DIE AMME: Ihr seht den Leuchtturm?
MALEINE: Ja. Ich glaube, es ist der Leuchtturm ...
DIE AMME: Aber dann müßt Ihr auch die Stadt sehen.
MALEINE: Ich sehe die Stadt nicht.
DIE AMME: Ihr seht die Stadt nicht?
MALEINE: Ich sehe die Stadt nicht.
DIE AMME: Ihr seht den Belfried nicht?
MALEINE: Nein.
DIE AMME: Merkwürdig!
MALEINE: Ich sehe ein Schiff auf dem Meer!
DIE AMME: Ein Schiff auf dem Meer?
MALEINE: Mit weißen Segeln!
DIE AMME: Wo ist es?
MALEINE: Oh, der Meerwind läßt meine Haare wehen! – Aber entlang der Straßen sind keine Häuser mehr!
DIE AMME: Was? – Sprecht nicht so nach draußen hin, ich verstehe nichts.
MALEINE: Entlang der Straßen sind keine Häuser mehr!

DIE AMME: Entlang der Straßen sind keine Häuser mehr?
MALEINE: Auf dem Land sind keine Kirchtürme mehr!
DIE AMME: Auf dem Land sind keine Kirchtürme mehr?
MALEINE: Auf den Wiesen sind keine Mühlen mehr!
DIE AMME: Auf den Wiesen keine Mühlen mehr?
MALEINE: Ich erkenne nichts mehr wieder!
DIE AMME: Laßt mich schauen. – Es ist kein einziger Bauer mehr auf den Feldern. Oh, die große Steinbrücke ist zerstört. – Aber was haben sie mit der Zugbrücke gemacht? – Da – ein Bauernhof, der gebrannt hat! – Und der da auch! – Aber der ja auch! – Aber der ja auch! – Aber! ... o Maleine! Maleine!
MALEINE: Was?
DIE AMME: Alles ist abgebrannt! Alles ist abgebrannt! Alles ist abgebrannt!
MALEINE: Alles ist ...?
DIE AMME: Alles ist abgebrannt, Maleine, alles ist abgebrannt! O jetzt sehe ich! ... Es ist nichts mehr da!
MALEINE: Das ist nicht wahr, laß mich sehen!
DIE AMME: So weit man nur sehen kann, ist alles abgebrannt! Die ganze Stadt ist nur noch ein Haufen verkohlter Ziegel. Ich sehe nur noch die Gräben, voll mit Steinen vom Schloß! Auf den Feldern ist kein Mensch und kein Tier mehr! Auf den Wiesen nur noch Raben! Nur die Bäume sind geblieben!
MALEINE: Aber dann! ...
DIE AMME: Ach! ...

Zweiter Akt

ERSTE SZENE: EIN WALD
Prinzessin Maleine und die Amme treten auf.

MALEINE: Oh wie finster es hier ist!
DIE AMME: Es ist finster! Es ist finster! Ist ein Wald beleuchtet wie ein Festsaal? – Ich habe noch finst'rere als diesen gesehen; und

wo es auch Wölfe und Wildschweine gab. Ich weiß übrigens nicht, ob hier nicht auch welche sind; aber Gott sei Dank gelangt ein bißchen Mond- und Sternenlicht durch die Bäume.

MALEINE: Weißt du den Weg jetzt, Amme?

DIE AMME: Den Weg? Aber woher! Ich weiß den Weg nicht. Ich habe den Weg niemals gewußt; glaubt Ihr, ich würde alle Wege kennen? Ihr wolltet nach Ysselmonde gehen; ich bin Euch gefolgt; und das haben wir jetzt davon. Seit zwölf Stunden führt Ihr mich durch diesen Wald, in dem wir vor Hunger sterben werden, wenn uns nicht vorher Bären und Wildschweine verschlungen haben; und das alles, um nach Ysselmonde zu gehen, wo Ihr von Prinz Hjalmar fein empfangen werdet, wenn er Euch so kommen sieht, nur noch Haut und Knochen, bleich wie eine Wachspuppe und arm wie eine Kirchenmaus.

MALEINE: Männer!

DIE AMME: Habt keine Angst! Haltet Euch hinter mir.

Drei Arme treten auf.

DIE ARMEN: Guten Abend!

DIE AMME: Guten Abend! Wo sind wir hier?

ERSTER ARMER: Im Wald.

ZWEITER ARMER: Was macht ihr hier?

DIE AMME: Wir haben uns verlaufen.

ZWEITER ARMER: Ihr seid allein?

DIE AMME: Ja – nein, wir sind mit zwei Männern hier.

ZWEITER ARMER: Wo sind sie?

DIE AMME: Sie suchen den Weg.

ZWEITER ARMER: Sind sie weit?

DIE AMME: Nein, sie kommen gleich zurück.

ZWEITER ARMER: Wer ist diese Kleine? Ist es Eure Tochter?

DIE AMME: Ja, das ist meine Tochter.

ZWEITER ARMER: Sie sagt gar nichts; ist sie stumm?

DIE AMME: Nein, sie ist nicht von hier.

ZWEITER ARMER: Eure Tochter ist nicht von hier?

DIE AMME: Doch, doch, aber sie ist krank.

ZWEITER ARMER: Sie ist sehr dünn. Wie alt ist sie?

DIE AMME: Sie ist fünfzehn.

ZWEITER ARMER: Oh, oh, dann beginnt sie ... Wo sind denn diese zwei Männer?
DIE AMME: Sie müssen ganz in der Nähe sein.
ZWEITER ARMER: Ich höre nichts.
DIE AMME: Das liegt daran, daß sie ganz leise sind.
ZWEITER ARMER: Wollt ihr mit uns kommen?
DRITTER ARMER: Sagt nichts Böses hier im Wald.
MALEINE: Frag sie nach dem Weg nach Ysselmonde.
DIE AMME: Welches ist der Weg nach Ysselmonde?
ERSTER ARMER: Ysselmonde?
DIE AMME: Ja.
ERSTER ARMER: Da lang!
MALEINE: Frag sie, was geschehen ist.
DIE AMME: Was ist geschehen?
ERSTER ARMER: Was geschehen ist?
DIE AMME: Ja; hat es einen Krieg gegeben?
ERSTER ARMER: Ja; es hat einen Krieg gegeben.
MALEINE: Frag sie, ob es wahr ist, daß König und Königin tot sind?
DIE AMME: König und Königin, sind sie tot?
ERSTER ARMER: König und Königin?
DIE AMME: Ja, König Marcellus und Königin Godelive.
ERSTER ARMER: Ja, ich glaube, sie sind tot.
MALEINE: Sie sind tot?
ZWEITER ARMER: Ja, ich glaube, sie sind tot; auf der Seite des Lands sind alle tot.
MALEINE: Aber ihr wißt nicht, seit wann?
ZWEITER ARMER: Nein.
MALEINE: Ihr wißt nicht, wie?
ZWEITER ARMER: Nein.
DRITTER ARMER: Die Armen wissen niemals irgendwas.
MALEINE: Habt ihr Prinz Hjalmar gesehen?
ERSTER ARMER: Ja.
ZWEITER ARMER: Er wird heiraten.
MALEINE: Prinz Hjalmar wird heiraten?
ZWEITER ARMER: Ja.
MALEINE: Wen?

ERSTER ARMER: Ich weiß es nicht.
MALEINE: Wann wird er denn heiraten?
ZWEITER ARMER: Ich weiß es nicht.
DIE AMME: Wo können wir heute nacht schlafen?
ZWEITER ARMER: Mit uns.
ERSTER ARMER: Geht zum Eremiten.
DIE AMME: Welchem Eremiten?
ERSTER ARMER: Dahinten, am Vier-Judas-Kreuzweg.
DIE AMME: Am Vier-Judas-Kreuzweg?
DRITTER ARMER: Ruft diesen Namen nicht in der Finsternis!
Alle verlassen die Bühne.

ZWEITE SZENE: EIN SAAL IM SCHLOSS
Man entdeckt König Hjalmar und Königin Anne umarmt.

ANNE: Mein ruhmreicher Sieger!
DER KÖNIG: Anne! ...
Er küßt sie.
ANNE: Vorsicht, Euer Sohn!
Prinz Hjalmar tritt ein; ohne sie zu sehen, geht er zu einem offenen Fenster.
PRINZ HJALMAR: Es regnet; auf dem Friedhof eine Beerdigung; man hat zwei Gräber ausgehoben, und der *dies irae* betritt das Haus. Durch alle Fenster sieht man immer nur den Friedhof; er frißt die Schloßgärten nacheinander auf; die letzten Gräber gehen schon bis zum Teich. Man öffnet den Sarg, ich werde das Fenster schließen.
ANNE: Gnädiger Herr!
HJALMAR: Ha! – Ich hatte euch nicht gesehen.
ANNE: Wir sind gerade gekommen.
HJALMAR: Ah!
ANNE: Woran dachtet Ihr, mein Herr?
HJALMAR: An nichts, Madame.
ANNE: An nichts? Es ist für Ende des Monats ...
HJALMAR: Für Ende des Monats, Madame?

ANNE: Euer schönes Hochzeitsfest ...
HJALMAR: Ja, Madame.
ANNE: Aber tretet doch näher, mein Herr.
DER KÖNIG: Ja, Hjalmar, tritt näher.
ANNE: Warum seid Ihr denn so kühl? Habt Ihr Angst vor mir? Dabei seid Ihr doch fast mein Sohn; und ich liebe Euch wie eine Mutter – und vielleicht mehr als eine Mutter; gebt mir Eure Hand.
HJALMAR: Meine Hand, Madame?
ANNE: Ja, Eure Hand; und schaut mir in die Augen; – seht Ihr in ihnen nicht, daß ich Euch liebe? – Ihr habt mich bis jetzt noch niemals geküßt.
HJALMAR: Euch küssen, Madame?
ANNE: Ja, mich küssen; küßtet Ihr Eure Mutter nicht? Ich würde Euch gern jeden Tag küssen. – Letzte Nacht habe ich von Euch geträumt ...
HJALMAR: Von mir, Madame?
ANNE: Ja, von Euch. Ich werde Euch den Traum irgendwann erzählen. – Eure Hand ist ganz kalt, und Eure Wangen glühen. Gebt mir die andere Hand.
HJALMAR: Die andere Hand?
ANNE: Ja. Sie ist auch kalt und bleich wie eine Schneehand. Ich würde diese Hände gerne wieder wärmen! – Seid Ihr krank?
HJALMAR: Ja, Madame.
ANNE: Unsere Liebe wird Euch heilen.
Sie gehen hinaus.

DRITTE SZENE: EINE STRASSE IM DORF

Maleine und die Amme treten auf.

MALEINE *über das Geländer einer Brücke gelehnt:* Ich erkenne mich nicht mehr, wenn ich mich im Wasser sehe!
DIE AMME: Macht den Mantel zu; man sieht den Goldsaum Eures Kleides; – da kommen Bauern!
Zwei alte Bauern treten auf.
ERSTER BAUER: Da ist das Mädchen!

ZWEITER BAUER: Die, die heute angekommen ist?
ERSTER BAUER: Ja; mit einer Alten.
ZWEITER BAUER: Wo kommt sie her?
ERSTER BAUER: Man weiß es nicht.
ZWEITER BAUER: Dann sagt mir das nichts Gutes.
ERSTER BAUER: Man spricht im ganzen Dorf davon.
ZWEITER BAUER: Sie ist aber doch gar nicht außergewöhnlich.
ERSTER BAUER: Sie ist mager.
ZWEITER BAUER: Wo wohnt sie?
ERSTER BAUER: Im *»Blauen Löwen«*.
ZWEITER BAUER: Hat sie Geld?
ERSTER BAUER: Man sagt, ja.
ZWEITER BAUER: Müßte man sehen.
Sie gehen weg. – Es tritt ein Kuhhirt auf.
DER KUHHIRT: Guten Abend!
MALEINE UND DIE AMME: Guten Abend!
DER KUHHIRT: Schöner Abend heute.
DIE AMME: Ja, ganz schön.
DER KUHHIRT: Das macht der Mond.
DIE AMME: Ja.
DER KUHHIRT: Aber es ist heiß gewesen den Tag über.
DIE AMME: Oh ja, es ist heiß gewesen den Tag über.
DER KUHHIRT *zum Wasser runtergehend:* Ich gehe mich baden.
DIE AMME: Euch baden?
DER KUHHIRT: Ja, ich zieh' mich jetzt hier aus.
DIE AMME: Euch ausziehen vor uns? ...
DER KUHHIRT: Ja.
DIE AMME *zu Maleine:* Kommt!
DER KUHHIRT: Habt ihr nie einen Mann ganz nackt gesehen?
Eine alte Frau kommt weinend gelaufen. An der Tür der Herberge »Zum blauen Löwen« schreit sie.
DIE ALTE FRAU: Zu Hilfe! Zu Hilfe! Mein Gott! Mein Gott, macht doch auf! Sie bringen sich um, mit großen Messern!
TRINKER *die die Tür öffnen:* Was ist los?
DIE ALTE FRAU: Mein Sohn! Mein armer Sohn! Sie bringen sich um, mit großen Messern! mit großen Küchenmessern!

STIMMEN AN DEN FENSTERN: Was ist los?
DIE TRINKER: Ein Streit!
STIMMEN AN DEN FENSTERN: Wir kommen gucken!
DIE TRINKER: Wo sind sie?
DIE ALTE FRAU: Hinter dem *»Goldenen Stern«*, er schlägt sich mit dem Schmied, wegen diesem Mädchen, das heute ins Dorf gekommen ist, sie bluten schon alle beide!
DIE TRINKER: Alle beide bluten sie schon?
DIE ALTE FRAU: Es ist schon Blut an den Mauern!
DIE EINEN: Es ist schon Blut an den Mauern?
DIE ANDEREN: Geh'n wir gucken! Wo sind sie?
DIE ALTE FRAU: Hinter dem *»Goldenen Stern«*, man kann sie von hier sehen.
DIE TRINKER: Man kann sie von hier sehen? – mit großen Küchenmessern? – wie sie bluten müssen! – Achtung, der Prinz!
Sie gehen alle wieder in den »Blauen Löwen« zurück und ziehen die alte Frau, die schreit und sich wehrt, mit sich. – Prinz Hjalmar und Angus treten auf.
MALEINE *zur Amme:* Hjalmar!
DIE AMME: Versteckt Euch!
Sie verlassen die Bühne.
ANGUS: Habt Ihr diese kleine Bäuerin gesehen?
HJALMAR: Flüchtig ... flüchtig ...
ANGUS: Sie ist seltsam.
HJALMAR: Ich mag sie nicht.
ANGUS: Also ich finde sie bewundernswert; und ich werde Prinzessin Uglyane unterrichten. Sie braucht eine Zofe. Oh wie blaß Ihr seid!
HJALMAR: Ich bin blaß?
ANGUS: Außerordentlich blaß! Seid Ihr krank?
HJALMAR: Nein; es ist dieser seltsam warme Herbsttag; den ganzen Tag habe ich geglaubt, in einem Saal voller Fieberkranker zu leben; und jetzt diese Nacht, kalt wie ein Keller! Ich hatte das Schloß heute nicht verlassen, und die abendliche Feuchtigkeit überkam mich auf der Straße.
ANGUS: Nehmt Euch in acht! Es sind viele Kranke im Dorf!

HJALMAR: Ja, es sind die Sümpfe; und mitten in Sümpfen bin jetzt auch ich!
ANGUS: Was?
HJALMAR: Ich bin heute Flammen der Sünde begegnet, die ich im Moment noch nicht näher zu benennen wage!
ANGUS: Ich verstehe nicht.
HJALMAR: Ich habe manche Worte von Königin Anne auch nicht verstanden, aber ich habe Angst vor dem Verstehen!
ANGUS: Was ist denn geschehen?
HJALMAR: Wenig; aber ich habe Angst vor dem, was nach meiner Hochzeit auf mich zukommen wird ... Oh, oh, seht doch, Angus!
An einem Fenster des Schlosses sieht man, wie der König und Königin Anne sich küssen.
ANGUS: Vorsicht! Schaut nicht hin, sie werden uns sehen.
HJALMAR: Nein, wir sind im Dunkeln, und ihr Zimmer ist erleuchtet. Aber seht doch, wie rot der Himmel über dem Schloß wird!
ANGUS: Es wird morgen Sturm geben.
HJALMAR: Dabei liebt sie ihn gar nicht ...
ANGUS: Gehen wir!
HJALMAR: Ich wage diesen Himmel nicht mehr anzusehen; und Gott weiß, was für Farben er heute über uns angenommen hat! Ihr wißt nicht, was ich heute nachmittag empfunden habe, in diesem Schloß, das mir giftig scheint, als die Hände von Königin Anne mich mehr zum Schwitzen brachten als die Septembersonne auf den Mauern!
ANGUS: Aber was ist denn geschehen?
HJALMAR: Sprechen wir nicht mehr davon! – Wohin ist sie, diese kleine Bäuerin?
Schreie in der Herberge »Zum blauen Löwen«.
ANGUS: Was ist das?
HJALMAR: Ich weiß nicht; den ganzen Nachmittag hat im Dorf eine seltsame Erregung geherrscht. Gehen wir, eines Tages werdet Ihr verstehen, was ich gesagt habe.
Sie verlassen die Bühne.
EIN TRINKER *die Tür der Herberge öffnend:* Er ist gegangen!
ALLE TRINKER *auf der Schwelle:* Er ist gegangen? – Jetzt können

wir gucken gehen! – Wie sie bluten müssen! – Vielleicht sind sie tot!

Alle verlassen die Bühne.

VIERTE SZENE: EIN WOHNTRAKT IM SCHLOSS

Man entdeckt Königin Anne, Prinzessin Uglyane, Prinzessin Maleine, als Zofe gekleidet, und eine Zofe.

ANNE: Bringt einen anderen Umhang. – Ich glaube, der grüne paßt besser.

UGLYANE: Den will ich nicht; – ein Umhang aus pfauengrünem Samt auf ein wassergrünes Kleid!

ANNE: Ich weiß nicht ...

UGLYANE: *»Ich weiß nicht! Ich weiß nicht!«*. Nie wißt Ihr, wenn es um andere geht!

ANNE: Na – nun reg dich nicht auf! Ich hatte es gut gemeint; du wirst ganz rot zur Verabredung erscheinen.

UGLYANE: Ich werde ganz rot zur Verabredung erscheinen! Ach, es ist zum aus dem Fenster springen! Ihr überlegt nur noch, wie Ihr mich am besten quälen könnt!

ANNE: Uglyane! Uglyane! Nun komm, nun komm! – Bringt einen anderen Umhang.

DIE ZOFE: Diesen hier, Madame?

UGLYANE: Ja? – Oh, ja!

ANNE: Ja; – dreh dich mal um; ja, ja, das ist unendlich viel besser.

UGLYANE: Und meine Haare? – So?

ANNE: Auf der Stirn müßte man sie ein bißchen glattkämmen.

UGLYANE: Wo ist mein Spiegel?

ANNE: Wo ist ihr Spiegel? *Zu Maleine.* Ihr tut überhaupt nichts? Bringt ihren Spiegel! – Seit acht Tagen ist sie hier, niemals wird sie etwas wissen! – Kommt Ihr vom Mond? – Los! Her damit! Wo seid Ihr?

MALEINE: Hier, Madame.

UGLYANE: Haltet den Spiegel nicht so schief! – Ich sehe alle Trauerweiden des Gartens darin, sie sehen aus, als trauerten sie über Euer Gesicht.

ANNE: Ja, so! – Aber laß sie auf den Rücken fallen. – Unglücklicherweise wird es zu dunkel sein unter den Bäumen ...
UGLYANE: Es wird dunkel sein?
ANNE: Er wird dich nicht sehen, – der Mond liegt hinter dicken Wolken.
UGLYANE: Aber warum will er, daß ich in den Garten komme? Wenn es Juli wäre oder zumindest tagsüber; aber abends, im Herbst! Es ist kalt! Es regnet! Es ist windig! Soll ich Schmuck anlegen?
ANNE: Natürlich. – Aber wir werden ...
Sie flüstert ihr etwas ins Ohr.
UGLYANE: Ja.
ANNE *zu Maleine und der Zofe:* Geht hinaus und kommt nicht wieder, bevor man euch ruft.
Prinzessin Maleine und die Zofe gehen hinaus.

FÜNFTE SZENE: EIN KORRIDOR IM SCHLOSS

Prinzessin Maleine tritt auf. – Sie klopft an eine Tür am Ende des Korridors.

ANNE *von innen:* Wer ist da?
MALEINE: Ich.
ANNE: Wer, Ihr?
MALEINE: Prinzessin Ma ... die neue Zofe.
ANNE *die Tür einen Spalt weit öffnend:* Was macht Ihr hier?
MALEINE: Ich komme von ...
ANNE: Nicht hereinkommen! Nun also?
MALEINE: Ich komme von Prinz Hjalmar ...
ANNE: Ja, ja, sie kommt! Sie kommt! Einen Moment! Es ist noch nicht acht Uhr, – laßt uns in Ruhe!
MALEINE: Ein Offizier hat mir gesagt, daß er nicht da ist.
ANNE: Wer ist nicht da?
MALEINE: Prinz Hjalmar.
ANNE: Prinz Hjalmar ist nicht da?
MALEINE: Er hat das Schloß verlassen ...

ANNE: Wohin ist er gegangen?
UGLYANE *von innen:* Was gibt's?
ANNE: Der Prinz hat das Schloß verlassen!
UGLYANE *durch den Türspalt:* Was?
ANNE: Der Prinz hat das Schloß verlassen!
MALEINE: Ja.
UGLYANE: Das ist nicht möglich!
ANNE: Wohin ist er gegangen?
MALEINE: Ich weiß nicht. Ich glaube, er ist zum Wald gegangen; und er läßt sagen, daß er nicht zur Verabredung kommen kann.
ANNE: Wer hat Euch das gesagt?
MALEINE: Ein Offizier.
ANNE: Welcher Offizier?
MALEINE: Ich weiß seinen Namen nicht.
ANNE: Wo ist er, dieser Offizier?
MALEINE: Er ist mit dem Prinzen weggegangen.
ANNE: Warum ist er nicht selbst gekommen?
MALEINE: Ich habe gesagt, daß Ihr allein sein wollt.
ANNE: Von wem hattet Ihr den Auftrag, dies zu sagen? Mein Gott! Mein Gott, was ist denn geschehen? Geht jetzt!
Die Tür schließt sich wieder. Maleine geht hinaus.

SECHSTE SZENE: EIN WÄLDCHEN IN EINEM PARK

HJALMAR: Sie hat gesagt, ich solle beim Springbrunnen auf sie warten. Ich möchte sie endlich im Dunkeln sehen ... Ich möchte sehen, ob die Nacht sie nachdenklich macht. – Wird ein wenig Schweigen und Stille in ihrem Herzen sein? – Niemals ist dieses herbstliche Wäldchen seltsamer als heute abend gewesen. Niemals ist dieses Wäldchen dunkler als heute abend gewesen; mit wieviel Klarheit werden wir uns dann sehen? Ich kann die Hand kaum vor den Augen sehen! – Doch was ist das für ein Leuchten um mich herum? Sämtliche Käuzchen des Parks sind ja hierhergekommen! Verschwindet! Verschwindet! Auf den Friedhof! Zu den Toten! *Er wirft Erde nach ihnen.* Lädt man euch zu Hochzeitsnächten ein? Nun habe ich auch schon Totengräberhände. – Oh, oft werde ich nicht zurückkommen! – Vorsicht! Sie kommt! – Ist es der Wind? – Oh wie die Blätter um mich fallen! – Da ist ja ein Baum, der schon ganz kahl wird! Und wie schnell die Wolken über den Mond ziehen! – Aber es sind ja Trauerweidenblätter, die so auf meine Hände fallen! – Oh, ich bin unwillkommen hier! – Niemals ist dieses Wäldchen seltsamer als heute abend gewesen! – Niemals habe ich mehr Vorzeichen als heute abend gesehen! – Sie ist da!

Prinzessin Maleine tritt auf.

MALEINE: Wo seid Ihr, mein Herr?

HJALMAR: Hier.

MALEINE: Wo denn? – Ich kann nicht sehen.

HJALMAR: Hier, neben dem Springbrunnen. – Im Schein des Wassers werden wir uns einigermaßen sehen können. Es ist seltsam hier heute abend.

MALEINE: Ja; – ich habe Angst! – Ah – ich habe Euch gefunden!

HJALMAR: Warum zittert Ihr?

MALEINE: Ich zittere nicht.

HJALMAR: Ich sehe Euch nicht. – Kommt her; es ist heller hier, und neigt den Kopf ein wenig zum Himmel. – Auch Ihr seid seltsam heute abend! – Man könnte fast sagen, heut'abend sind mir die Augen aufgegangen. – Man könnte fast sagen, mein Herz hat sich geöffnet ... – Aber Ihr seid ja wirklich schön! – Ihr seid so seltsam schön, Uglyane! – Ich glaube, ich habe Euch niemals richtig angesehen bisher. – Ihr seid so seltsam schön! – Es ist etwas an Euch heute abend ... – Kommt her zum Licht! Kommt!

MALEINE: Noch nicht.

HJALMAR: Uglyane! Uglyane!

Er küßt sie; in diesem Moment treibt der Wind den Wasserstrahl des Brunnens zur Seite, und das Wasser geht auf die beiden nieder.

MALEINE: Ich habe Angst!

HJALMAR: Gehen wir etwas weiter ...

MALEINE: Da weint jemand ...

HJALMAR: Da weint jemand ...?

MALEINE: Ich habe Angst.

HJALMAR: Aber hört Ihr denn nicht? Das ist der Wind.
MALEINE: Aber all diese Augen auf den Bäumen?
HJALMAR: Wo denn? Ach, die Käuzchen sind zurückgekommen! Ich werde sie verjagen. *Er wirft Erde nach ihnen.* Verschwindet! Verschwindet! Verschwindet!
MALEINE: Da ist eins, das bleibt einfach sitzen!
HJALMAR: Wo ist es?
MALEINE: Auf der Trauerweide.
HJALMAR: Verschwinde!
MALEINE: Es bleibt sitzen!
HJALMAR: Verschwinde! Verschwinde!
Er wirft Erde nach ihm.
MALEINE: Oh, Ihr habt mich mit Erde beworfen!
HJALMAR: Ich habe Euch mit Erde beworfen?
MALEINE: Ja, sie ist auf mich heruntergefallen!
HJALMAR: Oh meine arme Uglyane!
MALEINE: Ich habe Angst!
HJALMAR: Hier bei mir habt Ihr Angst?
MALEINE: Da sind Flammen zwischen den Bäumen.
HJALMAR: Das ist nichts; das sind Blitze, es war sehr warm heute.
MALEINE: Ich habe Angst! Oh wer wühlt da so die Erde um?
HJALMAR: Das ist nichts; das ist ein Maulwurf, ein armer, kleiner Maulwurf, der da wühlt.
MALEINE: Ich habe Angst! ...
HJALMAR: Aber wir sind doch im Park ...
MALEINE: Sind Mauern um den Park?
HJALMAR: Aber ja; es sind Mauern und Gräben um den Park.
MALEINE: Und niemand kann herein?
HJALMAR: Nein; – aber manch Unbekanntes kommt trotz allem herein.
MALEINE: Meine Nase blutet.
HJALMAR: Eure Nase blutet?
MALEINE: Ja, wo ist mein Taschentuch?
HJALMAR: Gehen wir zum Becken.
MALEINE: Oh, mein Kleid ist schon voller Blut!
HJALMAR: Uglyane! Uglyane! Seht mich an ...

MALEINE: Ja.
Schweigen.
HJALMAR: Woran denkt Ihr?
MALEINE: Ich bin traurig!
HJALMAR: Ihr seid traurig? Woran denkt Ihr, Uglyane?
MALEINE: Ich denke an Prinzessin Maleine.
HJALMAR: Wie bitte?
MALEINE: Ich denke an Prinzessin Maleine.
HJALMAR: Ihr kennt Prinzessin Maleine?
MALEINE: Ich bin Prinzessin Maleine.
HJALMAR: Was?
MALEINE: Ich bin Prinzessin Maleine.
HJALMAR: Ihr seid nicht Uglyane?
MALEINE: Ich bin Prinzessin Maleine.
HJALMAR: Ihr seid Prinzessin Maleine! Ihr seid Prinzessin Maleine! Aber sie ist tot!
MALEINE: Ich bin Prinzessin Maleine.
In diesem Moment fällt der Mondschein durch die Bäume auf Prinzessin Maleine.
HJALMAR: Oh! Maleine! – Aber wo kommt Ihr her, und wie seid Ihr bis hierher gekommen? Aber wie seid Ihr bis hierher gekommen?
MALEINE: Ich weiß nicht.
HJALMAR: Mein Gott! Mein Gott! Von welcher Last bin ich befreit! Welchen Stein habt Ihr von mir genommen! Mein Gott, mein Gott! Welchem Grab bin ich heute abend entstiegen! – Maleine! Maleine! Was werden wir tun? – Maleine! ... Ich glaube, ich bin bis zum Herzen im Himmel! ...
MALEINE: Oh, ich auch!
In diesem Moment blubbert die Fontäne seltsam schluchzend und erlischt dann.
ALLE BEIDE *sich umdrehend:* Oh!
MALEINE: Was ist denn? Was ist denn jetzt?
HJALMAR: Weint nicht; habt keine Angst. Das ist der Springbrunnen, der schluchzt ...
MALEINE: Was geschieht hier? Was geht hier vor? Ich will hier weg! Ich will weg! Ich will weg!

HJALMAR: Weint nicht!
MALEINE: Ich will weg!
HJALMAR: Er ist erloschen; gehen wir anderswohin.
Sie verlassen die Bühne.

Dritter Akt

ERSTE SZENE: EIN WOHNTRAKT IM SCHLOSS
Man entdeckt den König. – Prinz Hjalmar tritt ein.

HJALMAR: Vater?
DER KÖNIG: Hjalmar?
HJALMAR: Ich müßte Euch sprechen, Vater.
DER KÖNIG: Worüber wollt Ihr mit mir sprechen?
HJALMAR: Ihr seid krank, Vater?
DER KÖNIG: Ja; ich bin krank; und seht, wie alt ich werde! Fast alle meine Haare sind ausgefallen; seht, wie meine Hände zittern; und mir ist, als hätte ich alle Feuer der Hölle in meinem Kopf!
HJALMAR: Vater! Armer Vater! Ihr müßtet fort; irgendwoanders hingehen vielleicht ... ich weiß nicht ...
DER KÖNIG: Ich kann nicht fort! – Warum seid Ihr gekommen? Ich erwarte jemanden.
HJALMAR: Ich müßte mit Euch sprechen.
DER KÖNIG: Worüber?
HJALMAR: Über Prinzessin Maleine.
DER KÖNIG: Worüber? – Ich höre nicht mehr gut.
HJALMAR: Über Prinzessin Maleine. Prinzessin Maleine ist zurückgekommen.
DER KÖNIG: Prinzessin Maleine ist zurückgekommen?
HJALMAR: Ja.
DER KÖNIG: Aber sie ist tot!
HJALMAR: Sie ist zurückgekommen.
DER KÖNIG: Aber ich habe sie tot gesehen!

HJALMAR: Sie ist zurückgekommen.
DER KÖNIG: Wo ist sie?
HJALMAR: Hier.
DER KÖNIG: Hier, im Schloß?
HJALMAR: Ja.
DER KÖNIG: Zeigt sie! Ich will sie sehen!
HJALMAR: Noch nicht. – Vater, ich kann Uglyane nicht mehr heiraten.
DER KÖNIG: Ihr könnt Uglyane nicht mehr heiraten?
HJALMAR: Ich habe immer nur Prinzessin Maleine geliebt.
DER KÖNIG: Das ist nicht möglich, Hjalmar! ... Hjalmar! ... Aber sie wird fortgehen! ...
HJALMAR: Wer?
DER KÖNIG: Anne!
HJALMAR: Man müßte sie nach und nach darauf vorbereiten.
DER KÖNIG: Ich? – sie darauf vorbereiten? – Hört ..., ich glaube, sie kommt die Treppe herauf. Mein Gott! ... Mein Gott, was wird geschehen? – Hjalmar, wartet! ...
Er geht hinaus.
HJALMAR: Vater! Armer Vater! – Sie wird ihn noch vor Ende des Monats ins Grab gebracht haben!
Der König kommt zurück.
DER KÖNIG: Sagt ihr heute noch nichts!
Er geht hinaus.
HJALMAR: Mein Gott, mein Gott! – Ich glaube, er ist im Betzimmer. – Sie kommt hierher. – Seit einigen Tagen folgt sie mir wie mein Schatten. *Königin Anne tritt ein.* Guten Abend, Madame.
ANNE: Ach, Ihr seid es, Hjalmar. – Ich hatte nicht erwartet ...
HJALMAR: Ich mußte Euch sprechen, Madame.
ANNE: Ihr hattet mir niemals irgendetwas zu sagen ... Sind wir allein?
HJALMAR: Ja, Madame.
ANNE: So kommt her. Setzt Euch hier hin.
HJALMAR: Es sind nur zwei Worte, Madame. – Habt Ihr von Prinzessin Maleine sprechen hören?
ANNE: Von Prinzessin Maleine?

HJALMAR: Ja, Madame.
ANNE: Ja, Hjalmar; aber sie ist tot.
HJALMAR: Man sagt, sie lebt vielleicht.
ANNE: Aber der König selbst hat sie getötet.
HJALMAR: Man sagt, sie lebt vielleicht.
ANNE: Um so besser für sie.
HJALMAR: Ihr seht sie vielleicht.
ANNE: Aha! Aha! In der anderen Welt, meint Ihr?
HJALMAR: Ach! ...
Er geht hinaus.
ANNE: Wo geht Ihr hin, Hjalmar, warum lauft Ihr weg? – Warum lauft Ihr denn weg?
Sie geht hinaus.

ZWEITE SZENE: EIN PRUNKSAAL IM SCHLOSS
Man entdeckt den König, Königin Anne, Hjalmar, Uglyane, Angus, Hofdamen, Edelleute, etc. Musik. Es wird getanzt.

ANNE: Kommt, hierher, Durchlaucht; Ihr seht verändert aus heute abend.
HJALMAR: Meine Verlobte ist nicht bei mir?
ANNE: Laßt mich mit der Hand Euer Herz fühlen. Oh, es schlägt, als wolle es jeden Moment zu ich weiß nicht welchem Himmel auffliegen!
HJALMAR: Eure Hand hält es zurück, Madame.
ANNE: Ich verstehe nicht ... ich verstehe nicht. Ihr werdet es mir später erklären. *(Zum König)* Ihr seid traurig, Majestät; woran denkt Ihr?
DER KÖNIG: Ich? – Ich bin nicht traurig, aber ich werde sehr alt ...
ANNE: Kommt, sagt nicht so etwas, zu festlicher Stunde! Bewundert lieber Euren Sohn; ist er nicht bewundernswert in seinem violett-schwarzen Seidenrock? Habe ich nicht einen schönen Gatten für meine Tochter gewählt?
HJALMAR: Madame, ich gesell' mich zu Angus. Er wird etwas Wasser auf das Feuer schütten, während Ihr nur Öl hineingießt.

ANNE: Aber kommt uns nicht zu abgekühlt vom Regen seiner Weisheiten zurück ...

HJALMAR: Sie fallen im vollen Sonnenschein!

ANGUS: Hjalmar! Hjalmar!

HJALMAR: Oh ich weiß, was Ihr sagen wollt; aber es geht nicht um das, was Ihr glaubt.

ANGUS: Ich erkenne Euch nicht wieder; – was ist Euch gestern abend denn passiert?

HJALMAR: Gestern abend? – Oh, es sind seltsame Dinge passiert gestern abend! – Aber ich möchte im Moment lieber nicht davon sprechen. Geht eine Nacht in das Wäldchen im Park, zum Springbrunnen; und Ihr werdet feststellen, daß, nur für gewisse Momente und nur, wenn man sie ansieht, die Dinge sich ruhig verhalten wie brave Kinder und nicht seltsam und eigenartig scheinen; doch sobald man ihnen den Rücken kehrt, schneiden sie Euch Fratzen und machen dumme Streiche ...

ANGUS: Ich verstehe nicht.

HJALMAR: Ich auch nicht; aber ich bin lieber mitten unter Menschen; wären sie selbst alle gegen mich.

ANGUS: Was?

HJALMAR: Bleibt in der Nähe.

ANGUS: Warum?

HJALMAR: Ich weiß noch nicht.

ANNE: Seid Ihr bald fertig, Durchlaucht? Man läßt seine Verlobte nicht so im Stich!

HJALMAR: Ich bin schon zur Stelle, Madame. *Zu Uglyane.* Angus hat mir gerade ein seltsames Abenteuer erzählt, Uglyane.

UGLYANE: Wirklich? ...

HJALMAR: Ja. – Es handelt sich um ein junges Mädchen; ein armes Mädchen, das alles Gut, das es hatte, verloren hat ...

UGLYANE: Oh!

HJALMAR: Und trotzdem will sie ihn heiraten. Jeden Abend erwartet sie ihn im Garten; im Mondschein verfolgt sie ihn; er hat keinen Moment mehr Ruhe.

UGLYANE: Was wird er machen?

HJALMAR: Er hat keine Ahnung. Ich habe ihm geraten, die Zugbrücken hochziehen zu lassen und einen Soldaten an jede Tür zu stellen, so daß sie nicht mehr hereinkann; er will nicht ...

UGLYANE: Warum?

HJALMAR: Ich habe keine Ahnung. – Oh, meine liebe Uglyane!

ANGUS *zu Hjalmar:* Zittert Ihr nicht bei dem Gedanken, die eisigen Grotten der Ehe zu betreten?

HJALMAR: Wir machen daraus Grotten der Glut!

DER KÖNIG *sehr laut:* Ich sehe die Tänzer von hier aus überhaupt nicht.

ANNE: Aber, drei Schritt' vor Euch sind sie doch, Durchlaucht.

DER KÖNIG: Ich dachte, ich wäre sehr weit von ihnen entfernt.

ANGUS *zu Hjalmar:* Habt Ihr gemerkt, wie blaß und ermüdet Euer Vater seit einiger Zeit aussieht?

HJALMAR: Ja, ja ...

ANGUS: Merkwürdig, wie er altert.

DER KÖNIG *sehr laut:* Ich glaube, der Tod beginnt an meine Tür zu klopfen!

Alle zucken zusammen. – Schweigen. – Plötzlich verstummt die Musik, und es klopft an eine Tür.

ANNE: Es klopft an die kleine Tür!

HJALMAR: Herein!

In der sich halb öffnenden Tür erscheint Prinzessin Maleine in einem langen weißen Verlobungskleid.

ANNE: Wer ist das, der da hereinkommt?

HJALMAR: Prinzessin Maleine!

ANNE: Wer?

HJALMAR: Prinzessin Maleine!

DER KÖNIG: Schließt die Tür.

ALLE: Schließt die Tür!

HJALMAR: Warum soll die Tür zu sein?

Der König fällt.

ANGUS: Zu Hilfe! Der König fühlt sich nicht gut!

EINE HOFDAME: Holt ein Glas Wasser!

HJALMAR: Vater! – Helft mir! ...

EINE ANDERE HOFDAME: Holt einen Priester!

EIN EDELMANN: Öffnet die Fenster!

ANGUS: Geht beiseite! Geht beiseite!
HJALMAR: Ruft einen Arzt! Tragen wir ihn auf sein Bett! Helft mir!
ANGUS: Ein seltsamer Sturm ist über dem Schloß.
Alle verlassen den Saal.

DRITTE SZENE: VOR DEM SCHLOSS

Der König und Königin Anne treten auf.

DER KÖNIG: Aber man könnte die Kleine vielleicht von hier wegbringen?
ANNE: Und am nächsten Tag steht sie wieder da? – oder sollen wir uns auf ein Meer voller Elend einrichten? sollen wir warten, bis Hjalmar zurückkehrt? – sollen wir ...
DER KÖNIG: Mein Gott! Mein Gott, was soll ich denn machen?
ANNE: Ihr werdet tun, was Ihr für richtig haltet; Ihr müßt Euch für dieses Mädchen oder für mich entscheiden.
DER KÖNIG: Man weiß nie, was er denkt ...
ANNE: Ich weiß, daß er sie nicht liebt. Er hat sie für tot gehalten. Habt Ihr eine Träne über seine Backen laufen sehen?
DER KÖNIG: Sie laufen nicht immer über die Backen.
ANNE: Er hätte sich nicht in die Arme Uglyanes geworfen.
DER KÖNIG: Wartet einige Tage. – Er könnte darüber sterben ...
ANNE: Wir werden warten. – Er wird es gar nicht merken.
DER KÖNIG: Ich habe kein anderes Kind ...
ANNE: Gerade deshalb muß man für sein Glück sorgen. – Vorsicht! Da kommt er mit seiner Bettlerin aus Wachs; er ist mit ihr bei den Sümpfen spazierengegangen, und in der Abendluft ist sie grüner angelaufen als eine vor vier Wochen Ertrunkene. *Prinz Hjalmar und Prinzessin Maleine treten auf.* Guten Abend, Hjalmar. – Guten Abend, Maleine! Habt ihr einen schönen Spaziergang gemacht?
HJALMAR: Ja, Madame.
ANNE: Es wäre allerdings besser, abends nicht auszugehen. Maleine sollte vorsichtig sein. Sie scheint mir schon ein wenig blaß. Die Sumpfluft ist sehr schädlich.
MALEINE: Man sagte es mir, Madame.

ANNE: Oh, es ist das reinste Gift!
HJALMAR: Wir sind ja nicht den ganzen Tag draußen gewesen; der Mondschein hat uns gelockt; wir haben uns die Windmühlen am Kanal angesehen.
ANNE: Anfangs muß man vorsichtig sein; ich bin auch krank gewesen.
DER KÖNIG: Jeder, der hier ankommt, ist krank ...
HJALMAR: Im Dorf sind viele krank.
DER KÖNIG: Und auf dem Friedhof viele Tote!
ANNE: Nun laßt aber! Erschreckt das Kind nicht!
Der Verrückte tritt auf.
HJALMAR: Maleine, der Verrückte!
MALEINE: Oh!
ANNE: Ihr hattet ihn noch nicht gesehen, Maleine? Habt keine Angst, habt keine Angst; er ist nicht bösartig. Er irrt abends immer so herum.
HJALMAR: Und nachts gräbt er Gruben in den Obstgärten.
MALEINE: Warum?
HJALMAR: Man weiß es nicht.
MALEINE: Zeigt er auf mich mit dem Finger?
HJALMAR: Ja, achte nicht drauf.
MALEINE: Er macht das Zeichen des Kreuzes!
DER VERRÜCKTE: Oh! Oh! Oh!
MALEINE: Ich habe Angst!
HJALMAR: Er sieht erschrocken aus.
DER VERRÜCKTE: Oh! Oh! Oh!
HJALMAR: Er geht.
Der Verrückte geht hinaus.
ANNE: Wann soll denn Hochzeit sein, Maleine?
HJALMAR: Noch in diesem Monat, wenn mein Vater einverstanden ist.
DER KÖNIG: Ja, ja ...
ANNE: Bis zu eurer Hochzeit werde ich hierbleiben; und Uglyane auch; oh, die arme Uglyane! Hjalmar, Hjalmar, Ihr habt sie einfach verlassen!
HJALMAR: Madame! ...

ANNE: Oh, nur keine Gewissensbisse, ich werde es Euch besser jetzt sagen; sie gehorchte ihrem Vater mehr als ihrem Herzen; sie liebte Euch zwar, aber was will man machen? Erzogen worden und aufgewachsen ist sie zusammen mit Prinz Orsic, ihrem Vetter, und so etwas vergißt man nicht; bittere Tränen hat sie geweint, als sie ihn verließ; ich habe sie richtig hierher schleifen müssen.
MALEINE: Da ist etwas Schwarzes, das kommt hierhin.
DER KÖNIG: Von wem sprecht Ihr?
HJALMAR: Was?
MALEINE: Da ist etwas Schwarzes, das kommt hierhin.
HJALMAR: Wo denn?
MALEINE: Dahinten; im Nebel, auf der Seite vom Friedhof.
HJALMAR: Ach, das sind die sieben Beginen.
MALEINE: Sieben Beginen!
ANNE: Ja; sie kommen, um für eure Hochzeit zu spinnen.
Die Amme und sieben Beginen treten auf.
DIE AMME: Guten Abend! Guten Abend, Maleine!
DIE SIEBEN BEGINEN: Guten Abend!
ALLE: Guten Abend, Schwestern!
MALEINE: Was trägt sie da?
HJALMAR: Wer?
MALEINE: Die dritte, die alte.
DIE AMME: Das ist Stoff für Euch, Maleine.
Die sieben Beginen gehen hinaus. – Man hört eine Glocke läuten.
HJALMAR: Es klingelt zur Vesper; komm, Maleine.
MALEINE: Mir ist kalt!
HJALMAR: Du bist blaß, laß uns reingehen!
MALEINE: Oh diese Raben hier um uns herum!
Krächzen.
HJALMAR: Komm!
MALEINE: Aber was ist das? Alle diese Flammen auf den Sümpfen?
Irrlichter auf den Sümpfen.
DIE AMME: Man sagt, es sind Seelen.
HJALMAR: Es sind Irrlichter. – Komm.

MALEINE: Oh, da ist ein ganz langes, das geht zum Friedhof!
HJALMAR: Komm; komm.
DER KÖNIG: Ich gehe auch hinein; – Anne, kommt Ihr?
ANNE: Ich folge euch. *Der König, Hjalmar und Maleine gehen hinaus.* Maleine sieht mir ein bißchen krank aus. Sie braucht Pflege.
DIE AMME: Sie ist ein bißchen blaß, Madame. Aber sie ist nicht krank. Sie ist stärker als Ihr glaubt.
ANNE: Ich wäre nicht erstaunt, wenn sie krank würde ...
Sie geht mit der Amme hinaus.

VIERTE SZENE: EIN ZIMMER IM HAUS DES ARZTES

Der Arzt tritt ein.

DER ARZT: Sie hat Gift von mir gewollt; über dem Schloß liegt ein Geheimnis, und ich glaube, seine Mauern werden bald auf unsere Köpfe fallen; dann aber wehe den Kleinen, die im Haus sind! Es gehen schon seltsame Gerüchte um; und mir scheint, auf der anderen Seite dieser Welt kommt Unruhe auf über den Ehebruch. In der Zwischenzeit sinken sie bis zu den Lippen ins Elend; und der alte König wird vor Ende des Monats im Bett der Königin gestorben sein ... Seit einigen Wochen wird er merkwürdig weiß, und zusammen mit seinem Körper wird auch sein Geist zittrig. Ich will lieber nicht mitten in den Stürmen sein, die bald kommen, es wird Zeit zu verschwinden, es wird Zeit zu verschwinden, ich habe keine Lust, blind mit ihr diese Hölle zu betreten! Ich muß ihr irgendein fast unschädliches Gift geben, eins, mit dem sie sich täuschen läßt! Bevor man ein Grab zuschaufelt, werde ich lieber die Augen offen halten. Ich wasche dann jedenfalls meine Hände in Unschuld ... Bei dem Versuch, einen einstürzenden Turm zu halten, möchte ich nicht sterben!
Er geht hinaus.

FÜNFTE SZENE: EIN HOF DES SCHLOSSES

Der König tritt auf.

DER KÖNIG: Mein Gott, mein Gott! Ich wünschte, ich wäre nicht hier! Ich wünschte, ich könnte bis zum Monatsende durchschlafen; und wie gern wäre ich tot! Sie hat mich an der Leine wie einen armen Spaniel; sie wird mich in einen Wald von Verbrechen ziehen, und die Flammen der Hölle sind das Ende meines Weges! Mein Gott, könnt' ich noch kehrt machen! Gab es denn keine Möglichkeit, die Kleine fortzubringen? Ich habe geweint heute morgen, als ich sah, daß sie krank war! Könnte sie dieses Giftschloß doch verlassen! ... Ich wünschte, ich könnte verschwinden, ganz egal wohin! Ganz egal wohin! Wie gern säh' ich die Türme in den Teich stürzen! Mir scheint, alles, was ich esse, ist vergiftet; und ich glaube, selbst der Himmel ist gifthaltig heute abend! – Doch, ein solches Gift, mein Gott, in diesem kleinen weißen Körper! ... Oh, oh, oh! *Königin Anne tritt auf.* Sie kommen?

ANNE: Ja, sie kommen.

DER KÖNIG: Ich werde gehen.

ANNE: Was?

DER KÖNIG: Ich werde gehen; ich kann das nicht mehr sehen.

ANNE: Was heißt das? Ihr werdet bleiben. Setzt Euch dahin. Macht nicht so ein seltsames Gesicht!

DER KÖNIG: Ich mache ein seltsames Gesicht?

ANNE: Sie werden es merken. Macht ein glücklicheres Gesicht.

DER KÖNIG: Oh, oh! Glücklich!

ANNE: Jetzt seid aber still; sie sind da.

DER KÖNIG: Mein Gott, mein Gott! Wie blaß sie ist!

Prinz Hjalmar, Maleine und der kleine Allan treten auf.

ANNE: Nun, Maleine, wie geht es Euch?

MALEINE: Etwas besser; etwas besser.

ANNE: Ihr seht besser aus; setzt Euch hierhin, Maleine. Ich habe Kissen bringen lassen; die Luft ist sehr klar heute abend.

DER KÖNIG: Es sind Sterne zu sehen.

ANNE: Ich sehe keine.

DER KÖNIG: Ich habe gedacht, dahinten wären welche.

ANNE: Wo seid Ihr mit Euren Gedanken?
DER KÖNIG: Ich weiß nicht.
ANNE: Fühlt Ihr Euch wohl so, Maleine?
MALEINE: Ja, ja.
ANNE: Seid Ihr müde?
MALEINE: Etwas, Madame.
ANNE: Ich lege dies' Kissen unter Euren Ellbogen.
MALEINE: Danke, Madame.
HJALMAR: Sie ist so gefaßt! Oh meine arme Maleine!
ANNE: Kommt, kommt, es ist ja nichts. Man muß tapfer sein; es ist die Sumpfluft. Uglyane ist ebenfalls krank.
HJALMAR: Uglyane ist krank?
ANNE: Sie ist krank wie Maleine; sie verläßt ihr Zimmer nicht mehr.
DER KÖNIG: Maleine würde das Schloß besser verlassen.
ANNE: Was?
DER KÖNIG: Ich sagte, Maleine würde vielleicht besser irgendwo anders hingehen ...
HJALMAR: Ich habe das auch schon gesagt.
ANNE: Wo sollte sie hingehen?
DER KÖNIG: Ich weiß nicht.
ANNE: Nein, nein, es ist besser, sie bleibt hier; sie wird sich an die Sumpfluft gewöhnen. Mein Gott, auch ich bin krank gewesen; und wo pflegt man sie besser als hier? Ist es nicht besser, daß sie hier bleibt?
DER KÖNIG: Oh, oh!
ANNE: Was?
DER KÖNIG: Ja, ja!
ANNE: Hm! – Na und du, Allan; was mußt du uns denn so beobachten? Komm, gib mir einen Kuß; und dann geh Ball spielen.
DER KLEINE ALLAN: Ist Ma-aleine kra-a-ank?
ANNE: Ja, etwas.
DER KLEINE ALLAN: Sehr, sehr, sehr kra-ank?
ANNE: Nein, nein.
DER KLEINE ALLAN: Ka-ann sie nicht mehr mit mir spielen?
ANNE: Doch doch, sie wird wieder mit dir spielen; nicht wahr, Maleine?

DER KLEINE ALLAN: Oh! Die Mü-ühle, sie ist steh'ngeblieben!
ANNE: Was?
DER KLEINE ALLAN: Die Mü-ühle, sie ist steh'ngeblieben!
ANNE: Welche Mühle?
DER KLEINE ALLAN: Da-a, die schwa-arze Mü-ühle!
ANNE: Ja dann ist der Müller jetzt schlafen gegangen.
DER KLEINE ALLAN: Ist er kra-ank?
ANNE: Weiß ich nicht; los, sei still; geh spielen.
DER KLEINE ALLAN: Wieso ha-at Ma-aleine die Augen zu?
ANNE: Sie ist müde.
DER KLEINE ALLAN: Ma-ach die Augen auf, Ma-aleine!
ANNE: So, jetzt laß uns in Ruhe; geh spielen ...
DER KLEINE ALLAN: Ma-ach die Augen auf, Ma-aleine!
ANNE: Geh spielen; geh spielen. Oh, Ihr habt Euren schwarzen Samtmantel angezogen, Maleine?
MALEINE: Ja, Madame.
HJALMAR: Er ist etwas trist.
ANNE: Er ist wunderbar! *Zum König.* Habt Ihr ihn gesehen, Durchlaucht?
DER KÖNIG: Ich?
ANNE: Ja, Ihr.
DER KÖNIG: Was?
ANNE: Wo seid Ihr? Ich spreche von dem schwarzen Samtmantel.
DER KÖNIG: Da ist eine Zypresse, die mir Zeichen macht!
ALLE: Was?
DER KÖNIG: Da ist eine Zypresse, die mir Zeichen macht.
ANNE: Seid Ihr eingeschlafen? Träumt Ihr?
DER KÖNIG: Ich?
ANNE: Ich sprach von dem schwarzen Samtmantel.
DER KÖNIG: Ach so! – Ja, er ist sehr schön ...
ANNE: Ach so, ach so! Er war eingeschlafen! – Doch wie fühlt Ihr Euch, Maleine?
MALEINE: Besser, besser.
DER KÖNIG: Nein nein, es ist zu schrecklich!
HJALMAR: Was ist denn?
ANNE: Was ist schrecklich?

DER KÖNIG: Nichts, nichts!

ANNE: Paßt doch auf, was Ihr sagt! Ihr erschreckt ja alle!

DER KÖNIG: Ich? Ich erschrecke alle?

ANNE: Nun wiederholt doch nicht jedes Wort! Was habt Ihr denn heute abend? Seid Ihr krank?

HJALMAR: Ihr seid müde, Vater?

DER KÖNIG: Nein nein, ich bin nicht müde!

ANNE: Woran denkt Ihr?

DER KÖNIG: Maleine?

MALEINE: Majestät?

DER KÖNIG: Ich habe Euch noch nicht in die Arme geschlossen?

MALEINE: Nein, Majestät.

DER KÖNIG: Kann ich Euch heute abend in die Arme schließen?

MALEINE: Aber ja, Majestät.

DER KÖNIG *sie umarmend:* Oh Maleine! Maleine!

MALEINE: Majestät? – Was habt Ihr?

DER KÖNIG: Meine Haare werden weiß, seht Ihr?

MALEINE: Ihr liebt mich ein wenig, heute?

DER KÖNIG: Oh ja, Maleine! ... Gib mir deine kleine Hand! – Oh! Oh sie ist immer noch heiß wie eine kleine Flamme ...

MALEINE: Was ist? – Was ist denn?

ANNE: Na! Na! Ihr bringt sie zum Weinen ...

DER KÖNIG: Ich wünschte, ich wäre tot!

ANNE: Sagt nicht mehr solche Dinge abends!

HJALMAR: Gehen wir!

In diesem Moment klopft es seltsam ans Tor.

ANNE: Es klopft!

HJALMAR: Wer klopft denn da zu dieser Zeit?

ANNE: Niemand antwortet.

Es klopft.

DER KÖNIG: Wer kann das sein?

HJALMAR: Klopft etwas lauter; man hört Euch nicht!

ANNE: Es wird nicht mehr geöffnet!

HJALMAR: Es wird nicht mehr geöffnet. Kommt morgen wieder!

Es klopft.

DER KÖNIG: Oh, oh, oh!

Es klopft.
ANNE: Womit klopft er überhaupt?
HJALMAR: Ich weiß nicht.
ANNE: Geht nachsehen.
HJALMAR: Ich gehe nachsehen.
Er öffnet das Tor.
ANNE: Wer ist es?
HJALMAR: Ich weiß nicht. Ich kann nicht gut sehen.
ANNE: Herein!
MALEINE: Mir ist kalt!
HJALMAR: Es ist niemand da.
ALLE: Es ist niemand da?
HJALMAR: Es ist dunkel; ich kann niemand sehen.
ANNE: Dann ist es der Wind; es muß der Wind sein!
HJALMAR: Ja, ich glaube, es ist die Zypresse.
DER KÖNIG: Oh!
ANNE: Würden wir nicht besser wieder reingehen?
HJALMAR: Ja.
Alle gehen hinaus.

Vierter Akt

ERSTE SZENE: EIN TEIL DES GARTENS

Prinz Hjalmar tritt auf.

HJALMAR: Sie folgt mir wie ein Hund. Sie war an einem Fenster vom Turm; sie hat mich im Garten über die Brücke gehen sehen, und schon taucht sie hinten am Wegende auf! – Ich verschwinde.
Er geht hinaus. – Königin Anne tritt auf.
ANNE: Er geht mir aus dem Weg, ich glaube, er hat einen Verdacht. Ich will nicht länger warten. Mit diesem Gift dauert das bis zum Jüngsten Gericht! Ich kann keinem mehr trauen; und ich glaube, der König wird verrückt. Ich darf ihn nicht aus den Augen

lassen. Er streift um Maleines Zimmer, ich glaube, er würde sie gern warnen. – Ich habe den Schlüssel dieses Zimmers an mich genommen. Das muß jetzt zu Ende gebracht werden! – Ah, da kommt die Amme. Sie ist immer noch bei der Kleinen, heute müßte man sie von ihr fernhalten. Guten Tag, Amme.

Die Amme tritt auf.

DIE AMME: Guten Tag, guten Tag, Madame.

ANNE: Es ist schön heute, nicht wahr, Amme?

DIE AMME: Ja, Madame; ein bißchen warm vielleicht; ein bißchen zu warm für die Jahreszeit.

ANNE: Das sind die letzten sonnigen Tage; das muß man ausnutzen.

DIE AMME: Ich habe keine Zeit mehr gehabt, in den Garten zu kommen, seitdem Maleine krank ist.

ANNE: Geht es ihr besser?

DIE AMME: Ja, ein bißchen besser vielleicht; aber immer noch schwach, schwach! Und blaß, blaß!

ANNE: Heute morgen habe ich den Arzt gesehen; vor allem braucht sie Ruhe, hat er mir gesagt.

DIE AMME: Das hat er mir auch gesagt.

ANNE: Er rät sogar, sie allein zu lassen und ihr Zimmer nur zu betreten, wenn sie ruft.

DIE AMME: Davon hat er mir nichts gesagt.

ANNE: Er wird es vergessen haben; man wird nicht gewagt haben, Euch dies zu sagen, aus Angst, Euch Kummer zu bereiten.

DIE AMME: Er hat unrecht gehabt, er hat unrecht gehabt.

ANNE: Aber ja; er hat unrecht gehabt.

DIE AMME: Ich hatte gerade ein paar Weintrauben für sie gepflückt.

ANNE: Es gibt schon Trauben?

DIE AMME: Ja, ja, entlang der Mauer habe ich welche gefunden. Sie hat sie so gern …

ANNE: Sie sind sehr schön.

DIE AMME: Ich dachte, sie ihr nach der Messe zu geben, aber ich werde doch warten, bis sie wieder gesund ist.

ANNE: Man sollte nicht zu lange warten.

Man hört eine Glocke läuten.
DIE AMME: Mein Gott, es läutet zur Messe! Ich vergaß fast, daß Sonntag ist.
ANNE: Ich gehe auch hin.
Sie gehen hinaus.

ZWEITE SZENE: EINE KÜCHE IM SCHLOSS
Man entdeckt Dienerinnen, Köche und anderes Personal. – Im hinteren Bereich des Raums arbeiten die sieben Beginen am Spinnrad und singen dabei mit halblauter Stimme lateinische Hymnen.

EIN KOCH: Gleich donnert es.
EIN DIENER: Ich komme aus dem Garten; noch nie habe ich einen solchen Himmel gesehen; er ist ebenso schwarz wie der Teich.
EINE DIENERIN: Es ist sechs Uhr, und ich sehe nichts mehr. Man müßte die Lampen anzünden.
EINE ANDERE DIENERIN: Man hört nichts.
EINE DRITTE DIENERIN: Ich habe Angst.
EIN KOCH: Ihr braucht keine Angst zu haben.
EINE ALTE DIENERIN: Aber seht euch doch den Himmel an! Ich bin jetzt über siebzig Jahre, und noch nie habe ich einen Himmel wie diesen gesehen!
EIN DIENER: Das ist wahr.
EINE BEGINE: Ist Weihwasser da?
EINE DIENERIN: Ja, ja.
EINE ANDERE BEGINE: Wo ist es?
EIN KOCH: Wartet, bis es donnert.
Eine Dienerin tritt ein.
DIE DIENERIN: Die Königin fragt, ob das Abendessen vom kleinen Allan schon fertig ist?
DER KOCH: Aber nein; es ist noch nicht sieben Uhr. Er ißt immer um sieben zu Abend.
DIE DIENERIN: Heute abend wird er früher essen.
DER KOCH: Wieso?
DIE DIENERIN: Keine Ahnung.

DER KOCH: Schöne Bescherung! Man hätt' es mir vorher sagen müssen ...
Eine zweite Dienerin tritt ein.
DIE ZWEITE DIENERIN: Wo ist das Abendessen vom kleinen Allan?
DER KOCH: *»Wo ist das Abendessen vom kleinen Allan?«* Aber indem ich mich jetzt bekreuzige, wird das Essen auch nicht früher fertig!
DIE ZWEITE DIENERIN: Ein Ei und ein bißchen Bouillon genügt. Ich soll ihn gleich danach ins Bett bringen.
EINE DIENERIN: Ist er krank?
DIE ZWEITE DIENERIN: Aber nein, er ist nicht krank.
EINE ANDERE DIENERIN: Was ist denn passiert?
DIE ZWEITE DIENERIN: Keine Ahnung. – *Zum Koch.* Sie will nicht, daß das Ei zu hart ist.
Eine dritte Dienerin tritt ein.
DIE DRITTE DIENERIN: Auf die Königin braucht heute nacht nicht gewartet zu werden.
DIE DIENERINNEN: Was?
DIE DRITTE DIENERIN: Auf die Königin braucht heute nacht nicht gewartet zu werden. Sie wird sich allein ausziehen.
DIE DIENERINNEN: Na dann, um so besser!
DIE DRITTE DIENNERIN: Alle Lampen in ihrem Zimmer sollen angezündet werden.
EINE DIENERIN: Alle Lampen?
DIE DRITTE DIENERIN: Ja.
EINE DIENERIN: Warum denn?
DIE DRITTE DIENERIN: Keine Ahnung; sie hat es gesagt.
EINE ANDERE DIENERIN: Was hat sie denn heute abend?
EIN DIENER: Sie hat eine Verabredung.
EIN DIENER: Mit dem König.
EIN ANDERER DIENER: Oder mit Prinz Hjalmar.
Eine vierte Dienerin tritt ein.
DIE VIERTE DIENERIN: Es soll Wasser ins Zimmer der Königin gebracht werden.
EINE DIENERIN: Wasser? Ist aber doch da.
DIE VIERTE DIENERIN: Es wird nicht genug sein.

EIN DIENER: Wird sie ein Bad nehmen?
EIN KOCH: Seid ihr das, die sie baden?
EINE DIENERIN: Ja.
DER KOCH: Oh la la!
EIN DIENER: Ist sie dann ganz nackt?
EINE DIENERIN: Offensichtlich.
DER DIENER: Donnerwetter-noch-eins!
Ein Blitz.
ALLE: Ein Blitz!
Sie bekreuzigen sich.
EINE BEGINE: Nun seid endlich still! Ihr werdet den Blitz anziehen! Ihr werdet ihn auf uns alle ziehen! Also ich bleibe nicht hier!
DIE ANDEREN BEGINEN: Ich auch nicht! – Ich auch nicht! – Ich auch nicht! – Ich auch nicht! – Ich auch nicht! – Ich auch nicht!
Überstürzt brechen sie auf und verlassen, sich bekreuzigend, den Raum.

DRITTE SZENE: DAS ZIMMER VON PRINZESSIN MALEINE

Man entdeckt Prinzessin Maleine auf ihrem Bett liegend. – In einer Ecke zittert ein großer schwarzer Hund.

MALEINE: Hierher, Pluto! Pluto, hierher! Ganz allein haben sie mich gelassen! Ganz allein haben sie mich gelassen, in einer solchen Nacht! Hjalmar ist nicht zu mir gekommen. Meine Amme ist nicht zu mir gekommen; und wenn ich rufe, antwortet keiner. Es ist etwas passiert im Schloß ... Kein einziges Geräusch habe ich heute gehört; man könnte meinen, es ist von Toten bewohnt. – Wo bist du, mein armer schwarzer Hund? Willst du mich auch noch verlassen? – Wo bist du, mein armer Pluto? – Ich kann dich bei dieser Dunkelheit nicht sehen; du bist genauso schwarz wie mein Zimmer. – Bist du das, was ich da in der Ecke sehe? – Ja, das sind deine Augen, die so leuchten! ... Mach um Himmels willen die Augen zu! Hierher, Pluto! Pluto, hierher! *In diesem Moment fängt das Gewitter an.* – Habe ich dich da in der Ecke zittern sehen? – Noch nie habe ich so ein Zittern gesehen! Alle Möbel zittern mit! – Hast du etwas gesehen? – Antworte mir, mein armer Pluto! Ist jemand im Zimmer? Komm her, Pluto, komm her! Nun komm schon zu mir, in mein Bett! – Aber du zitterst ja ganz fürchterlich in deiner Ecke! *Sie steht auf und geht zu dem Hund, der zurückweicht und sich unter ein Möbelstück verkriecht.* – Wo bist du, mein armer Pluto? – Oh, jetzt leuchten deine Augen wie Flammen! ... Aber warum hast du heute nacht Angst vor mir? *Sie legt sich wieder hin.* – Wenn ich nur einschlafen könnte, für einen Moment ... – Mein Gott, mein Gott, wie krank bin ich! Und ich weiß nicht, was ich habe; – und niemand weiß, was ich habe; der Arzt weiß nicht, was ich habe; meine Amme weiß nicht, was ich habe; Hjalmar weiß nicht, was ich habe ... *In diesem Moment bewegt der Wind die Bettvorhänge.* Ah! jemand berührt die Vorhänge meines Betts! Wer berührt da die Vorhänge meines Betts? Ist jemand in meinem Zimmer? – Es muß jemand in meinem Zimmer sein! – Ach, das ist der Mond, der in mein Zimmer fällt! – Aber was ist das für ein Schatten auf dem Wandbehang? – Ich glaube, das Kreuz an der Wand wackelt! Wer stößt da an das Kreuz? Mein Gott! Mein Gott, ich kann nicht länger hier bleiben! *Sie steht auf und geht zur Tür, die sie zu öffnen versucht.* – Sie haben mich in mein Zimmer eingeschlossen! – Um Himmels willen macht auf! Es ist etwas in meinem Zimmer! – Ich werde sterben, wenn man mich hier drinläßt! Amme! Amme, wo bist du? Hjalmar! Hjalmar, wo seid Ihr? *Sie kommt zum Bett zurück.* Ich wage nicht mehr, das Bett zu verlassen. – Ich werde mich auf die andere Seite legen. – Dann sehe ich nicht mehr, was an der Wand ist. *Jetzt sieht man, wie der Wind einige auf einem Betschemel liegende weiße Kleidungsstücke leicht bewegt.* – Oh, es ist jemand beim Betschemel! *Sie dreht sich auf die andere Seite.* – Eh! Der Schatten ist immer noch auf der Wand! *Sie dreht sich wieder um.* – Er ist immer noch auf dem Betschemel! Oh! Oh! Oh! Oh! – Ich werde versuchen, die Augen zu schließen. *Jetzt hört man die Möbel knacken und den Wind pfeifen.* Oh! Oh! Oh! Was ist jetzt? Es sind Geräusche in meinem Zimmer! *Sie steht auf.* – Ich will sehen, was auf dem Betschemel ist! – Ich hatte Angst vor meinem Hochzeitskleid! Aber was ist das für ein Schatten auf dem Wandbehang? *Sie schiebt den Behang zur Seite.* – Jetzt ist er auf der Wand! Ich werde etwas Wasser trinken! *Sie trinkt und stellt das Glas auf einem Möbelstück ab.* – Oh wie die Schilfmatten in meinem Zimmer knirschen! Und wenn ich gehe, redet alles hier in meinem Zimmer! Ich glaube, es ist der Schatten der Zypresse; es ist eine Zypresse vor meinem Fenster. *Sie geht zum Fenster.* – Ein tristes Zimmer haben sie mir gegeben! *Es donnert.* Nichts als Kreuze sehe ich beim Aufleuchten der Blitze; und ich habe Angst, die Toten steigen durch die Fenster ein. – Oh, was für ein Sturm auf dem Friedhof! Und was für ein Wind in den Trauerweiden! *Sie legt sich auf ihr Bett.* Jetzt höre ich nichts mehr; und der Mond hat mein Zimmer verlassen. Jetzt höre ich nichts mehr. Ich will aber doch lieber Geräusche hören. *Sie lauscht.* Es sind Schritte auf dem Korridor. Seltsame Schritte, seltsame Schritte, seltsame Schritte ... Vor meinem Zimmer wird geflüstert; und ich höre Hände an meiner Tür! *In diesem Moment fängt der Hund an zu heulen.* Pluto! Pluto! Da kommt jemand herein! – Pluto! Pluto! Pluto! Heul doch nicht so! Mein Gott! Mein Gott! Ich glaube, mein Herz hört gleich auf zu schlagen!

VIERTE SZENE: EIN KORRIDOR IM SCHLOSS

Am Ende des Korridors erscheinen der König und Königin Anne. – Der König trägt eine Lampe, das Gewitter tobt weiter.

ANNE: Ich glaube, das Gewitter wird schrecklich, heute nacht; im Hof war ein fürchterlicher Wind, eine der alten Trauerweiden ist in den Teich gefallen.
DER KÖNIG: Lassen wir es.
ANNE: Was?
DER KÖNIG: Kann man es nicht anders machen?
ANNE: Kommt.
DER KÖNIG: Die sieben Beginen!
Man hört die sieben Beginen kommen, sie singen Litaneien.
EINE BEGINE *von weitem:* Propitius esto!
DIE ANDEREN BEGINEN: Parce nobis, Domine!
EINE BEGINE: Propitius esto!

DIE ANDEREN: Exaudi nos, Domine!
EINE BEGINE: Ab omni malo!
DIE ANDEREN: Libera nos, Domine!
EINE BEGINE: Ab omni peccato!
DIE ANDEREN: Libera nos, Domine!
In einer Reihe hintereinander treten sie auf; die erste trägt eine Laterne, die siebte ein Gebetbuch.
EINE BEGINE: Ab ira tua!
DIE ANDEREN: Libera nos, Domine!
EINE BEGINE: A subitanea et improvisa morte!
DIE ANDEREN: Libera nos, Domine!
EINE BEGINE: Ab insidiis diaboli!
DIE ANDEREN: Libera nos, Domine!
EINE BEGINE *während sie an König und Königin vorübergeht:* A spiritu fornicationis!
DIE ANDEREN: Libera nos, Domine!
EINE BEGINE: Ab ira, et odio, et omni mala voluntate!
DIE ANDEREN: Libera nos, Domine!
Sie gehen hinaus. Man hört sie noch eine Weile aus größer werdender Entfernung.
EINE BEGINE: A fulgure et tempestate!
DIE ANDEREN: Libera nos, Domine!
EINE BEGINE *aus weiter Entfernung:* A morte perpetua!
DIE ANDEREN: Libera nos, Domine!
ANNE: Sie sind weg. – Kommt.
DER KÖNIG: Oh, machen wir es nicht heute!
ANNE: Warum?
DER KÖNIG: Es donnert so fürchterlich!
ANNE: Man wird ihr Schreien nicht hören. Kommt.
DER KÖNIG: Warten wir noch etwas.
ANNE: Seid still! Hier ist die Tür ...
DER KÖNIG: Das hier ist die Tür? ... Mein Gott! Mein Gott, mein Gott!
ANNE: Wo ist der Schlüssel?
DER KÖNIG: Gehen wir ans Ende des Korridors; hier ist vielleicht jemand.

ANNE: Wo ist der Schlüssel?
DER KÖNIG: Warten wir bis morgen.
ANNE: Wie ist es denn möglich? ... Nun los! Den Schlüssel! Den Schlüssel!
DER KÖNIG: Ich glaube, ich habe ihn vergessen.
ANNE: Das ist nicht möglich. Ich habe ihn Euch gegeben.
DER KÖNIG: Ich finde ihn nicht mehr.
ANNE: Aber ich habe ihn Euch in den Mantel gesteckt ...
DER KÖNIG: Er ist nicht mehr da. Ich gehe ihn holen ...
ANNE: Wo denn?
DER KÖNIG: Irgendwo anders.
ANNE: Nein nein, bleibt hier; Ihr kämt nicht mehr wieder.
DER KÖNIG: Doch doch, ich komme wieder.
ANNE: Ich werde selbst gehen. Bleibt Ihr hier. Wo ist er?
DER KÖNIG: Ich weiß nicht. In meinem Schlafzimmer ...
ANNE: Aber Ihr werdet fortgehen?
DER KÖNIG: Oh nein, ich werde bleiben! ... Ich werde hier bleiben!
ANNE: Ihr müßt ihn einfach haben. Ich habe ihn Euch in den Mantel gesteckt. Sucht. Wir haben keine Zeit zu verlieren.
DER KÖNIG: Ich finde ihn nicht.
ANNE: Wollen wir mal sehen ... – Hier ist er doch! Nun komm, sei vernünftig, Hjalmar; sei doch nicht kindisch, heute abend ... Liebst du mich nicht mehr?
Sie will ihn küssen.
DER KÖNIG *sie zurückstoßend:* Nein, nein, nicht jetzt.
ANNE: Öffnet!
DER KÖNIG: Oh weh! oh weh! Vor der Tür zur Hölle hätt' ich weniger Angst! Da ist nur ein kleines Mädchen hinter; sie kann keine ...
ANNE: Öffnet!
DER KÖNIG: Sie kann keine Blume in ihren Händen halten! Sie zittert, sobald sie eine arme kleine Blume in ihren Händen hält; und ich ...
ANNE: Nun los; macht keine Szenen, das ist nicht der richtige Moment dafür. – Wir haben keine Zeit zu verlieren!

DER KÖNIG: Ich finde das Schlüsselloch nicht.
ANNE: Gebt mir die Lampe; sie wackelt, als würde der Korridor gleich einstürzen.
DER KÖNIG: Ich finde das Schlüsselloch nicht.
ANNE: Ihr zittert?
DER KÖNIG: Nein; – ja, etwas, aber ich sehe nichts mehr!
ANNE: Gebt mir den Schlüssel! *Die Tür halb öffnend.* Geht rein!
Der schwarze Hund schleicht sich an ihnen vorbei aus dem Zimmer.
DER KÖNIG: Da ist etwas herausgekommen ...
ANNE: Ja.
DER KÖNIG: Da ist etwas herausgekommen! ...
ANNE: Seid still!
DER KÖNIG: Was ist denn da aus dem Zimmer gekommen?
ANNE: Ich weiß es nicht; – geht rein! Nun geht schon rein!
Sie betreten das Zimmer.

FÜNFTE SZENE: DAS ZIMMER VON PRINZESSIN MALEINE

Man entdeckt Prinzessin Maleine auf ihrem Bett, entsetzt horchend; der König und Königin Anne treten ein. – Das Gewitter wird stärker.

DER KÖNIG: Ich will wissen, was aus dem Zimmer gekommen ist!
ANNE: Geht weiter! Geht weiter!
DER KÖNIG: Ich will nachsehen, was aus dem Zimmer gekommen ist ...
ANNE: Seid still. Sie ist da ...
DER KÖNIG: Sie ist tot! – Geh'n wir wieder!
ANNE: Sie hat Angst.
DER KÖNIG: Geh'n wir wieder! Ich höre ihr Herz bis hier schlagen!
ANNE: Geht weiter; – verliert Ihr den Verstand?
DER KÖNIG: Sie sieht uns an, oh nein, nein!
ANNE: Aber das ist doch ein kleines Mädchen! – Guten Abend, Maleine. – Hörst du mich nicht, Maleine? Wir kommen dir guten Abend sagen. – Bist du krank, Maleine? Hörst du mich nicht? Maleine! Maleine!

Maleine nickt bejahend.

DER KÖNIG: Ach!

ANNE: Du bist erschreckt! – Maleine! Maleine! Hast du die Stimme verloren?

MALEINE: Guten ... Abend! ...

ANNE: Ah, du lebst noch; – hast du alles, was du brauchst? – Aber zuerst ziehe ich mir den Mantel aus. *Sie legt ihren Mantel auf ein Möbelstück und nähert sich dem Bett.* – Ich sehe mal. – Oh, dieses Kopfkissen ist ziemlich hart. – Ich mach' dir die Haare zurecht. – Warum schaust du mich denn so an, Maleine? Maleine? – Ich komme nur ein bißchen schmusen. – Wo tut es dir weh? Du zitterst, als würd'st du gleich sterben. – Das ganze Bett zittert ja mit! – Ich komme doch nur ein bißchen schmusen. – Schau mich nicht so an! In deinem Alter muß man verhätschelt werden; ich werde deine arme Mami sein. – Ich mach' dir die Haare zurecht. – Komm, heb den Kopf ein klein wenig an; ich werde sie dir hiermit hochbinden. – Heb den Kopf ein klein wenig an. – So.

Sie legt ihr eine Schlinge um den Hals.

MALEINE *aus dem Bett springend:* Ah! Was habt Ihr mir da um den Hals gelegt?

ANNE: Nichts! Nichts! Es ist nichts! Nicht schreien!

MALEINE: Ah! Ah!

ANNE: Haltet sie fest! Haltet sie fest!

DER KÖNIG: Was? Was?

ANNE: Sie wird schreien! Sie wird schreien!

DER KÖNIG: Ich kann nicht!

MALEINE: Ihr wollt mich! ... Oh! Ihr wollt mich! ...

ANNE *Maleine packend:* Nein! Nein!

MALEINE: Mami! Mami! Amme! Amme! Hjalmar! Hjalmar! Hjalmar!

ANNE *zum König:* Wo seid Ihr?

DER KÖNIG: Hier! Hier!

MALEINE *Anne auf den Knien folgend:* Wartet! Wartet ein wenig! Anne! Madame! König! König! König! Hjalmar! – Nicht heute! – Nein! Nein! Nicht jetzt! ...

ANNE: Wollt Ihr mir um die ganze Welt auf Knien folgen?

Sie zieht die Schlinge stramm.
MALEINE *mitten im Zimmer hinfallend:* Mami! ... Oh! oh! oh!
Der König setzt sich hin.
ANNE: Sie bewegt sich nicht mehr. Es ist schon vorbei. – Wo seid Ihr? Helft mir! Sie ist nicht tot. – Ihr habt Euch hingesetzt!
DER KÖNIG: Ja! Ja! Ja!
ANNE: Haltet ihr die Füße fest; sie zappelt. Sie kommt sonst wieder hoch ...
DER KÖNIG: Welche Füße? Welche Füße? Wo sind sie?
ANNE: Da! Da! Da! Zieht!
DER KÖNIG: Ich kann nicht! Ich kann nicht!
ANNE: Laßt sie doch nicht unnötig leiden!
In dem Moment prasselt plötzlich Hagel gegen die Fenster.
DER KÖNIG: Oh weh!
ANNE: Was habt Ihr gemacht?
DER KÖNIG: An den Fenstern! – Man klopft an die Fenster!
ANNE: Man klopft an die Fenster?
DER KÖNIG: Ja! Ja! Mit Fingern; oh, Millionen von Fingern!
Weitere Gewitterbö.
ANNE: Das ist der Hagel.
DER KÖNIG: Hagel?
ANNE: Ja.
DER KÖNIG: Ist das der Hagel?
ANNE: Ja, ich hab' es gesehen. – Er sieht alles mehr und mehr verschwommen.
DER KÖNIG: Ich will hier raus! Ich geh' jetzt raus! Ich geh' jetzt raus!
ANNE: Was? Was? Wartet! Wartet! Sie ist tot.
In diesem Moment stößt ein Windstoß mit Wucht ein Fenster auf, und eine auf dem Fensterbrett stehende Vase mit einer Lilie fällt geräuschvoll auf den Zimmerboden.
DER KÖNIG: Oh weh, oh weh! ... Jetzt! ... Was ist denn jetzt?
ANNE: Es ist nichts, es ist die Lilie; die Lilie ist gefallen.
DER KÖNIG: Man hat das Fenster geöffnet.
ANNE: Es ist der Wind.
Donner und Blitze.

DER KÖNIG: Ist das der Wind?
ANNE: Ja, ja, Ihr hört es doch. – Los, nehmt die andere Lilie; – sie fällt auch gleich.
DER KÖNIG: Wo? Wo?
ANNE: Da! Da! Am Fenster. Gleich fällt sie, gleich fällt sie! Man wird es hören! ...
DER KÖNIG *die Lilie nehmend:* Wo soll ich sie hinstellen?
ANNE: Aber wohin Ihr wollt; auf den Boden! Auf den Boden!
DER KÖNIG: Ich weiß nicht wohin ...
ANNE: Nun bleibt doch mit der Lilie nicht so da stehen! Sie wankt, als ständ' sie mitten in einem Sturm! Gleich fällt sie!
DER KÖNIG: Wo soll ich sie hinstellen?
ANNE: Wohin Ihr wollt; auf den Boden; – irgendwohin ...
DER KÖNIG: Hier?
ANNE: Ja, ja.
In diesem Moment bewegt sich Maleine.
DER KÖNIG: Oh!
ANNE: Was? Was!
DER KÖNIG *Maleines Bewegung imitierend:* Sie hat! ...
ANNE: Sie ist tot; sie ist tot. Kommt!
DER KÖNIG: Ich?
ANNE: Ja. Sie blutet aus der Nase. – Gebt mir Euer Taschentuch.
DER KÖNIG: Ich ... mein Taschentuch?
ANNE: Ja.
DER KÖNIG: Nein, nein! Nicht meins! Nicht meins!
In diesem Moment erscheint der Verrückte am offen gebliebenen Fenster und fängt an zu kichern.
ANNE: Da ist jemand! Da ist jemand am Fenster!
DER KÖNIG: Oh weh! Oh weh!
ANNE: Es ist der Verrückte! Er hat Licht gesehen. – Er wird es weitersagen. – Tötet ihn!
Der König läuft zum Fenster und versetzt dem Verrückten einen Schwerthieb.
DER VERRÜCKTE *fallend:* Oh! Oh! oh!
ANNE: Ist er tot?
DER KÖNIG: Er ist gefallen. Er ist in den Graben gefallen. Er

ertrinkt! Hört! Hört! ... *Man hört Gluckergeräusche.*
ANNE: Ist niemand in der Nähe?
DER KÖNIG: Er ertrinkt; er ertrinkt. Hört!
ANNE: Ist niemand in der Nähe?
Blitze und Donner.
DER KÖNIG: Es blitzt! Es blitzt!
ANNE: Was?
DER KÖNIG: Es regnet! es regnet! Es hagelt! es hagelt! Es donnert! es donnert!
ANNE: Was macht Ihr da am Fenster?
DER KÖNIG: Es regnet, es regnet auf mich herunter! Sie schütten Wasser auf meinen Kopf! Jetzt wär' ich gern auf dem Rasen! Jetzt wär' ich gern unter freiem Himmel! Sie schütten Wasser auf meinen Kopf! Alles Wasser der Sintflut bräuchte man, um mich jetzt zu taufen! Der gesamte Himmel schleudert Hagel auf meinen Kopf! Der gesamte Himmel schleudert Blitze auf meinen Kopf!
ANNE: Ihr verliert den Verstand! Gleich werdet Ihr vom Blitz getroffen!
DER KÖNIG: Es hagelt! Es hagelt auf meinen Kopf! Manche Hagelkörner sind wie Rabeneier!
ANNE: Ihr verliert ja den Verstand! Sie werden Euch steinigen! ... – Ihr blutet schon. – Macht das Fenster zu.
DER KÖNIG: Ich habe Durst.
ANNE: Trinkt. In dem Glas hier ist Wasser.
DER KÖNIG: Wo?
ANNE: Da; es ist noch halb voll.
DER KÖNIG: Hat sie aus diesem Glas getrunken?
ANNE: Ja; vielleicht.
DER KÖNIG: Ist kein anderes Glas da?
Er schüttet das übriggebliebene Wasser aus und putzt das Glas ab.
ANNE: Nein, – was macht Ihr?
DER KÖNIG: Sie ist tot.
In diesem Moment hört man seltsames Rascheln und das Geräusch von Krallen an der Tür. Oh!
ANNE: Jemand kratzt an der Tür!
DER KÖNIG: Sie kratzen! Sie kratzen!

ANNE: Seid still!
DER KÖNIG: Aber das ist nicht mit einer Hand!
ANNE: Ich weiß nicht, was es ist.
DER KÖNIG: Nehmen wir uns in acht! Oh! oh! oh!
ANNE: Hjalmar! Hjalmar! Was habt Ihr?
DER KÖNIG: Was? Was?
ANNE: Ihr seid fürchterlich! Fallt Ihr? Trinkt, trinkt etwas.
DER KÖNIG: Ja! Ja!
ANNE: Es sind Schritte auf dem Korridor.
DER KÖNIG: Er wird hereinkommen!
ANNE: Wer?
DER KÖNIG: Der ... der ... Der, der! ...
Er macht eine Kratzbewegung.
ANNE: Seid still. – Da wird gesungen ...
STIMMEN *vom Korridor: De profundis clamavi ad te, Domine; Domine, exaudi vocem meam!*
ANNE: Es sind die sieben Beginen. Sie gehen zur Küche.
STIMMEN *vom Korridor: Fiant aures tuae intendentes, in vocem deprecationis meae!*
Der König läßt Glas und Karaffe fallen.
ANNE: Was habt Ihr wieder gemacht!
DER KÖNIG: Es war nicht meine Schuld ...
ANNE: Sie werden das Geräusch gehört haben. Sie werden hereinkommen ...
STIMMEN *sich auf dem Korridor entfernend: Si iniquitates observaveris, Domine: Domine, quis sustinebit?*
ANNE: Sie sind weg; sie gehen zur Küche.
DER KÖNIG: Ich will hier weg! Ich will hier weg! Ich will mit ihnen gehen! Macht mir die Tür auf!
Er geht zur Tür.
ANNE *ihn zurückhaltend:* Was macht Ihr denn? Wo geht Ihr hin? Verliert Ihr den Verstand?
DER KÖNIG: Ich will mit ihnen gehen! Sie sind schon auf dem Rasen ... Sie sind am Teich ... Da ist es windig und regnet; da gibt es Wasser; da ist Luft! – Wenn Ihr sie wenigstens unter freiem Himmel hättet sterben lassen! Aber hier, in einem kleinen Zim-

mer! In einem winzig kleinen Zimmer! – Ich werde die Fenster öffnen ...

ANNE: Aber es donnert! Ihr werdet verrückt? Ich wäre besser allein gekommen ...

DER KÖNIG: Ja! Ja!

ANNE: Und Ihr hättet Eure Hände in Unschuld gewaschen, nicht wahr? Aber jetzt ...

DER KÖNIG: Ich habe sie nicht getötet! Ich habe keinen Finger gerührt! Ihr habt sie getötet! Ihr! Ihr! Ihr!

ANNE: Ist ja gut, ist ja gut; seid still. – Wir sehen das später. Aber schreit nicht so.

DER KÖNIG: Sagt nicht mehr, daß ich es war, oder ich töte Euch ebenfalls! Ihr wart es! Ihr!

ANNE: Nun schreit doch nicht wie ein Besessener! Man hört Euch ja bis zum anderen Ende des Korridors.

DER KÖNIG: Man hat mich gehört?

Es klopft an die Tür.

ANNE: Es klopft! Rührt Euch nicht!

Es klopft.

DER KÖNIG: Was jetzt? Was denn jetzt?

Es klopft.

ANNE: Macht das Licht aus.

DER KÖNIG: Oh weh!

ANNE: Nun macht schon das Licht aus.

DER KÖNIG: Nein.

ANNE: Ich werd' es selbst ausmachen.

Sie macht das Licht aus. Es klopft.

DIE AMME *auf dem Korridor:* Maleine! Maleine!

ANNE *im Zimmer:* Es ist die Amme ...

DER KÖNIG: Oh! Oh! Die Amme! Die liebe, gute Amme! Ich will die Amme sehen! Öffnen wir! Öffnen wir!

ANNE: Nun seid aber still; seid um Himmels willen still!

DIE AMME *auf dem Korridor:* Maleine! Maleine! Schlaft Ihr?

DER KÖNIG *im Zimmer:* Ja; ja; ja; oh!

ANNE: Seid still.

DIE AMME *auf dem Korridor:* Maleine ..., meine arme kleine

Maleine … Ihr antwortet nicht mehr? Ihr wollt mir nicht mehr antworten? – Sie scheint tief zu schlafen.
DER KÖNIG *im Zimmer:* Oh! oh! Tief! *Es klopft.*
ANNE: Seid still!
DIE AMME *auf dem Korridor:* Maleine! – Meine arme kleine Maleine! Ich bringe Euch leckere weiße Trauben und ein bißchen Bouillon. Sie sagen, daß Ihr nicht essen könnt; und ich weiß ja, daß Ihr sehr schwach seid, aber ich weiß auch, daß Ihr Hunger habt. – Maleine! Maleine! Macht mir auf!
DER KÖNIG *im Zimmer:* Oh! oh! oh!
ANNE: Nicht weinen! Sie wird gleich gehen …
DIE AMME *auf dem Korridor:* Lieber Gott! Da kommt Hjalmar mit dem kleinen Allan. Er wird sehen, daß ich ihr Obst bringe. Ich werde es unter dem Mantel verstecken.
DER KÖNIG *im Zimmer:* Hjalmar kommt!
ANNE: Ja.
DER KÖNIG: Und der kleine Allan …
ANNE: Ich weiß es ja; seid still.
HJALMAR *auf dem Korridor:* Wer ist da?
DIE AMME: Ich bin es, Herr.
HJALMAR: Ach, Ihr seid es, Amme. Es ist so dunkel in diesem Korridor … Ich hab' Euch nicht erkannt. Was macht Ihr hier?
DIE AMME: Ich wollte zur Küche; da hab' ich den Hund vor der Tür gesehen …
HJALMAR: Ach, das ist Pluto! – Hierher, Pluto!
ANNE *im Zimmer:* Es war der Hund!
DER KÖNIG: Was?
ANNE: Es war der Hund, der gekratzt hat …
DIE AMME *auf dem Korridor:* Er war in Maleines Zimmer. Ich weiß nicht, wie er herausgekommen ist …
HJALMAR: Ist sie nicht mehr in ihrem Zimmer?
DIE AMME: Ich weiß nicht; sie antwortet nicht.
HJALMAR: Sie schläft.
DIE AMME: Er will nicht von der Tür weg.
HJALMAR: Laßt ihn; Hunde haben seltsame Ideen. Aber was für ein Sturm, Amme, was für ein Sturm! …

DIE AMME: Und der kleine Allan liegt noch nicht im Bett?

HJALMAR: Er sucht seine Mutter; er findet seine Mutter nicht mehr.

DER KLEINE ALLAN: Ma-amilein ist verloren!

HJALMAR: Vor dem Einschlafen will er sie unbedingt sehen. Ihr wißt nicht, wo sie ist?

DIE AMME: Nein.

DER KLEINE ALLAN: Ma-amilein ist verloren!

HJALMAR *auf dem Korridor:* Sie ist nicht zu finden.

DER KLEINE ALLAN: Ma-amilein ist verloren! verlo-oren! Oh! oh! oh!

DER KÖNIG *im Zimmer:* Oh!

ANNE: Er weint!

DIE AMME *auf dem Korridor:* Nun komm, weine nicht; hier ist dein Ball. Ich hab' ihn im Garten gefunden.

DER KLEINE ALLAN: Ah! ah! ah!

Man hört dumpfe Schläge gegen die Tür.

DER KÖNIG *im Zimmer:* Hört! Hört!

ANNE: Es ist der kleine Allan; er spielt mit dem Ball, er wirft ihn gegen die Tür!

DER KÖNIG: Sie werden hereinkommen. – Ich werde abschließen!

ANNE: Es ist abgeschlossen.

DER KÖNIG *zur Tür gehend:* Die Riegel! Die Riegel!

ANNE: Vorsicht! Vorsicht!

HJALMAR *auf dem Korridor:* Warum schnuppert der Hund denn so?

DIE AMME: Er würde gern rein; er ist immer in Maleines Nähe.

HJALMAR: Glaubt Ihr, sie kann morgen aufstehen?

DIE AMME: Ja, ja. Sie ist geheilt. – Na, Allan, was machst du da! – Du spielst nicht mehr? Du lauschst an Türen? Pfui! So ein kleiner Bösewicht, der an Türen lauscht!

DER KLEINE ALLAN: Da-a ist ein kleiner Junge hinter der Tü-ür! ...

ANNE *im Zimmer:* Was sagt er?

HJALMAR *auf dem Korridor:* Man darf nie an Türen lauschen. Das bringt Unglück, wenn man an Türen lauscht.

DER KLEINE ALLAN: Da-a ist ein kleiner Junge hinter der Tü-ür! ...

ANNE *im Zimmer:* Er hat Euch gehört!
DER KÖNIG: Ja! Ja! Ich glaube ja!
ANNE: Er hört Euer Herz oder Eure Zähne!
DER KÖNIG: Man hört meine Zähne?
ANNE: Ich höre sie bis hier! Macht den Mund zu!
DER KÖNIG: Ich?
ANNE: Nun lehnt Euch doch nicht gegen die Tür! Kommt weg da!
DER KÖNIG: Wohin? Wohin?
ANNE: Hierher! Hierher!
DER KLEINE ALLAN *auf dem Korridor:* Da-a ist ein kleiner Junge hinter der Tü-ür.
HJALMAR: Komm; du bist müde.
DIE AMME: Komm; es ist ein böser kleiner Junge.
DER KLEINE ALLAN: Ich will den kleinen Jungen sehen! ...
DIE AMME: Ja, ja, morgen siehst du ihn. Komm, wir gehen Mamilein suchen. Weine nicht, komm!
DER KLEINE ALLAN: Ich will den kleinen Jungen sehen! oh! oh! Ich sa-ag' es Ma-amilein! oh! oh!
DIE AMME: Und ich, ich werde Mamilein sagen, daß du Maleine geweckt hast. Nun komm, Maleine ist krank.
DER KLEINE ALLAN: Ma-aleine is nich mehr kra-ank.
DIE AMME: Komm; sonst wird sie noch wach.
DER KLEINE ALLAN *aus wachsender Entfernung:* Nein, nein, ich weck Ma-aleine nich auf! Ich weck Ma-aleine nich auf!
ANNE *im Zimmer:* Sind sie weg?
DER KÖNIG: Ja! Ja! gehen wir auch! Ich mach' die Tür auf! Den Schlüssel! Den Schlüssel! Wo ist der Schlüssel?
ANNE: Hier. – Wartet noch. – Wir tragen sie auf ihr Bett.
DER KÖNIG: Wen?
ANNE: Sie ...
DER KÖNIG: Ohne mich!
ANNE: Aber man wird sehen, daß sie erwürgt worden ist! Helft mir!
DER KÖNIG: Ohne mich! Ohne mich! Kommt! Kommt! Kommt!
ANNE: Helft mir die Schlinge lösen!
DER KÖNIG: Kommt! Kommt!

ANNE: Ich bekomme die Schlinge nicht los! Ein Messer! Ein Messer!

DER KÖNIG: Oh! Was hat sie um den Hals? Was schimmert da an ihrem Hals? Kommt mit mir! Kommt mit!

ANNE: Das ist doch nichts! Das ist ein Rubin-Kollier! Euer Messer!

DER KÖNIG: Nein, nein, ohne mich! Ohne mich, sage ich Euch! Und läge der liebe Gott auf Knien vor mir! ... Ich stieß' ihn zurück! Ich stieß' ihn zurück! Ohne mich! Oh! Da! ... Da ist! ...

ANNE: Was? Was?

DER KÖNIG: Da ist! ... Oh! oh! oh!

Tastend öffnet er die Tür und flieht.

ANNE: Wo ist er? ... Er ist geflohen ... Was hat er gesehen? ... Ich sehe nichts ... Er torkelt an den Wänden des Korridors entlang ... Er ist hinten angelangt ... Er fällt ... – Allein bleibe ich nicht hier.

Sie geht hinaus.

Fünfter Akt

ERSTE SZENE: EIN TEIL DES FRIEDHOFS VOR DEM SCHLOSS

Man entdeckt eine große Menge.
Das Gewitter tobt weiter.

EINE ALTE FRAU: Ein Blitz hat in die Mühle eingeschlagen!

EINE ANDERE FRAU: Ich habe den Einschlag gesehen!

EIN BAUER: Ja! Ja! ein blauer Meteor! ein blauer Meteor!

EIN ANDERER BAUER: Die Mühle brennt! Ihre Flügel brennen!

EIN KIND: Sie drehen sich! Sie drehen sich noch!

ALLE: Oh!

EIN ALTER MANN: Habt ihr jemals eine Nacht wie diese gesehen?

EIN BAUER: Seht, das Schloß! Das Schloß!

EIN ANDERER: Brennt es? – Ja.

EIN DRITTER BAUER: Nein, nein! Es sind grüne Flammen. Aus allen Dachfirsten kommen grüne Flammen!

EINE FRAU: Ich glaube, es ist das Ende der Welt!
EINE ANDERE FRAU: Bleiben wir lieber nicht auf dem Friedhof!
EIN BAUER: Wartet. Warten wir noch etwas! Sie beleuchten alle Fenster im Erdgeschoß!
EIN ARMER: Es gibt ein Fest!
EIN ANDERER BAUER: Sie wollen essen!
EIN ALTER MANN: Da ist ein Fenster im Erdgeschoß, das ist nicht erleuchtet!
EIN BEDIENSTETER VOM SCHLOSS: Das ist das Zimmer von Prinzessin Maleine.
EIN BAUER: Das da?
DER BEDIENSTETE VOM SCHLOSS: Ja; sie ist krank.
EIN VAGABUND *hinzukommend:* Im Hafen ist ein großes Kriegsschiff.
ALLE: Ein großes Kriegsschiff?
DER VAGABUND: Ein großes schwarzes Schiff; man sieht keine Matrosen.
EIN ALTER MANN: Das ist das Jüngste Gericht.
In diesem Moment erscheint der Mond über dem Schloß.
ALLE: Der Mond! Der Mond! Der Mond!
EIN BAUER: Er ist schwarz; er ist schwarz ... Was ist mit ihm?
EIN BEDIENSTETER: Eine Mondfinsternis! Eine Mondfinsternis!
Unglaublich heftiger Blitz- und Donnerschlag.
ALLE: Der Blitz hat ins Schloß eingeschlagen.
EIN BAUER: Habt ihr das Schloß beben sehen?
EIN ANDERER BAUER: Sämtliche Türme haben gewackelt!
EINE FRAU: Das große Kreuz von der Kapelle hat sich bewegt ... Es bewegt sich! Es bewegt sich!
DIE EINEN: Ja, ja; gleich fällt es! Gleich fällt es!
DIE ANDEREN: Es fällt! Es fällt! Mit dem Dach vom Türmchen!
EIN BAUER: Es ist in den Graben gefallen.
EIN ALTER MANN: Es wird große Unglücke geben.
EIN ANDERER ALTER MANN: Als wäre die Hölle um das Schloß.
EINE FRAU: Ich sage euch, es ist das Jüngste Gericht.
EINE ANDERE FRAU: Bleiben wir lieber nicht auf dem Friedhof.
EINE DRITTE FRAU: Die Toten werden herauskommen!

EIN PILGER: Ich glaube, es ist das Totengericht!
EINE FRAU: Lauft nicht über die Gräber!
EINE ANDERE FRAU *zu den Kindern*: Lauft nicht über die Kreuze!
EIN BAUER *herbeieilend*: Einer der Brückenpfeiler ist eingestürzt!
ALLE: Brücke? Welche Brücke?
EIN BAUER: Die Steinbrücke zum Schloß. Man kommt nicht mehr zum Schloß.
EIN ALTER MANN: Da möchte ich nicht hin.
EIN ANDERER ALTER MANN: Da möchte ich nicht sein! ...
EINE ALTE FRAU: Ich auch nicht!
DER SCHLOSSBEDIENSTETE: Schaut euch die Schwäne an! Schaut euch die Schwäne an!
ALLE: Wo? Wo sind sie?
DER BEDIENSTETE: Im Graben; unter dem Fenster von Prinzessin Maleine!
DIE EINEN: Was haben sie? Was haben sie denn?
DIE ANDEREN: Sie fliegen weg! Sie fliegen weg! Sie fliegen alle weg!
EIN PILGER: Da ist einer, der fliegt nicht weg!
EIN ZWEITER PILGER: Er hat Blut an den Flügeln!
EIN DRITTER PILGER: Er treibt auf dem Rücken!
ALLE: Er ist tot!
EIN BAUER: Das Fenster geht auf!
DER BEDIENSTETE: Das ist das Fenster von Prinzessin Maleine!
EIN ANDERER BAUER: Da ist keiner!
Ein Schweigen.
FRAUEN: Es geht auf!
ANDERE FRAUEN: Gehen wir lieber! Gehen wir weg von hier!
Entsetzt fliehen sie.
DIE MÄNNER: Was ist? Was ist?
ALLE FRAUEN: Man weiß ja nicht!
Sie fliehen.
EINIGE MÄNNER: Was ist denn passiert?
ANDERE MÄNNER: Nichts! Es ist nichts!
Sie fliehen.
ALLE: Warum lauft ihr denn weg? Es ist nichts! Es ist nichts!

Sie fliehen.
EIN BEINAMPUTIERTER KRÜPPEL: Ein Fenster geht auf ... ein Fenster geht auf ... Sie haben Angst ... Es ist nichts!
Entsetzt flieht er, auf den Händen kriechend.

ZWEITE SZENE: EIN SAAL VOR DER SCHLOSSKAPELLE

Man entdeckt eine größere Zahl von Edelleuten, Höflingen, Edelfrauen, etc., beim Warten. Das Gewitter tobt weiter.

EIN EDELMANN *an einem Fenster:* Hat man jemals eine solche Nacht gesehen!
EIN ANDERER EDELMANN: Seht euch nur die Tannen an! Kommt, seht euch den Tannenwald an, durch dieses Fenster! Er neigt sich bis zum Boden, quer durch die Blitze! – Fast wie ein Fluß aus Blitzen!
EIN ANDERER EDELMANN: Und der Mond! Habt ihr den Mond gesehen?
ZWEITER EDELMANN: Nie habe ich einen entsetzlicheren Mond gesehen!
DRITTER EDELMANN: Vor zehn Uhr wird die Mondfinsternis nicht vorüber sein.
ERSTER EDELMANN: Und die Wolken! Seht doch die Wolken! Fast wie Herden schwarzer Elefanten, die seit drei Stunden über das Schloß hinwegziehen!
ZWEITER EDELMANN: Und es erbebt vom Keller bis zum Speicher!
HJALMAR: Wie spät ist es?
ERSTER EDELMANN: Neun.
HJALMAR: Nun warten wir schon mehr als eine Stunde auf den König!
DRITTER EDELMANN: Und man weiß noch nicht, wo er ist?
HJALMAR: Die sieben Beginen haben in zuletzt auf dem Korridor gesehen.
ZWEITER EDELMANN: Um wieviel Uhr?
HJALMAR: Gegen sieben.
ZWEITER EDELMANN: Und er hat keine Weisungen erteilt? ...

HJALMAR: Er hat nichts gesagt. Es muß etwas passiert sein; ich werde nachsehen.

Er geht hinaus.

ZWEITER EDELMANN: Man weiß nicht, was in solchen Nächten passieren kann!

DRITTER EDELMANN: Aber Königin Anne, wo ist sie?

ERSTER EDELMANN: Sie war bei ihm.

DRITTER EDELMANN: Oh! Ja dann!

ZWEITER EDELMANN: Eine solche Nacht!

ERSTER EDELMANN: Nehmt Euch in acht! Die Mauern hören ...

Ein Kammerherr tritt ein.

ALLE: Ja, und?

DER KAMMERHERR: Keiner weiß, wo er ist.

EIN EDELMANN: Dann ist ein Unglück passiert!

DER KAMMERHERR: Man muß abwarten. Ich bin durch das ganze Schloß gelaufen; jeden habe ich befragt; keiner weiß, wo er ist.

EIN EDELMANN: Es wäre eigentlich Zeit, in die Kapelle zu gehen; – hört, die sieben Beginen sind bereits da.

Man hört entfernte Gesänge.

EIN ANDERER EDELMANN *an einem Fenster:* Kommt; kommt; seht euch den Fluß an ...

EDELLEUTE *zu ihm hin laufend:* Was gibt's?

EIN EDELMANN: Da sind drei Schiffe im Sturm!

EINE HOFDAME: Einen solchen Fluß wage ich nicht mehr anzusehen!

EINE ANDERE HOFDAME: Hebt die Vorhänge nicht mehr an! Hebt die Vorhänge nicht mehr an!

EIN EDELMANN: Die Mauern beben alle, als hätten sie Fieber!

EIN ANDERER EDELMANN *an einem anderen Fenster:* Hier, hier, kommt her!

DIE EINEN: Was?

DIE ANDEREN: Ich schaue nicht mehr hin!

DER EDELMANN *am Fenster:* Die Tiere haben sich alle auf den Friedhof geflüchtet! Pfauen sind in den Zypressen! Käuze auf den Kreuzen! Alle Schafe aus dem Dorf haben sich auf die Gräber gelegt!

EIN ANDERER EDELMANN: Man könnte meinen, ein Fest in der Hölle!
EINE HOFDAME: Schließt die Vorhänge! Schließt die Vorhänge!
EIN HAUSDIENER *eintretend*: Einer der Türme ist in den Teich gefallen!
EIN EDELMANN: Einer der Türme?
DER HAUSDIENER: Das Türmchen von der Kapelle.
DER KAMMERHERR: Nicht schlimm. Es war baufällig.
EIN EDELMANN: Man glaubt fast, in den Vororten der Hölle zu sein.
DIE FRAUEN: Mein Gott! Mein Gott! Was geschieht denn noch!
EIN KAMMERHERR: Es besteht keine Gefahr! – Das Schloß würde der Sintflut widerstehen!
In diesem Moment öffnet ein alter Edelmann ein Fenster, draußen hört man einen Hund heulen. – Schweigen.
ALLE: Was ist das?
DER ALTE EDELMANN: Ein Hund, der heult!
EINE FRAU: Macht dieses Fenster nicht mehr auf!
Prinz Hjalmar tritt ein.
EIN EDELMANN: Prinz Hjalmar!
ALLE: Habt Ihr ihn gesehen, Herr?
HJALMAR: Ich habe nichts gesehen!
EDELLEUTE: Aber dann? ...
HJALMAR: Ich habe keine Ahnung.
Angus tritt ein.
ANGUS: Öffnet die Türen! Der König kommt!
ALLE: Ihr habt ihn gesehen?
ANGUS: Ja!
HJALMAR: Wo war er?
ANGUS: Ich weiß nicht.
HJALMAR: Und Königin Anne?
ANGUS: Sie ist bei ihm.
HJALMAR: Habt Ihr mit ihm gesprochen?
ANGUS: Ja.
HJALMAR: Was hat er gesagt?
ANGUS: Er hat nicht geantwortet.
HJALMAR: Ihr seid blaß!

ANGUS: Ich war erstaunt!

HJALMAR: Worüber?

ANGUS: Ihr werdet sehen!

EIN EDELMANN: Öffnet die Türen! Ich höre ihn!

ANNE *hinter der Tür:* Tretet ein, Majestät ...

DER KÖNIG *hinter der Tür:* Ich bin krank ... Ich werde nicht hineingehen ... Ich würde die Kapelle lieber nicht betreten ...

ANNE *an der Tür:* Tretet ein! Tretet ein!

Der König und Königin Anne treten ein.

DER KÖNIG: Ich bin krank ... Achtet nicht weiter darauf ...

HJALMAR: Ihr seid krank, Vater?

DER KÖNIG: Ja, ja.

HJALMAR: Was habt Ihr, Vater?

DER KÖNIG: Ich weiß es nicht.

ANNE: Es ist diese fürchterliche Nacht.

DER KÖNIG: Ja, eine fürchterliche Nacht!

ANNE: Laßt uns beten.

DER KÖNIG: Warum schweigt ihr denn alle?

HJALMAR: Vater, was ist da auf Euren Haaren?

DER KÖNIG: Auf meinen Haaren?

HJALMAR: Es ist Blut auf Euren Haaren!

DER KÖNIG: Auf meinen Haaren? – Oh-ch, das ist meins! *Man lacht.* – Warum lacht ihr denn? Zum Lachen besteht kein Anlaß!

ANNE: Er ist auf dem Korridor gestürzt.

Es klopft an eine kleine Tür.

EIN EDELMANN: Es klopft, an der kleinen Tür ...

DER KÖNIG: Ach! Es klopft hier an allen Türen! Ich will nicht mehr, daß an die Türen geklopft wird!

ANNE: Wollt Ihr bitte nachsehen, Herr?

EIN EDELMANN *die Tür öffnend:* Es ist die Amme, Madame.

DER KÖNIG: Wer?

EIN EDELMANN: Die Amme, Majestät!

ANNE *aufstehend:* Wartet, es ist für mich ...

HJALMAR: Sie soll doch eintreten! Sie soll eintreten!

Die Amme tritt ein.

DIE AMME: Ich glaube, es regnet in Maleines Zimmer.

DER KÖNIG: Was?
DIE AMME: Ich glaube, es regnet in Maleines Zimmer.
ANNE: Ihr habt es wohl gegen die Scheiben regnen hören.
DIE AMME: Kann ich nicht nachsehen?
ANNE: Nein, nein! Sie braucht Ruhe!
DIE AMME: Kann ich nicht reingehen? ...
ANNE: Nein! Nein! Nein!
DER KÖNIG: Nein! Nein! Nein!
DIE AMME: Man könnte meinen, der König wäre in den Schnee gefallen.
DER KÖNIG: Was?
ANNE: Was macht Ihr hier noch? Verschwindet! Verschwindet!
Die Amme geht hinaus.
HJALMAR: Sie hat recht; Eure Haare scheinen ganz weiß zu sein. Liegt das am Licht?
ANNE: Ja, es ist zuviel Licht an.
DER KÖNIG: Warum seht ihr mich denn alle so an? – Habt ihr mich noch nie gesehen?
ANNE: Kommt, laßt uns in die Kapelle gehen; sonst ist die Messe gleich zu Ende. Kommt schon.
DER KÖNIG: Nein, nein, ich würde heute abend lieber nicht beten...
HJALMAR: Nicht beten, Vater?
DER KÖNIG: Doch, doch, aber nicht in der Kapelle ... Ich fühle mich nicht gut, überhaupt nicht gut!
ANNE: Setzt Euch einen Moment, Majestät.
HJALMAR: Was habt Ihr, Vater!
ANNE: Laßt nur, laßt, befragt ihn nicht; er ist von dem Gewitter überrascht worden; laßt ihm ein bißchen Zeit, sich wieder zu fangen, – reden wir von etwas anderem.
HJALMAR: Werden wir Prinzessin Uglyane heute abend nicht sehen?
ANNE: Nein, heute abend nicht, sie ist immer noch leidend.
DER KÖNIG: Wie gern wäre ich an ihrer Stelle!
HJALMAR: Aber sind wir denn nicht eigentlich auch krank? – Sündenbelastet warten wir ...

DER KÖNIG: Worauf wollt Ihr hinaus?
HJALMAR: Wie beliebts, Vater?
DER KÖNIG: Worauf wollt Ihr hinaus? Seid ehrlich ...
ANNE: Ihr habt nicht verstanden. – Ihr wart zerstreut. – Ich sagte, Uglyane ist leidend, aber es geht ihr besser.
ANGUS: Und Prinzessin Maleine, Hjalmar? ...
HJALMAR: Ihr seht sie noch vor Ende de...
In diesem Moment fängt die von der Amme halb offengelassene kleine Tür durch einen Windstoß zu schlagen an, und die Lampen flackern.
DER KÖNIG *aufstehend*: Ah!
ANNE: Setzt Euch! Setzt Euch! Es ist eine kleine Tür, die schlägt... Setzt Euch; es ist nichts!
HJALMAR: Vater, was habt Ihr denn heute abend?
ANNE: Laßt ihn; er ist krank. – *Zu einem Edelmann.* Würdet Ihr bitte die Tür schließen?
DER KÖNIG: Ja. Schließt die Türen gut! – Aber warum geht Ihr auf Zehenspitzen?
HJALMAR: Ist ein Toter im Saal?
DER KÖNIG: Was? Was?
HJALMAR: Er bewegt sich, als ginge er um einen Katafalk!
DER KÖNIG: Warum sprecht ihr denn heute abend nur von solch schrecklichen Dingen? ...
HJALMAR: Aber, Vater ...
ANNE: Sprechen wir von etwas anderem! Gibt es kein fröhlicheres Thema?
EINE HOFDAME: Sprechen wir ein bißchen über Prinzessin Maleine ...
DER KÖNIG *aufstehend*: Ist? ... Ist? ...
ANNE: Setzt Euch! Setzt Euch!
DER KÖNIG: Aber sprecht nicht über ...
ANNE: Aber warum sollten wir nicht über Prinzessin Maleine sprechen? – Mir scheint, die Lampen brennen heute abend schlecht.
HJALMAR: Der Wind hat mehrere ausgeblasen.
DER KÖNIG: Zündet die Lampen an! Ja, zündet sie alle an!

Man zündet die Lampen wieder an. Jetzt ist es zu hell! Seht ihr mich?
HJALMAR: Aber Vater? ...
DER KÖNIG: Aber warum seht ihr mich alle an?
ANNE: Macht die Lampen aus. Seine Augen sind sehr schwach.
Einer der Edelleute steht auf und will hinausgehen.
DER KÖNIG: Wohin geht Ihr?
DER EDELMANN: Majestät, ich ...
DER KÖNIG: Hierbleiben! Hierbleiben! Ich will nicht, daß jemand den Saal verläßt! Bleibt hier bei mir!
ANNE: Setzt Euch, setzt Euch hin. Ihr verderbt allen die Laune.
DER KÖNIG: Stößt da jemand an die Wandteppiche?
HJALMAR: Aber nein, Vater.
DER KÖNIG: Da ist einer, der ...
HJALMAR: Das ist der Wind.
DER KÖNIG: Wieso hängt dieser Teppich da?
HJALMAR: Aber er hängt immer da; es ist der *Bethlehemitische Kindermord.*
DER KÖNIG: Ich will ihn nicht mehr sehen! Ich will ihn nicht mehr sehen! Nehmt ihn weg!
Man nimmt den Wandteppich herunter, und ein anderer, mit einer Darstellung des Jüngsten Gerichts, *erscheint.*
DER KÖNIG: Das hat man absichtlich getan!
HJALMAR: Wie? ...
DER KÖNIG: So gebt es doch zu! Ihr habt es absichtlich getan, und ich weiß genau, worauf Ihr hinauswollt! ...
EINE HOFDAME: Was sagt der König?
ANNE: Beachtet es nicht weiter; diese gräßliche Nacht hat ihm einen Schrecken versetzt.
HJALMAR: Vater, mein armer Vater ..., was habt Ihr?
EINE HOFDAME: Wollt Ihr ein Glas Wasser, Majestät?
DER KÖNIG: Ja, ja, – ach, nein! Nein! – schließlich – alles, was ich tue! Alles, was ich tue!
HJALMAR: Vater! ... Majestät! ...
EINE HOFDAME: Der König ist zerstreut.
HJALMAR: Vater! ...

ANNE: Majestät! – Euer Sohn spricht mit Euch.
HJALMAR: Vater, – warum wendet Ihr immer so den Kopf?
DER KÖNIG: Wartet ein wenig! Wartet ein wenig! ...
HJALMAR: Aber warum wendet Ihr den Kopf?
DER KÖNIG: Ich habe etwas im Nacken gespürt.
ANNE: Nun habt doch nicht vor allem Angst!
HJALMAR: Niemand ist hinter Euch.
ANNE: Sprecht nicht mehr darüber ... Sprecht nicht mehr darüber, laßt uns in die Kapelle gehen. Hört ihr die Beginen?
Entfernte gedämpfte Gesänge; Königin Anne geht zum Eingang der Kapelle, der König folgt ihr, kehrt dann aber um und setzt sich wieder.
DER KÖNIG: Nein! Nein! Öffnet sie noch nicht!
ANNE: Ihr habt Angst, einzutreten? – Aber es ist dort nicht gefährlicher als hier, warum sollte der Blitz eher in die Kapelle einschlagen? Laßt uns eintreten.
DER KÖNIG: Warten wir noch ein wenig. Wir wollen alle hier zusammenbleiben! – Glaubt Ihr, daß Gott alles vergibt? Ich habe Euch immer geliebt bisher. – Ich habe Euch nie etwas Böses angetan – bisher – bisher, nicht wahr?
ANNE: Ist ja gut, ist ja gut, darum geht es gar nicht. – Das Gewitter scheint beträchtliche Verwüstungen angerichtet zu haben ...
ANGUS: Man sagt, die Schwäne seien fortgeflogen.
HJALMAR: Und einer von ihnen ist umgekommen.
DER KÖNIG *aufspringend*: Endlich, sagt es endlich, wenn Ihr es wißt! Ihr habt mich genug leiden lassen! Nun sagt es heraus! Aber kommt nicht und ...
ANNE: Setzt Euch! Nun setzt Euch schon!
HJALMAR: Vater! Vater! Was ist denn passiert?
DER KÖNIG: Wir wollen eintreten!
Blitze und Donner; – eine der sieben Beginen öffnet die Kapellentür und schaut in den Saal; die anderen hört man die Litaneien der Heiligen Jungfrau, »Rosa mystica, – ora pro nobis. – Turris davidica«, etc., singen. Ein von den bemalten Kirchenfenstern und der Beleuchtung des Tabernakels ausgehendes intensives rotes Licht überströmt mit einem Mal den König und Königin Anne.

DER KÖNIG: Wer hat das vorbereitet?
ALLE: Was? Was? Was ist?
DER KÖNIG: Es ist einer hier, der alles weiß! Es ist einer hier, der das alles vorbereitet hat! Und ich muß einfach wissen ...
ANNE *ihn mitziehend*: Kommt! Kommt!
DER KÖNIG: Es ist einer hier, der es gesehen hat!
ANNE: Aber es ist doch der Mond. Kommt!
DER KÖNIG: Aber das ist abscheulich feige! Es ist einer hier, der alles weiß! Es ist einer hier, der es gesehen hat und der nicht wagt, es zu sagen! ...
ANNE: Aber es ist doch das Tabernakel! ... – Gehen wir!
DER KÖNIG: Ja! Ja! Ja!
ANNE: Kommt! Kommt!
Überstürzt verlassen sie den Saal durch eine Tür, die der zur Kapelle genau gegenüberliegt.
DIE EINEN: Wohin gehen sie?
DIE ANDEREN: Was ist los?
EIN EDELMANN: Alle Tannenwälder stehen in Flammen!
ANGUS: Das Unglück macht die Runde heute nacht.
Alle verlassen den Saal.

DRITTE SZENE: EIN KORRIDOR IM SCHLOSS

Man entdeckt den großen schwarzen Hund, der an eine Tür kratzt. – Die Amme tritt auf; sie hat eine Lampe in der Hand.

DIE AMME: Er ist immer noch an Maleines Tür! – Pluto! Pluto! Was machst du da? – Was gibt es denn an dieser Tür zu scharren? – Du weckst noch meine arme Maleine! Geh weg! Geh weg! Geh weg! *Sie tritt mit den Füßen.* – Mein Gott! Wie verschreckt er aussieht! Ist etwas passiert? Ist man dir auf die Pfoten getreten, mein armer Pluto? Komm, wir gehen in die Küche. *Der Hund geht wieder an der Tür kratzen.* Immer wieder an dieser Tür! Immer wieder an dieser Tür! Aber was ist denn nur hinter dieser Tür? Du möchtest gern bei Maleine sein? – Sie schläft, ich höre nichts! Komm, komm; du würdest sie wecken.

Prinz Hjalmar tritt auf.
HJALMAR: Wer geht da?
DIE AMME: Ich bin es, Herr.
HJALMAR: Ach, Ihr seid es, Amme! Noch immer hier?
DIE AMME: Ich war auf dem Weg zur Küche, da hab' ich den schwarzen Hund gesehen, wie er an dieser Tür scharrte.
HJALMAR: Immer noch an dieser Tür! Hierher, Pluto! Pluto! hierher!
DIE AMME: Ist die Messe zu Ende?
HJALMAR: Ja ... Mein Vater war merkwürdig heute abend!
DIE AMME: Und die Königin hatte schlechte Laune! ...
HJALMAR: Ich glaube, er hat Fieber; – man muß auf ihn achtgeben; es könnten große Unglücke geschehen.
DIE AMME: Ja; das Unglück schläft nicht ...
HJALMAR: Ich weiß nicht, was heute abend los ist; – es ist nichts Gutes. Er scharrt immer noch an dieser Tür! ...
DIE AMME: Hierher Pluto! Gib Pfote!
HJALMAR: Ich gehe für einen Moment in den Garten.
DIE AMME: Regnet es nicht mehr?
HJALMAR: Ich glaube nicht.
DIE AMME: Er scharrt immer noch an dieser Tür! Hierher Pluto, hierher! Mach Männchen! Komm, mach Männchen!
Der Hund bellt.
HJALMAR: Nicht bellen! Ich werde ihn mitnehmen. Sonst weckt er Maleine doch noch. Komm! Pluto! Pluto! Pluto!
DIE AMME: Er läuft immer wieder zurück!
HJALMAR: Er will sie nicht verlassen ...
DIE AMME: Aber was ist denn nur hinter dieser Tür?
HJALMAR: Er soll jetzt weg hier. Verschwinde! Verschwinde! Verschwinde!
Er gibt dem Hund einen Fußtritt; der heult zwar, kommt aber wieder zurück und scharrt an der Tür.
DIE AMME: Er scharrt, er scharrt, er schnuppert.
HJALMAR: Er wittert etwas unter der Tür.
DIE AMME: Da muß etwas sein ...
HJALMAR: Seht nach ...

DIE AMME: Das Zimmer ist abgeschlossen; ich habe den Schlüssel nicht.
HJALMAR: Wer hat den Schlüssel?
DIE AMME: Königin Anne.
HJALMAR: Warum hat sie den Schlüssel?
DIE AMME: Ich weiß es nicht.
HJALMAR: Klopft einmal vorsichtig.
DIE AMME: Ich werde sie wecken.
HJALMAR: Horchen wir.
DIE AMME: Ich höre nichts.
HJALMAR: Klopft einmal leise.
Sie klopft dreimal leise.
DIE AMME: Ich höre nichts.
HJALMAR: Klopft ein wenig lauter.
Als sie gerade zum letzten Mal klopft, hört man plötzlich die Sturmglocke, so, als käme das Läuten aus dem Zimmer.
DIE AMME: Oh!
HJALMAR: Die Glocken! Die Sturmglocke! ...
DIE AMME: Das Fenster muß offen sein.
HJALMAR: Ja, ja, geht hinein!
DIE AMME: Die Tür ist offen!
HJALMAR: War sie geschlossen?
DIE AMME: Vorhin war sie geschlossen!
HJALMAR: Geht hinein!
Die Amme betritt das Zimmer.
DIE AMME *aus dem Zimmer herauskommend*: Meine Lampe ist ausgegangen, als ich die Tür öffnete ... Aber ich habe etwas gesehen ...
HJALMAR: Was? Was?
DIE AMME: Ich weiß nicht. Das Fenster ist offen. – Ich glaube, sie ist gefallen ...
HJALMAR: Maleine?
DIE AMME: Ja. – Schnell! Schnell!
HJALMAR: Was?
DIE AMME: Eine Lampe!
HJALMAR: Ich habe keine.

DIE AMME: Am Ende des Korridors ist eine. Holt sie.
HJALMAR: Ja.
Er geht hinaus.
DIE AMME *an der Tür:* Maleine! Wo bist du, Maleine? Maleine! Maleine! Maleine!
Hjalmar kehrt zurück.
HJALMAR: Ich bekomme sie nicht los. Wo ist Eure Lampe? Ich gehe sie anzünden.
Er geht hinaus.
DIE AMME: Ja. – Maleine! Maleine! Maleine! Bist du krank? Ich bin hier! Mein Gott! Mein Gott! Maleine! Maleine! Maleine!
Hjalmar kommt mit der Lampe zurück.
HJALMAR: Geht hinein!
Er gibt der Amme, die wieder in das Zimmer geht, die Lampe.
DIE AMME *im Zimmer:* Ah!
HJALMAR *an der Tür:* Was? Was? Was ist los?
DIE AMME *im Zimmer:* Sie ist tot! Ich sage Euch, sie ist tot! Sie ist tot! Sie ist tot!
HJALMAR *an der Tür:* Sie ist tot! Maleine ist tot?
DIE AMME *im Zimmer:* Ja! Ja! Ja! Ja! Ja! Kommt rein! Kommt rein! Kommt rein!
HJALMAR *das Zimmer betretend:* Tot? Sie ist tot?
DIE AMME: Maleine! Maleine! Maleine! Sie ist kalt! Ich glaube, sie ist schon kalt!
HJALMAR: Ja!
DIE AMME: Oh! Oh! Oh!
Die Tür schließt sich wieder.

VIERTE SZENE: DAS ZIMMER VON PRINZESSIN MALEINE

Man entdeckt Hjalmar und die Amme. – Während der ganzen Szene hört man draußen die Sturmglocke.

DIE AMME: Helft mir! Helft mir!
HJALMAR: Wo? Wobei? Wobei?
DIE AMME: Sie ist starr! Mein Gott! Mein Gott! Maleine! Maleine!

HJALMAR: Aber ihre Augen sind offen! ...
DIE AMME: Man hat sie erwürgt! Der Hals! Der Hals! Der Hals! Seht!
HJALMAR: Ja! Ja! Ja!
DIE AMME: Ruft! Ruft! Schreit!
HJALMAR: Ja! Ja! Ja! Oh! Oh! – *Draußen.* Kommt her! Kommt her! Erwürgt! Erwürgt! Maleine! Maleine! Maleine! Erwürgt! Erwürgt! Erwürgt! Oh! Oh! Oh! Erwürgt! Erwürgt! Erwürgt!
Man hört ihn auf den Korridor laufen und an Türen und Wände schlagen.
EIN BEDIENSTETER *auf dem Korridor:* Was ist los? Was ist los?
HJALMAR *auf dem Korridor:* Erwürgt! Erwürgt! ...
DIE AMME *im Zimmer:* Maleine! Maleine! Hier! Hier!
DER BEDIENSTETE *eintretend:* Es war der Verrückte! Man hat ihn unter dem Fenster gefunden!
DIE AMME: Der Verrückte?
DER BEDIENSTETE: Ja! Ja! Er liegt im Graben! Er ist tot!
DIE AMME: Das Fenster ist offen!
DER BEDIENSTETE: Die arme kleine Prinzessin!
Mit Lampen versehen, treten Angus, Edelleute, Hofdamen, Dienerinnen und andere Schloßbedienstete und die sieben Beginen ins Zimmer.
ALLE: Was ist los? Was ist passiert?
DER BEDIENSTETE: Man hat die kleine Prinzessin getötet! ...
DIE EINEN: Man hat die kleine Prinzessin getötet?
DIE ANDEREN: Maleine?
DER BEDIENSTETE: Ja, ich glaube, es war der Verrückte!
EIN EDELMANNN: Ich hatte ja gesagt, daß Unglücke geschehen würden ...
DIE AMME: Maleine! Maleine! Meine arme kleine Maleine! ... Helft mir!
EINE BEGINE: Da ist nichts zu machen!
EINE ANDERE BEGINE: Sie ist kalt!
DIE DRITTE BEGINE: Sie ist starr!
DIE VIERTE BEGINE: Schließt ihr die Augen!
DIE FÜNFTE BEGINE: Sie sind starr!
DIE SECHSTE BEGINE: Faltet ihr die Hände!

DIE SIEBTE BEGINE: Es ist zu spät!

EINE HOFDAME *ohnmächtig werdend*: Oh! Oh! Oh!

DIE AMME: Helft mir, Maleine hochzuheben! Helft mir; mein Gott, mein Gott, so helft mir doch!

DER BEDIENSTETE: Sie ist leicht wie ein Vogel!

Man hört laute Schreie auf dem Korridor.

DER KÖNIG *auf dem Korridor*: Ah! ah! ah! ah! ah! Sie haben es gesehen! Sie haben es gesehen! Ich komme! Ich komme! Ich komme!

ANNE *auf dem Korridor*: Bleibt stehen! Bleibt stehen! Ihr seid verrückt!

DER KÖNIG: Kommt! Kommt! Mit mir! Mit mir! Bereut! Bereut! Bereut! *Königin Anne mitziehend, tritt der König ein.* Sie und ich! Ich will es jetzt endlich sagen! Wir beide haben es getan!

ANNE: Er ist verrückt! Helft mir!

DER KÖNIG: Nein, ich bin nicht verrückt! Sie hat Maleine getötet!

ANNE: Er ist verrückt! Bringt ihn weg! Er tut mir weh! Es wird böse enden!

DER KÖNIG: Sie war es! Sie war es! Und ich! Ich! Ich! Ich war auch dabei! ...

HJALMAR: Was? Was?

DER KÖNIG: Sie hat sie erwürgt! So! So! Seht! Seht! Seht her! Es klopfte an die Fenster! Ah! ah! ah! ah! ah! Da liegt ja ihr roter Mantel! Über Maleine! Seht! Seht! Seht!

HJALMAR: Wieso ist dieser rote Mantel hier?

ANNE: Was ist denn passiert?

HJALMAR: Wieso ist dieser Mantel hier?

ANNE: Aber Ihr seht doch, daß er verrückt ist! ...

HJALMAR: Antwortet mir! Wieso ist er hier? ...

ANNE: Ist es meiner?

HJALMAR: Ja, Eurer! Eurer! Eurer! Eurer! ...

ANNE: Laßt mich doch los! Ihr tut mir weh!

HJALMAR: Wieso ist er hier? Hier? Hier? – Ihr habt? ...

ANNE: Und danach? ...

HJALMAR: Oh, du Hure! Hure! Hure! Abscheu ... abscheuliche Hure! ... Da! Da! Da! Da! Da!

Er versetzt ihr mehrere Dolchstöße.

ANNE: Oh! Oh! Oh!

Sie stirbt.

DIE EINEN: Er hat die Königin erdolcht!

DIE ANDEREN: Haltet ihn fest!

HJALMAR: Ihr werdet die Würmer und Raben vergiften!

ALLE: Sie ist tot! ...

ANGUS: Hjalmar! Hjalmar!

HJALMAR: Geht weg! Da! Da! Da! *Er sticht mit dem Dolch auf sich selbst ein.* Maleine! Maleine! Maleine! – Oh! Vater! Vater! ...

Er fällt.

DER KÖNIG: Ah! Ah! Ah!

HJALMAR: Maleine! Maleine! Gebt mir, gebt mir ihre kleine Hand! – Oh! oh! Öffnet die Fenster! Ja! Ja! Oh! oh.

Er stirbt.

DIE AMME: Ein Taschentuch! Ein Taschentuch! Er wird sterben!

ANGUS: Er ist tot!

DIE AMME: Hebt ihn an! Das Blut erstickt ihn!

EIN EDELMANN: Er ist tot!

DER KÖNIG: Oh! oh! oh! Seit der Sintflut hatte ich nicht mehr geweint! Jetzt stehe ich bis zu den Augen in der Hölle! – Doch seht euch ihre Augen an! Wie Frösche werden sie gleich auf mich springen!

ANGUS: Er ist verrückt!

DER KÖNIG: Nein, nein, aber ich habe den Mut verloren! ... Ach, da müßten selbst die Pflastersteine in der Hölle weinen! ...

ANGUS: Führt ihn weg, er kann das nicht mehr sehen! ...

DER KÖNIG: Nein, nein, laßt mich; – ich wage nicht mehr, allein zu bleiben ... Wo ist denn die schöne Königin Anne? – Anne? ... – Anne! ... – Sie ist ganz verkrampft! ... – Ich liebe sie kein bißchen mehr! ... Mein Gott, wie armselig man aussieht, wenn man tot ist! ... Ich würde sie jetzt nicht mehr gern in den Armen halten! ... Legt etwas über sie.

DIE AMME: Und über Maleine auch ... Maleine! Maleine ... oh! oh! oh!

DER KÖNIG: Niemanden mehr werde ich in meinem Leben umarmen, nachdem ich das gesehen habe! ... Wo ist denn unsere arme kleine Maleine? *Er ergreift Maleines Hand.* – Ah! Sie ist kalt wie ein Regenwurm! – Wie ein Engel fiel sie mir um den Hals ... Aber es war der Wind, der sie getötet hat!

ANGUS: Führt ihn weg! Um Himmels willen, führt ihn weg!

DIE AMME: Ja! Ja!

EIN EDELMANN: Wartet einen Moment!

DER KÖNIG: Habt ihr schwarze Federn? Man müßte schwarze Federn haben, um zu wissen, ob die Königin noch lebt ... Es war eine schöne Frau, wißt ihr! – Hört ihr meine Zähne?

Das erste Licht des anbrechenden Tages tritt ins Zimmer.

ALLE: Was?

DER KÖNIG: Hört ihr meine Zähne?

DIE AMME: Das sind die Glocken, Majestät ...

DER KÖNIG: Aber, dann ist es also mein Herz! ... Ach, ich liebte sie sehr, alle drei, wißt ihr! – Ich würde gern etwas trinken ...

DIE AMME *ein Glas Wasser bringend*: Hier ist Wasser.

DER KÖNIG: Danke.

Er trinkt gierig.

DIE AMME: Trinkt nicht so ... Ihr seid schweißgebadet.

DER KÖNIG: Ich habe solchen Durst!

DIE AMME: Kommt, mein armer Herr! Ich wisch' Euch die Stirn.

DER KÖNIG: Ja. – Au! Ihr habt mir weh getan! Vorhin auf dem Korridor bin ich gefallen ... Ich habe Angst gehabt!

DIE AMME: Kommt, kommt. Gehen wir.

DER KÖNIG: Sie werden frieren auf den Fliesen ... – Sie hat »Mami!« gerufen und dann »oh! oh! oh!«. – Es ist schade, nicht wahr? Ein armes kleines Mädchen ... aber es war der Wind ... Oh! macht niemals die Fenster auf! – Es muß einfach der Wind gewesen sein ... Blinde Geier flogen im Wind, heute nacht! – Aber laßt ihre kleinen Hände nicht über die Fliesen schleifen ... Sonst tretet ihr noch darauf! – Oh! oh! Seid vorsichtig!

DIE AMME: Kommt, kommt. Ihr müßt Euch jetzt hinlegen. Es ist Zeit. Kommt. kommt.

DER KÖNIG: Ja, ja, ja, es ist zu heiß hier. Macht die Lampen aus; wir gehen in den Garten; auf dem Rasen wird es erfrischend sein, nach dem Regen! Ich brauche ein bißchen Ruhe ... Ah! Da kommt die Sonne!

Die Sonne scheint ins Zimmer.

DIE AMME: Kommt, kommt; wir gehen in den Garten.

DER KÖNIG: Aber der kleine Allan muß eingesperrt werden! Ich will nicht mehr, daß er mich erschrecken kommt!

DIE AMME: Ja, ja, wir werden ihn einsperren. Kommt, kommt.

DER KÖNIG: Habt Ihr den Schlüssel?

DIE AMME: Ja, kommt.

DER KÖNIG: Ja, helft mir ... Mit dem Gehen habe ich etwas Mühe ... Ich bin ein armer kleiner alter Mann ... Die Beine wollen nicht mehr ... Aber der Kopf ist in Ordnung ... *Sich auf die Amme stützend.* Ich tue Euch nicht weh?

DIE AMME: Nein, nein, stützt Euch fest auf.

DER KÖNIG: Man kann mir das nicht übelnehmen, oder? Ich bin der Älteste hier, aber es fällt mir schwer zu sterben ... Ja, ja, und jetzt ist es vorbei! Ich bin glücklich, daß es vorbei ist; denn die ganze Welt lastete mir auf dem Herzen.

DIE AMME: Kommt, mein armer Herr.

DER KÖNIG: Mein Gott, mein Gott! Nun wartet sie auf den Stufen zur Hölle!

DIE AMME: Kommt! kommt!

DER KÖNIG: Ist jemand hier, der Angst hat vor der Verfluchung der Toten?

ANGUS: Ja, Majestät, ich ...

DER KÖNIG: Na gut! So schließt ihnen die Augen, wir wollen jetzt gehen!

DIE AMME: Ja, ja, kommt, kommt.

DER KÖNIG: Ich komme, ich komme! Oh! oh, wie allein ich jetzt sein werde! ... – Bis zu den Ohren stecke ich im Unglück! – Mit siebenundsiebzig Jahren! Wo seid Ihr denn?

DIE AMME: Hier, hier.

DER KÖNIG: Ihr nehmt es mir nicht übel? – Laßt uns frühstücken gehen; wird es Salat geben? – Ich hätte gern etwas Salat ...

DIE AMME: Ja, ja, es wird welchen geben.

DER KÖNIG: Ich weiß nicht warum, ich bin ein wenig traurig

heute. – Mein Gott! Mein Gott! Wie unglücklich die Toten doch aussehen! ...

Er verläßt das Zimmer zusammen mit der Amme.

ANGUS: Noch so eine Nacht, und wir werden ganz weiß sein!

Alle gehen hinaus, außer den sieben Beginen, die das ‚Miserere' anstimmen, während sie die Leichen auf das Bett tragen. Die Glokken verstummen. Draußen hört man Nachtigallen. Ein Hahn läßt sich auf dem Fenstersims nieder und kräht.

ENDE

Der Eindringling

für Edmond Picard

Personen:
Der Großvater *(er ist blind)*
Der Vater
Der Onkel
Die drei Töchter
Die barmherzige Schwester
Die Dienerin
Das Stück spielt in der Gegenwart

Ein ziemlich düsterer Saal in einem alten Schloß. Rechts eine Tür, links eine Tür, sowie, in einem Winkel versteckt, eine dritte, kleinere Tür. Im Hintergrund Fenster mit bunten Scheiben, mit grün als dominierender Farbe, und eine Glastür, die auf eine Terrasse führt. In einer Ecke eine große flämische Standuhr. Eine brennende Lampe.

DIE DREI TÖCHTER: Kommt hierher, Großvater, setzt Euch unter die Lampe.

DER GROSSVATER: Es scheint mir nicht sehr hell zu sein hier.

DER VATER: Gehen wir auf die Terrasse, oder bleiben wir im Zimmer?

DER ONKEL: Wäre es nicht besser, wir blieben hier? Es hat die ganze Woche geregnet, und die Nächte sind jetzt kalt und feucht.

DIE ÄLTESTE TOCHTER: Es sind aber doch Sterne da.

DER ONKEL: Ach! Sterne, das beweist gar nichts.

DER GROSSVATER: Es ist besser, wir bleiben hier, man weiß nicht, was alles passieren kann.

DER VATER: Es besteht kein Grund mehr zur Besorgnis. Es besteht keine Gefahr mehr, sie ist gerettet ...

DER GROSSVATER: Ich glaube, es geht ihr nicht gut ...

DER VATER: Warum sagt Ihr das?

DER GROSSVATER: Ich habe ihre Stimme gehört.

DER VATER: Aber wenn doch die Ärzte versichern, daß wir unbesorgt sein können ...

DER ONKEL: Du weißt doch, wie gern dein Schwiegervater uns unnötige Aufregung macht.

DER GROSSVATER: Ich sehe das anders als ihr.

DER ONKEL: Verlaßt Euch lieber auf die, die sehen. Sie sah sehr gut aus heute nachmittag. Jetzt schläft sie fest, und wir wollen uns den ersten guten Abend, der uns so unerwartet zufällt, nicht verderben ... Ich meine, wir haben das Recht, uns zu entspannen und sogar ein bißchen zu lachen, ohne Angst zu haben, heute abend.

DER VATER: Es stimmt, es ist das erste Mal, daß ich mich wieder zuhause fühle im Kreis der Meinen, seit dieser schrecklichen Niederkunft.

DER ONKEL: Wenn die Krankheit einmal in ein Haus gekommen ist, ist es so, als wäre ein Fremder in der Familie.
DER VATER: Aber man sieht dann auch, daß man außerhalb der Familie auf niemanden zählen kann.
DER ONKEL: Da hast du sicher recht.
DER GROSSVATER: Warum durfte ich meine arme Tochter heute nicht sehen?
DER ONKEL: Ihr wißt doch, daß der Arzt es verboten hat.
DER GROSSVATER: Ich weiß nicht, was ich davon halten soll ...
DER ONKEL: Macht Euch keine unnötigen Sorgen.
DER GROSSVATER *auf die linke Tür deutend*: Sie kann uns nicht hören?
DER VATER: Wir werden nicht zu laut sprechen; davon abgesehen – die Tür ist sehr massiv, und außerdem ist die Barmherzige Schwester bei ihr, sie würde uns Bescheid sagen, wenn wir zu laut wären.
DER GROSSVATER *auf die rechte Tür deutend*: Er kann uns nicht hören?
DER VATER: Nein, nein.
DER GROSSVATER: Schläft er?
DER VATER: Ich denke doch.
DER GROSSVATER: Man müßte nachsehen.
DER ONKEL: Also wegen des Kleinen wäre ich eher beunruhigt als wegen deiner Frau. Jetzt ist er schon mehrere Wochen alt und hat sich noch kaum bewegt; kein einziges Mal hat er bisher geschrien; wie eine Wachspuppe liegt er da.
DER GROSSVATER: Wahrscheinlich wird er taub sein, und vielleicht stumm ... Das hat man von den Ehen zwischen Blutsverwandten ...
Mißbilligendes Schweigen.
DER VATER: Fast bin ich ihm böse wegen der Schmerzen, die er seiner Mutter gemacht hat.
DER ONKEL: Sei vernünftig; der arme Kleine kann nicht dafür. – Er ist ganz allein in dem Zimmer?
DER VATER: Ja, der Arzt will nicht mehr, daß er im Zimmer seiner Mutter bleibt.

DER ONKEL: Aber die Amme ist bei ihm?
DER VATER: Nein, sie hat sich einen Moment hingelegt, sie hat es wohl verdient nach den letzten Tagen. – Ursula, sieh doch mal nach, ob er gut schläft.
DIE ÄLTESTE TOCHTER: Ja, Vater.
Die drei Schwestern stehen auf und gehen Hand in Hand in das rechte Zimmer.
DER VATER: Wann kommt unsere Schwester?
DER ONKEL: Ich glaube, sie kommt gegen neun.
DER VATER: Es ist schon nach neun. Hoffentlich kommt sie heute abend; meine Frau legt großen Wert darauf, sie zu sehen.
DER ONKEL: Sie kommt ganz sicher. Kommt sie zum ersten Mal hierher?
DER VATER: Sie hat dieses Haus noch nie betreten.
DER ONKEL: Es ist sehr schwierig für sie, das Kloster zu verlassen.
DER VATER: Wird sie allein sein?
DER ONKEL: Ich denke, daß eine der Nonnen sie begleitet. Sie dürfen nicht alleine ausgehen.
DER VATER: Immerhin ist sie die Oberin.
DER ONKEL: Die Regel gilt für alle gleich.
DER GROSSVATER: Seid ihr nicht mehr besorgt?
DER ONKEL: Warum sollten wir denn besorgt sein? Dieses Thema sollte erledigt sein. Es besteht kein Grund mehr zur Furcht.
DER GROSSVATER: Ist eure Schwester älter als ihr?
DER ONKEL: Sie ist die älteste von uns allen.
DER GROSSVATER: Ich weiß nicht, was ich habe; ich bin unruhig. Ich wünschte, eure Schwester wäre hier.
DER ONKEL: Sie wird kommen; sie hat es versprochen.
DER GROSSVATER: Ich wünschte, der Abend wäre schon vorüber!
Die drei Töchter kommen zurück.
DER VATER: Schläft er?
DIE ÄLTESTE TOCHTER: Ja, Vater, sehr tief.
DER ONKEL: Was machen wir denn jetzt, während wir warten?
DER GROSSVATER: Warten, worauf?
DER ONKEL: Auf unsere Schwester.
DER VATER: Du siehst nichts kommen, Ursula?

DIE ÄLTESTE TOCHTER *am Fenster*: Nein, Vater.
DER VATER: Und auf der Allee? – Kannst du die Allee sehen?
DIE TOCHTER: Ja, Vater; der Mond scheint, ich sehe die Allee bis zum Zypressenwäldchen.
DER GROSSVATER: Und du siehst niemanden?
DIE TOCHTER: Niemanden, Großvater.
DER ONKEL: Wie ist das Wetter?
DIE TOCHTER: Es ist sehr schön; hört ihr die Nachtigallen?
DER ONKEL: Ja, ja.
DIE TOCHTER: Auf der Allee kommt ein leichter Wind auf.
DER GROSSVATER: Auf der Allee ein leichter Wind?
DIE TOCHTER: Ja, die Bäume schwanken leicht.
DER ONKEL: Es ist erstaunlich, daß meine Schwester noch nicht hier ist.
DER GROSSVATER: Ich höre die Nachtigallen nicht mehr.
DIE TOCHTER: Ich glaube, es hat jemand den Garten betreten, Großvater.
DER GROSSVATER: Wer ist es?
DIE TOCHTER: Ich weiß nicht, ich kann niemand sehen.
DER ONKEL: Dann ist auch niemand da.
DIE TOCHTER: Es muß jemand im Garten sein; die Nachtigallen sind ganz plötzlich verstummt.
DER GROSSVATER: Ich höre allerdings keine Schritte.
DIE TOCHTER: Es muß jemand nah am Teich vorbeigehen, denn die Schwäne haben Angst.
EINE ANDERE TOCHTER: Alle Fische im Teich tauchen plötzlich unter.
DER VATER: Und du siehst niemanden?
DIE TOCHTER: Niemanden, Vater.
DER VATER: Aber der Mond scheint doch auf den Teich ...
DIE TOCHTER: Ja; ich sehe, daß die Schwäne Angst haben.
DER ONKEL: Sicher ist es meine Schwester, die ihnen Angst macht. Sie wird durch die kleine Tür gekommen sein.
DER VATER: Ich verstehe nicht, wieso die Hunde überhaupt nicht bellen.
DIE TOCHTER: Ich sehe den Wachhund in der hintersten Ecke sei-

ner Hütte. – Die Schwäne schwimmen zum anderen Ufer! ...
DER ONKEL: Sie haben Angst vor meiner Schwester. Ich will mal sehen. *Er ruft.* Schwester! Schwester! Bist du es? – Es ist niemand da.
DIE TOCHTER: Ich bin sicher, daß jemand den Garten betreten hat. Ihr werdet sehen.
DER ONKEL: Aber sie würde mir antworten!
DER GROSSVATER: Fangen die Nachtigallen nicht wieder an zu singen, Ursula?
DIE TOCHTER: Im ganzen Garten höre ich keine einzige mehr.
DER GROSSVATER: Dabei ist doch alles wieder ruhig.
DER VATER: Es ist totenstill.
DER GROSSVATER: Es muß wohl ein Unbekannter sein, der sie erschreckt, denn wenn es jemand aus dem Haus wäre, würden sie nicht verstummen.
DER ONKEL: Wollt ihr euch jetzt auch noch um die Nachtigallen kümmern?
DER GROSSVATER: Sind die Fenster alle offen, Ursula?
DIE TOCHTER: Die Glastür ist offen, Großvater.
DER GROSSVATER: Mir scheint, es kommt Kälte ins Zimmer.
DIE TOCHTER: Es ist ein leichter Wind im Garten, Großvater, und die Rosen verlieren die Blätter.
DER VATER: Dann komm, mach die Tür zu. Es ist schon spät.
DIE TOCHTER: Ja, Vater. – Ich kann die Tür nicht zumachen.
DIE ZWEI ANDEREN TÖCHTER: Wir können sie nicht zumachen.
DER GROSSVATER: Was ist denn los, ihr Lieben?
DER ONKEL: Ihr braucht das gar nicht so geziert zu sagen. Ich helfe ihnen.
DIE ÄLTESTE TOCHTER: Wir bekommen sie nicht richtig zu.
DER ONKEL: Das liegt an der Feuchtigkeit. Kommt, versuchen wir es zusammen. – Es muß etwas zwischen den Türflügeln sein.
DER VATER: Der Schreiner wird es morgen in Ordnung bringen.
DER GROSSVATER: Kommt der Schreiner denn morgen?
DIE TOCHTER: Ja, Großvater, er hat im Keller zu tun.
DER GROSSVATER: Er wird Lärm im Haus machen! ...
DIE TOCHTER: Ich werde ihm sagen, daß er leise sein soll.

Plötzlich hört man von draußen, wie eine Sense geschärft wird.
DER GROSSVATER *zusammenzuckend:* Oh!
DER ONKEL: Was ist das?
DIE TOCHTER: Ich weiß nicht recht; ich glaube, es ist der Gärtner. Ich kann nicht gut sehen, er ist im Schatten des Hauses.
DER VATER: Es ist der Gärtner, er wird mähen.
DER ONKEL: Er mäht, jetzt, in der Nacht?
DER VATER: Ist denn morgen nicht Sonntag? – Ja. – Mir war aufgefallen, daß das Gras ums Haus sehr hoch geworden war.
DER GROSSVATER: Mir scheint, seine Sense ist reichlich laut ...
DIE TOCHTER: Er mäht ums Haus herum.
DER GROSSVATER: Siehst du ihn, Ursula?
DIE TOCHTER: Nein, Großvater, er ist im Dunkeln.
DER GROSSVATER: Ich fürchte, er weckt meine Tochter.
DER ONKEL: Man hört ihn kaum.
DER GROSSVATER: Also ich höre ihn, als mähte er im Haus.
DER ONKEL: Die Kranke wird ihn nicht hören; da besteht keine Gefahr.
DER VATER: Die Lampe scheint mir heute abend nicht gut zu brennen.
DER ONKEL: Es müßte Öl nachgefüllt werden.
DER VATER: Heute morgen ist nachgefüllt worden. Sie brennt schlechter, seit das Fenster geschlossen ist.
DER ONKEL: Ich glaube, das Glas ist beschlagen.
DER VATER: Gleich wird sie besser brennen.
DIE TOCHTER: Großvater ist eingeschlafen. Seit drei Nächten hat er nicht mehr geschlafen.
DER VATER: Er hat sich große Sorgen gemacht.
DER ONKEL: Immer macht er sich viel zu viele Sorgen. Manchmal will er gar nicht mehr zur Vernunft kommen.
DER VATER: In seinem Alter ist das einigermaßen entschuldbar.
DER ONKEL: Weiß Gott, wo wir in seinem Alter sind!
DER VATER: Er wird jetzt bald achtzig.
DER ONKEL: Da hat man das Recht, ein bißchen wunderlich zu sein.
DER VATER: Er ist wie alle Blinden.

DER ONKEL: Sie grübeln ein bißchen zuviel.
DER VATER: Sie wissen nicht, wohin mit ihrer Zeit.
DER ONKEL: Sie haben nichts Besseres zu tun.
DER VATER: Sie haben ja auch überhaupt keine Ablenkung.
DER ONKEL: Das muß schrecklich sein.
DER VATER: Man gewöhnt sich wohl daran.
DER ONKEL: Ich kann mir das nicht vorstellen.
DER VATER: Zu bedauern sind sie sicherlich.
DER ONKEL: Nicht zu wissen, wo man ist, nicht zu wissen, woher man kommt, nicht zu wissen, wohin man geht, Tag und Nacht nicht mehr unterscheiden zu können, und auch nicht mehr Sommer und Winter ... und immer diese Finsternis, diese Finsternis ... Ich würde lieber tot sein ... Ist das völlig unheilbar?
DER VATER: Anscheinend ja.
DER ONKEL: Aber er ist nicht völlig blind?
DER VATER: Starke Helligkeit nimmt er wahr.
DER ONKEL: Seien wir vorsichtig mit unseren armen Augen.
DER VATER: Oft hat er merkwürdige Gedanken.
DER ONKEL: Manchmal ist er gar nicht komisch.
DER VATER: Er sagt grundsätzlich alles, was er denkt.
DER ONKEL: War er denn früher nicht so?
DER VATER: Aber nein; früher war er genauso verständig wie wir; was er sagte, war in keiner Weise wunderlich. Es ist wohl Ursula; sie ermutigt ihn ein bißchen zu sehr; sie antwortet auf sämtliche Fragen, die er stellt ...
DER ONKEL: Man erweist ihm damit einen schlechten Dienst. Besser wär' es, nicht zu antworten.
Es schlägt zehn Uhr.
DER GROSSVATER *aufwachend*: Sitze ich in Richtung Glastür?
DIE TOCHTER: Habt Ihr gut geschlafen, Großvater?
DER GROSSVATER: Sitze ich in Richtung Glastür?
DIE TOCHTER: Ja, Großvater.
DER GROSSVATER: Ist da nicht jemand an der Glastür?
DIE TOCHTER: Aber nein, Großvater, ich sehe niemand.
DER GROSSVATER: Ich dachte, daß da jemand steht. Es ist niemand gekommen?

DIE TOCHTER: Niemand, Großvater.
DER GROSSVATER *zum Onkel und zum Vater*: Und eure Schwester ist nicht gekommen?
DER ONKEL: Es ist zu spät; sie wird nicht mehr kommen; nett ist das nicht von ihr.
DER VATER: Sie macht mir langsam Sorge.
Man hört ein Geräusch, als würde jemand das Haus betreten.
DER ONKEL: Sie ist da! Habt ihr gehört?
DER VATER: Ja; jemand ist durch den Keller hereingekommen.
DER ONKEL: Das muß unsere Schwester sein. Ich habe ihren Schritt erkannt.
DER GROSSVATER: Ich habe langsames Gehen gehört.
DER VATER: Sie ist sehr leise hereingekommen.
DER ONKEL: Sie weiß, daß ein Kranker im Haus ist.
DER GROSSVATER: Ich höre jetzt nichts mehr.
DER ONKEL: Sie wird gleich heraufkommen, man wird ihr sagen, daß wir hier sind.
DER VATER: Ich bin froh, daß sie gekommen ist.
DER ONKEL: Ich war sicher, daß sie heut'abend kommen würde.
DER GROSSVATER: Sie braucht reichlich lang, um heraufzukommen.
DER ONKEL: Es muß aber sie sein.
DER VATER: Wir erwarten keinen anderen Besuch.
DER GROSSVATER: Ich höre kein Geräusch im Keller.
DER VATER: Ich werde die Dienerin rufen; dann wissen wir, woran wir sind.
Er zieht an einer Klingelschnur.
DER GROSSVATER: Ich höre schon Geräusche auf der Treppe.
DER VATER: Das ist die Dienerin, die hochkommt.
DER GROSSVATER: Sie ist anscheinend nicht allein.
DER VATER: Sie braucht sehr lange ...
DER GROSSVATER: Ich höre die Schritte eurer Schwester!
DER VATER: Also ich höre nur die Dienerin.
DER GROSSVATER: Es ist eure Schwester! Es ist eure Schwester!
Es klopft an die kleine Tür.
DER ONKEL: Es klopft an die Tür vom Geheimgang.

DER VATER: Ich werde selbst öffnen, denn diese kleine Tür macht zuviel Lärm; sie ist nur dafür da, daß man unbemerkt das Zimmer betreten kann. *Er öffnet die kleine Tür; die Dienerin bleibt draußen in der halboffenen Tür stehen.* Wo sind Sie?
DIE DIENERIN: Hier, Herr.
DER GROSSVATER: Ist eure Schwester an der Tür?
DER ONKEL: Ich sehe nur die Dienerin.
DER VATER: Es ist nur die Dienerin. *Zur Dienerin.* Wer hat denn das Haus betreten?
DIE DIENERIN: Das Haus betreten?
DER VATER: Ja, jemand ist doch vorhin gekommen?
DIE DIENERIN: Es ist niemand gekommen, Herr.
DER GROSSVATER: Wer seufzt da so?
DER ONKEL: Es ist die Dienerin, sie ist außer Atem.
DER GROSSVATER: Weint sie?
DER ONKEL: Aber nein; warum sollte sie weinen?
DER VATER *zur Dienerin*: Es ist vorhin niemand hereingekommen?
DIE DIENERIN: Aber nein, Herr.
DER VATER: Aber wir haben doch das Öffnen einer Tür gehört!
DIE DIENERIN: Ich war es; ich habe sie geschlossen.
DER VATER: Sie war offen?
DIE DIENERIN: Ja, Herr.
DER VATER: Zu dieser Tageszeit war sie offen? Warum?
DIE DIENERIN: Ich weiß nicht, Herr. Ich hatte sie jedenfalls geschlossen.
DER VATER: Aber wer hat sie denn geöffnet?
DIE DIENERIN: Ich weiß nicht, Herr. Es muß jemand nach mir hinausgegangen sein ...
DER VATER: Sie müssen aufpassen. – Nun drücken Sie doch nicht so gegen die Tür; Sie wissen doch, daß das Lärm macht.
DIE DIENERIN: Aber Herr, ich berühre die Tür gar nicht.
DER VATER: Oh doch! Sie drücken, als wollten Sie das Zimmer betreten!
DIE DIENERIN: Aber Herr, ich stehe drei Schritt von der Tür entfernt!

DER VATER: Sprechen Sie nicht so laut.
DER GROSSVATER: Macht da jemand das Licht aus?
DIE ÄLTESTE TOCHTER: Aber nein, Großvater.
DER GROSSVATER: Es scheint mir plötzlich dunkel zu sein.
DER VATER *zur Dienerin*: Gehen Sie wieder runter, aber seien Sie nicht mehr so laut auf der Treppe.
DIE DIENERIN: Ich bin nicht laut gewesen.
DER VATER: Natürlich sind Sie laut gewesen; gehen Sie leise runter; sonst wecken Sie noch meine Frau auf. – Und falls jemand kommt, sagen Sie, wir wären nicht da.
DER ONKEL: Ja, sagen Sie, wir wären nicht da.
DER GROSSVATER *erschreckt auffahrend*: Das sollte man nicht sagen!
DER VATER: ... Außer es ist meine Schwester oder der Arzt.
DER ONKEL: Wann kommt der Arzt?
DER VATER: Er kann nicht vor Mitternacht kommen.
Er schließt die Tür. Es schlägt elf Uhr.
DER GROSSVATER: Ist sie hereingekommen?
DER VATER: Wer denn?
DER GROSSVATER: Die Dienerin?
DER VATER: Aber nein, sie ist hinuntergegangen.
DER GROSSVATER: Ich dachte, sie hätte sich an den Tisch gesetzt.
DER ONKEL: Die Dienerin?
DER GROSSVATER: Ja.
DER ONKEL: Das fehlte gerade noch!
DER GROSSVATER: Niemand hat das Zimmer betreten?
DER VATER: Aber nein, niemand hat es betreten.
DER GROSSVATER: Und eure Schwester ist nicht hier?
DER ONKEL: Unsere Schwester ist nicht gekommen.
DER GROSSVATER: Ihr wollt mich täuschen!
DER ONKEL: Euch täuschen?
DER GROSSVATER: Ursula, sag mir die Wahrheit, um Gottes willen!
DIE ÄLTESTE TOCHTER: Großvater! Großvater! Was habt Ihr?
DER GROSSVATER: Es ist etwas passiert! Sicher geht es meiner Tochter schlechter! ...

DER ONKEL: Träumt Ihr?
DER GROSSVATER: Ihr wollt es mir nicht sagen! ... Ich sehe doch, daß etwas ist! ...
DER ONKEL: Dann seht Ihr mehr als wir.
DER GROSSVATER: Ursula, sag mir die Wahrheit!
DIE TOCHTER: Aber es ist die Wahrheit, Großvater!
DER GROSSVATER: Deine Stimme klingt anders als sonst!
DER VATER: Weil Ihr sie erschreckt!
DER GROSSVATER: Auch Eure Stimme klingt verändert!
DER VATER: Ihr werdet ja verrückt!
Er und der Onkel verständigen sich durch Zeichen, der Großvater sei wohl verrückt geworden.
DER GROSSVATER: Ich spüre doch, daß ihr Angst habt!
DER VATER: Aber wovor sollten wir denn Angst haben?
DER GROSSVATER: Warum wollt ihr mich täuschen?
DER ONKEL: Wer denkt denn daran, Euch zu täuschen?
DER GROSSVATER: Warum habt ihr das Licht ausgemacht?
DER ONKEL: Aber es hat niemand das Licht ausgemacht; es ist ebenso hell wie vorhin.
DIE TOCHTER: Das Licht scheint mir schwächer geworden zu sein.
DER VATER: Ich sehe ebenso deutlich wie sonst.
DER GROSSVATER: Ich habe Mühlsteine vor den Augen! Meine Töchter, sagt mir doch, was hier geschieht! Um Himmels willen sagt es mir, ihr, die ihr sehen könnt! Ganz allein bin ich hier, in grenzenloser Finsternis! Ich weiß nicht, wer sich gerade neben mir hingesetzt hat! Ich weiß nicht mehr, was zwei Schritte von mir passiert! ... Warum habt ihr vorhin so geflüstert?
DER VATER: Es hat niemand geflüstert.
DER GROSSVATER: Ihr habt geflüstert, an der Tür.
DER VATER: Ihr habt alles gehört, was ich gesagt habe.
DER GROSSVATER: Habt ihr jemanden ins Zimmer gelassen?
DER VATER: Und ich sage Euch, es ist niemand hereingekommen!
DER GROSSVATER: Ist es Eure Schwester, oder ein Priester? – Versucht nur nicht, mich zu täuschen. – Ursula, wer ist da hereingekommen?

DIE TOCHTER: Niemand, Großvater.

DER GROSSVATER: Versucht nur nicht, mich zu täuschen; ich weiß, was ich weiß! – Wieviele sind wir hier?

DIE TOCHTER: Wir sind sechs hier am Tisch, Großvater.

DER GROSSVATER: Ihr seid alle am Tisch?

DIE TOCHTER: Ja, Großvater.

DER GROSSVATER: Ihr seid da, Paul?

DER VATER: Ja.

DER GROSSVATER: Ihr seid da, Oliver?

DER ONKEL: Aber ja doch, aber ja; ich bin hier, am selben Platz wie sonst. Es ist nur Spaß, nicht wahr?

DER GROSSVATER: Du bist da, Geneviève?

EINE DER TÖCHTER: Ja, Großvater.

DER GROSSVATER: Du bist da, Gertrud?

EINE ANDERE TOCHTER: Ja, Großvater.

DER GROSSVATER: Du bist hier, Ursula?

DIE ÄLTESTE TOCHTER: Ja, Großvater, an Eurer Seite.

DER GROSSVATER: Und wer sitzt da?

DIE TOCHTER: Wo denn, Großvater? – Es ist niemand da.

DER GROSSVATER: Da, da, in unserer Mitte?

DIE TOCHTER: Aber es ist niemand da, Großvater!

DER VATER: Nun glaubt es doch, es ist niemand da!

DER GROSSVATER: Ach, ihr könnt ja alle gar nicht sehen!

DER ONKEL: Ihr wollt wohl scherzen?

DER GROSSVATER: Mir ist nicht nach Scherzen zumute, das könnt Ihr mir glauben.

DER ONKEL: Dann glaubt denen, die sehen.

DER GROSSVATER *unentschieden*: Ich dachte, daß da jemand ist ... Ich glaube, ich werde nicht mehr lange leben ...

DER ONKEL: Warum sollten wir Euch täuschen? Was hätten wir davon?

DER VATER: Ihr würdet die Wahrheit ja doch erfahren ...

DER ONKEL: Warum sich gegenseitig etwas vormachen?

DER VATER: Lange würdet Ihr Euch doch nicht täuschen lassen.

DER GROSSVATER *bei dem Versuch aufzustehen*: Wie gern würde ich diese Finsternis durchdringen! ...

DER VATER: Wo wollt Ihr hin?
DER GROSSVATER: Dahin ...
DER VATER: Regt Euch nicht so auf ...
DER ONKEL: Ihr seid merkwürdig heute abend.
DER GROSSVATER: Ihr scheint mir alle viel eher merkwürdig zu sein!
DER VATER: Was sucht Ihr da? ...
DER GROSSVATER: Ich weiß nicht, was ich habe!
DIE ÄLTESTE TOCHTER: Großvater, Großvater, kann ich Euch helfen?
DER GROSSVATER: Gebt mir eure lieben Händchen, meine Töchter.
DIE DREI TÖCHTER: Ja, Großvater.
DER GROSSVATER: Warum zittert ihr denn alle drei, meine Töchter?
DIE ÄLTESTE TOCHTER: Wir zittern fast gar nicht, Großvater.
DER GROSSVATER: Und blaß scheint ihr mir alle drei zu sein.
DIE ÄLTESTE TOCHTER: Es ist spät, Großvater, und wir sind müde.
DER VATER: Ihr solltet ins Bett gehen, und auch Großvater würde sich besser ein bißchen hinlegen.
DER GROSSVATER: Ich könnte heute nacht nicht schlafen!
DER ONKEL: Warten wir den Arzt noch ab.
DER GROSSVATER: Nun sagt mir langsam mal die Wahrheit!
DER ONKEL: Aber es gibt keine Wahrheit!
DER GROSSVATER: Dann weiß ich nicht, was ist!
DER ONKEL: Ich sag' Euch doch, es ist ja gar nichts!
DER GROSSVATER: Ich will meine arme Tochter sehen!
DER VATER: Ihr wißt aber doch, daß das unmöglich ist; sie soll nicht unnötig geweckt werden.
DER ONKEL: Morgen werdet Ihr sie sehen.
DER GROSSVATER: Man hört keine Geräusche aus ihrem Zimmer.
DER ONKEL: Ich wäre besorgt, wenn ich Geräusche hörte.
DER GROSSVATER: So lange schon habe ich meine Tochter nicht mehr gesehen! ... Gestern abend hielt ich ihr die Hände – und ich konnte sie nicht sehen! ... Ich weiß nicht mehr, was mit ihr wird ... Ich weiß nicht mehr, wie sie ist ... Ich kenne ihr Gesicht

nicht mehr ... Sie muß verändert sein, nach den letzten Wochen! ... Ich fühlte ihre kleinen Backenknochen unter meinen Händen ... Zwischen ihr und mir und euch allen ist nur noch Finsternis! ... Ich kann so nicht mehr leben ..., das ist doch kein Leben! ... Da sitzt ihr nun alle mit offenen Augen und seht meine toten Augen, und nicht einer von euch hat Mitleid! ... Ich weiß nicht, was ich habe ... Niemals sagt man, was zu sagen wäre ..., das Ganze ist erschreckend, wenn man daran denkt ... Aber warum sagt ihr nichts mehr?

DER ONKEL: Was sollen wir denn sagen, wenn Ihr uns doch nicht glauben wollt?

DER GROSSVATER: Ihr habt Angst, euch zu verraten!

DER VATER: So nehmt doch endlich Vernunft an!

DER GROSSVATER: Seit langem schon verbirgt man mir etwas! ... Es ist etwas passiert in diesem Haus ... Aber ich fange jetzt an zu begreifen ... Zu lange schon täuscht man mich! – Ihr glaubt wohl, ich würde niemals etwas erfahren? – Aber wißt ihr, in manchen Augenblicken bin ich weniger blind als ihr! ... Höre ich euch nicht seit Tagen schon flüstern, als wärt ihr im Haus eines Erhängten? – Ich wage nicht zu sagen, was ich heute abend weiß ... Aber ich werde die Wahrheit herausbekommen! ... Noch warte ich darauf, daß ihr sie mir sagt; doch ich weiß sie seit langem, auch ohne euch! – Und jetzt spüre ich, daß ihr alle noch blasser als Tote seid!

DIE DREI TÖCHTER: Großvater! Großvater! Was habt Ihr denn, Großvater?

DER GROSSVATER: Von euch spreche ich nicht, meine Töchter, nein, von euch spreche ich nicht ... Ich weiß doch, daß ihr mir die Wahrheit mitteilen würdet, wenn sie nicht bei euch wären! ... Ich bin außerdem sicher, daß sie euch ebenfalls täuschen ... Ihr werdet sehen, meine Töchter, ihr werdet sehen! ... Höre ich euch nicht alle drei schluchzen?

DER VATER: Ist meine Frau wirklich in Gefahr?

DER GROSSVATER: Es ist zwecklos, mich noch weiter täuschen zu wollen; es ist jetzt zu spät, und ich kenne die Wahrheit besser als ihr! ...

DER ONKEL: Schließlich sind aber doch nicht wir blind!

DER VATER: Ihr wollt das Zimmer Eurer Tochter betreten? – Diese Mißverständnisse und Irrtümer müssen ein Ende haben. Wollt Ihr?

DER GROSSVATER *plötzlich unentschieden*: Nein; nein, nicht jetzt ... noch nicht ...

DER ONKEL: Da seht Ihr ja, daß Ihr nicht vernünftig seid.

DER GROSSVATER: Niemals erfährt man alles, was ein Mensch in seinem Leben nicht hat sagen können! ... – Wer macht dieses Geräusch da?

DIE ÄLTESTE TOCHTER: Es ist die Lampe, die so flackert, Großvater.

DER GROSSVATER: Sie scheint mir sehr unruhig zu sein ... reichlich unruhig ...

DIE TOCHTER: Es ist der kalte Wind, der ihr so zusetzt ...

DER ONKEL: Hier ist kein kalter Wind, die Fenster sind geschlossen.

DIE TOCHTER: Ich glaube, sie geht gleich aus.

DER VATER: Das Öl ist aufgebraucht.

DIE TOCHTER: Sie geht ganz aus.

DER VATER: Wir können nicht so im Dunkeln sitzenbleiben.

DER ONKEL: Warum nicht? – Ich bin daran schon gewöhnt.

DER VATER: Im Zimmer meiner Frau ist eine Lampe.

DER ONKEL: Wir nehmen sie uns gleich, wenn der Arzt da ist.

DER VATER: Man sieht tatsächlich genug; das macht die Helligkeit von draußen.

DER GROSSVATER: Ist es hell draußen?

DER VATER: Heller als hier.

DER ONKEL: Also, ich unterhalte mich ebenso gern im Dunkeln.

DER VATER: Ich auch.

Schweigen.

DER GROSSVATER: Die Uhr kommt mir reichlich laut vor! ...

DIE ÄLTESTE TOCHTER: Weil nicht mehr gesprochen wird, Großvater.

DER GROSSVATER: Warum schweigt ihr denn alle?

DER ONKEL: Worüber sollen wir denn reden? – Ihr seid nicht ernst zu nehmen heut'abend.

DER GROSSVATER: Ist es sehr dunkel hier im Zimmer?
DER ONKEL: Es ist nicht sehr hell.
Schweigen.
DER GROSSVATER: Mir ist nicht gut, Ursula; öffne mal eben das Fenster.
DER VATER: Ja, meine Tochter, öffne mal eben das Fenster; auch ich brauche langsam etwas frische Luft.
Die Tochter öffnet das Fenster.
DER ONKEL: Wir waren wohl wirklich zu lange eingesperrt.
DER GROSSVATER: Ist das Fenster offen?
DIE TOCHTER: Ja, Großvater, es ist weit offen.
DER GROSSVATER: Man sollte nicht meinen, daß es offen ist; kein Geräusch kommt von draußen herein.
DIE TOCHTER: Nein, Großvater, nicht das leiseste Geräusch.
DER VATER: Die Stille ist außerordentlich.
DIE TOCHTER: Einen Engel würde man noch gehen hören.
DER ONKEL: Deshalb mag ich ja das Landleben nicht.
DER GROSSVATER: Irgendein Geräusch würde ich schon gerne hören. Wie spät ist es, Ursula?
DIE TOCHTER: Gleich Mitternacht, Großvater.
In diesem Moment beginnt der Onkel, im Zimmer auf und ab zu gehen.
DER GROSSVATER: Wer geht da so um uns herum?
DER ONKEL: Ich bin es, ich bin es, keine Angst. Ich muß mir etwas Bewegung machen. *Schweigen.* Aber gleich setze ich mich wieder; – ich kann nicht sehen, wohin ich gehe.
Schweigen.
DER GROSSVATER: Ich wollte, ich wäre woanders!
DIE TOCHTER: Wohin würdet Ihr gern gehen, Großvater?
DER GROSSVATER: Ich weiß nicht wohin – in ein anderes Zimmer, irgendwohin! Irgendwohin!
DER VATER: Wo sollten wir hingehen?
DER ONKEL: Es ist zu spät, um anderswo hinzugehen.
Schweigen.
Regungslos sitzen sie um den Tisch.
DER GROSSVATER: Was höre ich da, Ursula?

DIE TOCHTER: Nichts, Großvater, das sind fallende Blätter; – ja, Blätter, die auf die Terrasse fallen.
DER GROSSVATER: Geh das Fenster schließen, Ursula.
DIE TOCHTER: Ja, Großvater.
Sie schließt das Fenster und setzt sich dann wieder hin.
DER GROSSVATER: Mir ist kalt. *Schweigen. Die drei Schwestern schließen einander in die Arme.* Was höre ich jetzt?
DER VATER: Die drei Schwestern umarmen sich.
DER ONKEL: Sie scheinen mir ziemlich blaß zu sein heute abend.
Schweigen.
DER GROSSVATER: Was höre ich noch?
DIE TOCHTER: Nichts, Großvater, ich habe meine Hände gefaltet.
Schweigen.
DER GROSSVATER: Und das ...?
DIE TOCHTER: Ich weiß nicht, Großvater ... Vielleicht ... Meine Schwestern zittern ein wenig ...
DER GROSSVATER: Ich habe auch Angst, meine Töchter.
In diesem Moment dringt Mondschein durch eine Fensterecke ins Zimmer, und hier und da leuchtet es seltsam auf. Es schlägt Mitternacht, und beim letzten Schlag haben einige den Eindruck, undeutlich ein Geräusch zu hören, als ob jemand sehr hastig aufstünde.
DER GROSSVATER *von außerordentlichem Grauen gepackt*: Wer ist da aufgestanden?
DER ONKEL: Es ist niemand aufgestanden!
DER VATER: Ich bin nicht aufgestanden!
DIE DREI TÖCHTER: Ich auch nicht! – Ich auch nicht! – Ich auch nicht!
DER GROSSVATER: Es ist irgendjemand vom Tisch aufgestanden!
DER ONKEL: Licht! ...
Von rechts, aus dem Zimmer des Kindes, hört man in diesem Moment plötzlich ein angsterfülltes Wimmern, das sich bis zum Ende des Stücks in stetig zunehmendem Entsetzen fortsetzt.
DER VATER: Hört nur! Das Kind!
DER ONKEL: Es hat noch nie geweint!
DER VATER: Laßt uns nachsehen!
DER ONKEL: Licht! Licht!

In diesem Moment hört man dumpfe, eilige Schritte im linken Zimmer. – Dann Totenstille. – Sie horchen in stummem Schrecken, bis die Tür sich langsam öffnet und das Licht aus dem Nebenzimmer in den Saal fällt. Schwarzgekleidet erscheint die Barmherzige Schwester auf der Schwelle, verneigt und bekreuzigt sich, um auf diese Weise den Tod der Frau mitzuteilen. Sie verstehen und betreten, nach einem Moment des Erschreckens und der Unentschlossenheit, schweigend das Sterbezimmer. Vor der Tür tritt der Onkel höflich zurück, um die drei Mädchen vorgehen zu lassen. Alleingeblieben, steht der Blinde auf und tastet sich im Dunkeln um den Tisch herum.

DER GROSSVATER: Wo geht ihr hin? – Wo geht ihr hin? – Sie haben mich ganz allein gelassen!

ENDE

Die Blinden

Für Charles van Lerberghe

Personen:
Der Priester
Drei Blindgeborene
Der älteste Blinde
Der fünfte Blinde
Der sechste Blinde
Drei betende blinde alte Frauen
Die älteste Blinde
Eine junge Blinde
Eine verrückte Blinde

Ein sehr alter nordischer Wald mit Ewigkeitscharakter; darüber ein Himmel voller Sterne. – In der Mitte, zur tiefsten Nacht hin, sitzt ein sehr alter Priester, eingehüllt in einen weiten schwarzen Mantel. Oberkörper und Kopf sind leicht nach hinten gebeugt und lehnen in tödlicher Unbeweglichkeit gegen den hohlen Stamm einer riesigen Eiche. Die violetten Lippen im gleichmäßig wachsfahlen Gesicht sind halb geöffnet. Die stummen, starren Augen blicken nicht mehr von der sichtbaren Seite der Ewigkeit her und sind blutunterlaufen; Kummer und Leid vieler Jahre scheint aus ihnen zu sprechen. Die ehrwürdig weißen Haare fallen, spärlich geworden, in steifen Strähnen in ein Gesicht, das heller und müder erscheint als alles andere in der angespannten Stille des düsteren Waldes. Die knochigen Hände liegen steif gefaltet auf den Oberschenkeln. – Rechts sitzen sechs blinde Greise auf Steinen, Baumstümpfen und welken Blättern. – Links, durch einen entwurzelten Baum sowie Felsblöcke von ihnen getrennt, sitzen den Greisen sechs ebenfalls blinde Frauen gegenüber. Drei von ihnen beten und wehklagen ununterbrochen mit erstickter Stimme. Eine andere ist sehr alt. Die fünfte, in einer Haltung stummen Wahnsinns, hält auf den Knien ein kleines schlafendes Kind. Die sechste ist von strahlender Jugend, ihr Haar überflutet ihr ganzes Wesen. Wie die Greise tragen auch die Frauen weite, dunkle, einförmige Kleidung. Fast alle warten mit den Ellbogen auf den Knien und dem Gesicht zwischen den Händen; und alle scheinen die Gewohnheit unnützer Gesten verloren zu haben und schenken den fortwährenden gedämpften Geräuschen der INSEL keine Beachtung mehr. Große Todesbäume, Eiben, Trauerweiden und Zypressen, bedecken sie mit ihren treuen Schatten. Eine Gruppe langer, kränklicher Affodille blüht nicht weit vom Priester in der Nacht. Es ist außerordentlich dunkel, obwohl das Mondlicht hier und da versucht, für einen Augenblick die Finsternis des Laubwerks zu durchdringen.

ERSTER BLINDGEBORENER: Er kommt noch nicht zurück?
ZWEITER BLINDGEBORENER: Ihr habt mich geweckt!
DRITTER BLINDGEBORENER: Ich schlief ebenfalls.
ERSTER BLINDGEBORENER: Er kommt noch nicht zurück?
ZWEITER BLINDGEBORENER: Ich höre nichts kommen.

DRITTER BLINDGEBORENER: Es ist Zeit, ins Heim zurückzukehren.
ERSTER BLINDGEBORENER: Wir müßten wissen, wo wir sind.
ZWEITER BLINDGEBORENER: Es ist kalt, seitdem er fort ist.
DER ÄLTESTE BLINDE: Weiß jemand, wo wir sind?
DIE ÄLTESTE BLINDE: Wir sind sehr lange gegangen. Wir müssen sehr weit vom Heim entfernt sein.
ERSTER BLINDGEBORENER: Ach, die Frauen sind uns gegenüber?
DIE ÄLTESTE BLINDE: Wir sitzen euch gegenüber.
EERSTER BLINDGEBORENER: Wartet, ich komme zu euch. *Er steht auf und tastet.* – Wo seid ihr? – Sprecht! Damit ich höre, wo ihr seid!
DIE ÄLTESTE BLINDE: Hier; wir sitzen auf Steinen.
ERSTER BLINDGEBORENER *er tastet sich vorwärts und stößt auf den Baumstamm und die Felsblöcke*: Es ist etwas zwischen uns ...
ZWEITER BLINDGEBORENER: Es ist besser, man bleibt an seinem Platz!
DRITTER BLINDGEBORENER: Wo sitzt ihr? – Wollt ihr zu uns kommen?
DER ÄLTESTE BLINDE: Wir wagen nicht aufzustehen!
DRITTER BLINDGEBORENER: Warum hat er uns getrennt?
ERSTER BLINDGEBORENER: Ich höre Beten bei den Frauen.
ZWEITER BLINDGEBORENER: Ja, es sind die drei alten, die beten.
ERSTER BLINDGEBORENER: Es ist jetzt nicht der richtige Moment zum Beten!
ZWEITER BLINDGEBORENER: Ihr könnt gleich im Schlafsaal beten!
Die drei alten Frauen beten weiter.
DRITTER BLINDGEBORENER: Ich würde gern wissen, neben wem ich sitze?
ZWEITER BLINDGEBORENER: Ich glaube, ich bin neben Euch. *Sie tasten um sich.*
DRITTER BLINDGEBORENER: Wir können uns nicht berühren!
ERSTER BLINDGEBORENER: Wir sitzen aber doch nicht weit voneinander entfernt. *Er tastet um sich und stößt mit seinem Stock den fünften Blinden, der leise stöhnt!* Neben uns ist der, der nicht hört.
ZWEITER BLINDGEBORENER: Ich höre nicht alle; vorhin waren wir sechs.
ERSTER BLINDGEBORENER: Ich fange an zu begreifen. Fragen wir

auch die Frauen; wir müssen wissen, woran wir sind. Die drei Alten höre ich immer noch beten; sind sie zusammen?
DIE ÄLTESTE BLINDE: Sie sitzen neben mir, auf einem Felsen.
ERSTER BLINDGEBORENER: Ich sitze auf welken Blättern!
DRITTER BLINDGEBORENER: Und die schöne Blinde, wo ist sie?
DIE ÄLTESTE BLINDE: Sie ist bei denen, die beten.
ZWEITER BLINDGEBORENER: Wo ist die Verrückte mit ihrem Kind?
DIE JUNGE BLINDE: Es schläft; weckt es nicht auf!
ERSTER BLINDGEBORENER: O! Wie weit ihr von uns seid! Ich glaubte, Ihr sitzt mir gegenüber!
DRITTER BLINDGEBORENER: Wir wissen nun fast alles, was wir wissen müssen; unterhalten wir uns ein bißchen, während wir auf die Rückkehr des Priesters warten.
DIE ÄLTESTE BLINDE: Er trug uns auf, schweigend zu warten.
DRITTER BLINDGEBORENER: Wir sind nicht in einer Kirche.
DIE ÄLTESTE BLINDE: Ihr wißt nicht, wo wir sind.
DRITTER BLINDGEBORENER: Ich habe Angst, wenn ich nicht spreche.
ZWEITER BLINDGEBORENER: Wißt ihr, wohin der Priester gegangen ist?
DRITTER BLINDGEBORENER: Mir scheint, er läßt uns reichlich lang allein.
ERSTER BLINDGEBORENER: Er wird zu alt. Und seit einiger Zeit scheint er selbst nicht mehr zu sehen. Er will es nicht zugeben, aus Angst, ein anderer könne seinen Platz bei uns einnehmen; aber ich vermute, daß er fast nicht mehr sieht. Wir müßten einen anderen Führer haben; er hört uns nicht mehr zu, und wir sind zu viele. Die einzigen im Haus, die noch etwas sehen, sind die drei Nonnen und er; und alle sind sie älter als wir! – Sicher hat er sich mit uns verirrt und sucht jetzt den Weg. Wohin ist er gegangen? – Er hat nicht das Recht, uns hier zu lassen …
DER ÄLTESTE BLINDE: Er ist sehr weit fort gegangen; ich glaube, er hat darüber mit den Frauen gesprochen.
ERSTER BLINDGEBORENER: Spricht er nur noch mit den Frauen? – Existieren wir nicht mehr? – Wir werden uns wirklich beklagen müssen!

DER ÄLTESTE BLINDE: Bei wem wollt Ihr Euch beklagen?
ERSTER BLINDGEBORENER: Ich weiß es noch nicht; wir werden sehen; wir werden sehen. – Aber wohin ist er denn gegangen? Ich frage die Frauen.
DIE ÄLTESTE BLINDE: Er war vom langen Gehen müde. Ich glaube, er hat sich für einen Moment in unsere Mitte gesetzt. Er ist seit einigen Tagen sehr traurig und sehr schwach. Er hat Angst, seitdem der Arzt tot ist. Er ist allein. Er spricht fast nicht mehr. Ich weiß nicht, was geschehen ist. Er wollte unbedingt raus heute. Er sagte, er wolle die INSEL sehen, ein letztes Mal im Sonnenschein, vor dem Winter. Der Winter scheint sehr lang und sehr kalt zu werden, von Norden scheint schon Treibeis zu kommen. Er war sehr besorgt; man sagt, die großen Gewitter der vergangenen Tage haben den Fluß anschwellen lassen, alle Deiche seien gebrochen. Er sagte auch, daß das Meer ihn erschreckt; es scheint ohne Grund in Bewegung zu sein, und die Klippen an der Küste sind womöglich nicht mehr hoch genug. Er wollte nachsehen; aber er hat uns nicht gesagt, was er gesehen hat. – Jetzt ist er, glaube ich, Brot und Wasser für die Verrückte holen gegangen. Er hat gesagt, er müsse sehr weit fortgehen ... Wir müssen warten ...
DIE JUNGE BLINDE: Er hat meine Hände gedrückt, als er aufbrach; und seine Hände zitterten, als hätte er Angst. Dann hat er mich umarmt ...
ERSTER BLINDGEBORENER: Oh! Oh!
DIE JUNGE BLINDE: Ich habe ihn gefragt, was geschehen ist. Er hat mir gesagt, er wisse es nicht. Er hat mir gesagt, die Herrschaft der Greise werde, vielleicht, zu Ende gehen ...
ERSTER BLINDGEBORENER: Was meinte er, als er das sagte?
DIE JUNGE BLINDE: Ich habe ihn nicht verstanden. Er hat mir gesagt, er wolle zu dem großen Leuchtturm gehen.
ERSTER BLINDGEBORENER: Gibt es einen Leuchtturm?
DIE JUNGE BLINDE: Ja, im Norden der INSEL. Ich glaube, es ist nicht weit von hier. Er sagte, er sehe das Leuchten des Scheinwerfers bis hier, in den Blättern. Er schien mir niemals trauriger als heute, und ich glaube, er weinte seit einigen Tagen. Ich weiß

nicht, warum ich, ohne ihn zu sehen, ebenfalls weinte. Ich habe nicht gehört, wie er weggegangen ist. Ich habe ihn nichts mehr gefragt. Ich merkte, daß sein Lächeln zu ernst war; ich merkte, daß er die Augen schloß und daß er schweigen wollte …

ERSTER BLINDGEBORENER: Er hat uns von allem nichts gesagt!

DIE JUNGE BLINDE: Ihr hört ihm nicht zu, wenn er spricht!

DIE ÄLTESTE BLINDE: Ihr murmelt alle, wenn er spricht!

ZWEITER BLINDGEBORENER: Er hat uns einfach »Gute Nacht« gesagt, als er wegging.

DRITTER BLINDGEBORENER: Es muß ziemlich spät sein.

ERSTER BLINDGEBORENER: Er hat zwei- oder dreimal »Gute Nacht« gesagt, als er wegging, als wolle er sich schlafen legen. Ich merkte, daß er mich ansah, als er sagte »Gute Nacht; gute Nacht!« – Die Stimme ändert sich, wenn man jemanden starr ansieht.

DER FÜNFTE BLINDE: Habt Mitleid mit denen, die nicht sehen!

ERSTER BLINDGEBORENER: Wer ist das, der da so unvernünftig spricht?

ZWEITER BLINDGEBORENER: Ich glaube, es ist der, der nicht hört.

ERSTER BLINDGEBORENER: Schweigt! – das ist jetzt nicht mehr der richtige Moment zum Betteln!

DRITTER BLINDGEBORENER: Wo ging er Brot und Wasser holen?

DIE ÄLTESTE BLINDE: Er ist in Richtung Meer gegangen.

DRITTER BLINDGEBORENER: In seinem Alter geht man nicht mehr so einfach zum Meer!

ZWEITER BLINDGEBORENER: Sind wir nah am Meer?

DIE ÄLTESTE BLINDE: Ja; seid einen Moment still; ihr werdet es hören. *Plätschern eines nahen und sehr ruhigen Meeres gegen die Klippen.*

ZWEITER BLINDGEBORENER: Ich höre nur das Beten der drei alten Frauen.

DIE ÄLTESTE BLINDE: Hört genau hin; Ihr werdet es durch ihre Gebete hindurch hören.

ZWEITER BLINDGEBORENER: Ja; ich höre etwas, das nicht weit von uns ist.

DER ÄLTESTE BLINDE: Es war eingeschlafen; es ist , als werde es wach.

ERSTER BLINDGEBORENER: Es war nicht recht von ihm, uns hierher zu führen; ich höre dieses Geräusch nicht gern.
DER ÄLTESTE BLINDE: Ihr wißt genau, daß die INSEL nicht groß ist und daß man es hört, sobald man das Gelände des Heims verläßt.
ZWEITER BLINDGEBORENER: Ich habe es niemals gehört.
DRITTER BLINDGEBORENER: Ich glaube, es ist heute gleich neben uns; ich höre es nicht gern so nah.
ZWEITER BLINDGEBORENER: Ich auch nicht; im übrigen verlangen wir gar nicht, das Heim zu verlassen.
DRITTER BLINDGEBORENER: Wir sind niemals bis hierher gekommen; es war unnütz, uns so weit zu führen.
DIE ÄLTESTE BLINDE: Es war sehr schön heute morgen; er wollte uns die letzten Sonnentage genießen lassen, bevor er uns für den ganzen Winter im Heim einsperrt.
ERSTER BLINDGEBORENER: Ich bleibe aber lieber im Heim!
DIE ÄLTESTE BLINDE: Er sagte auch, daß wir die kleine INSEL, auf der wir sind, ein bißchen kennenlernen sollten. Überall ist er selbst auch nicht gewesen; es gibt einen Berg, auf den noch niemand gestiegen ist, Täler, in die man sich nicht gerne begibt, und Grotten, die niemand bisher erkundet hat. Schließlich sagte er, daß man nicht immer in den Schlafsaalgewölben auf die Sonne warten sollte; er wollte uns bis ans Meer führen. Er ist allein dahin gegangen.
DER ÄLTESTE BLINDE: Er hat recht; man muß ans Leben denken.
ERSTER BLINDGEBORENER: Es ist aber doch nichts zu sehen draußen!
ZWEITER BLINDGEBORENER: Sind wir jetzt in der Sonne?
DER SECHSTE BLINDE: Ich glaube nicht; es scheint mir sehr spät zu sein.
ZWEITER BLINDGEBORENER: Wie spät ist es?
DIE ANDEREN BLINDEN: Ich weiß nicht. – Keiner weiß es.
ZWEITER BLINDGEBORENER: Ist es noch hell? *Zum sechsten Blinden:* Wo seid Ihr? – Wir wollen sehen; Ihr, der Ihr ein wenig seht, laßt uns sehen!
DER SECHSTE BLINDE: Ich glaube, es ist sehr dunkel; wenn die Sonne scheint, sehe ich einen blauen Streifen unter meinen

Lidern; vor langer, langer Zeit habe ich einen gesehen; aber jetzt bemerke ich nichts mehr.

ERSTER BLINDGEBORENER: Ich weiß, daß es spät ist, wenn ich Hunger habe, und ich habe Hunger.

DRITTER BLINDGEBORENER: Betrachtet doch den Himmel; ihr werdet da vielleicht etwas sehen! *Alle heben den Kopf zum Himmel, außer den drei Blindgeborenen, die weiter zur Erde schauen.*

DER SECHSTE BLINDE: Ich weiß nicht, ob wir unter freiem Himmel sind.

ERSTER BLINDGEBORENER: Die Stimme hallt, als wären wir in einer Grotte.

DER ÄLTESTE BLINDE: Ich glaube eher, sie hallt so, weil es Abend ist.

DIE JUNGE BLINDE: Mir scheint, ich spüre den Mondschein auf meinen Händen.

DIE ÄLTESTE BLINDE: Ich glaube, es sind Sterne da; ich höre sie.

DIE JUNGE BLINDE: Ich auch.

ERSTER BLINDGEBORENER: Ich höre kein Geräusch.

ZWEITER BLINDGEBORENER: Ich höre nur das Geräusch unseres Atems!

DER ÄLTESTE BLINDE: Ich glaube, die Frauen haben recht.

ERSTER BLINDGEBORENER: Ich habe die Sterne niemals gehört.

DIE ZWEI ANDEREN BLINDGEBORENEN: Wir auch nicht.

Ein Schwarm Nachtvögel läßt sich plötzlich in den Ästen nieder.

ZWEITER BLINDGEBORENER: Hört! Hört! – Was ist da über uns? – Hört ihr es?

DER ÄLTESTE BLINDE: Zwischen dem Himmel und uns ist etwas vorübergezogen!

ERSTER BLINDGEBORENER: Ich weiß nicht, was für eine Art Geräusch das ist. – Ich würde gern ins Heim zurückgehen.

ZWEITER BLINDGEBORENER: Wir müßten wissen, wo wir sind!

DER SECHSTE BLINDE: Ich habe versucht, aufzustehen; rund um mich sind nichts als Dornensträucher; ich wage nicht einmal mehr, die Hände auszustrecken.

DRITTER BLINDGEBORENER: Wir müßten wissen, wo wir sind!

DER ÄLTESTE BLINDE: Wir können es nicht wissen!

DER SECHSTE BLINDE: Wir müssen sehr weit vom Haus weg sein; ich erkenne kein Geräusch wieder.
DRITTER BLINDGEBORENER: Seit langem rieche ich den Geruch welker Blätter!
DER SECHSTE BLINDE: Hat jemand die INSEL früher gesehen und kann uns sagen, wo wir sind?
DIE ÄLTESTE BLINDE: Wir waren alle blind, als wir hier ankamen.
ERSTER BLINDGEBORENER: Wir haben niemals gesehen.
ZWEITER BLINDGEBORENER: Wir sollten uns nicht unnötig aufregen; er wird bald zurück sein; warten wir noch; aber in Zukunft werden wir nicht mehr mit ihm rausgehen.
DER ÄLTESTE BLINDE: Wir können nicht allein rausgehen.
ERSTER BLINDGEBORENER: Wir werden nicht mehr rausgehen, ich gehe lieber nicht raus.
ZWEITER BLINDGEBORENER: Wir hatten keine Lust, rauszugehen, keiner hatte darum gebeten.
DIE ÄLTESTE BLINDE: Es war Feiertag; an den großen Festtagen der INSEL gehen wir immer raus.
DRITTER BLINDGEBORENER: Ich schlief noch, als er kam, mir auf die Schulter klopfte und rief: Aufstehen, aufstehen, es ist Zeit, die Sonne steht sehr hoch! – Stimmte das? Ich habe es nicht gemerkt. Ich habe die Sonne niemals gesehen.
DER ÄLTESTE BLINDE: Ich habe die Sonne gesehen, als ich sehr jung war.
DIE ÄLTESTE BLINDE: Ich auch; vor Jahren; als ich noch Kind war; aber ich erinnere mich fast nicht mehr.
DRITTER BLINDGEBORENER: Warum will er, daß wir jedes Mal rausgehen, wenn die Sonne sich zeigt? Wer merkt denn etwas davon? Ich weiß nie, ob ich gerade mittags oder um Mitternacht spazierengehe.
DER SECHSTE BLINDE: Ich gehe lieber mittags raus; ich ahne dann eine große Helligkeit; und meine Augen bemühen sich sehr, aufzugehen.
DRITTER BLINDGEBORENER: Ich bleibe lieber im Speisesaal, nah beim warmen Kohlefeuer; es war ein kräftiges Feuer heute morgen …

ZWEITER BLINDGEBORENER: Er konnte uns in den Hof führen; da scheint die Sonne auch, aber man ist im Schutz der Mauern; man kann nicht raus, es ist nichts zu befürchten, wenn das Tor geschlossen ist; – ich schließe es immer. – Warum faßt Ihr meinen linken Ellbogen an?
ERSTER BLINDGEBORENER: Ich habe Euch nicht angefaßt; ich könnte gar nicht so weit reichen.
ZWEITER BLINDGEBORENER: Ich sage Euch, jemand hat meinen Ellbogen angefaßt!
ERSTER BLINDGEBORENER: Das ist keiner von uns.
DIE ÄLTESTE BLINDE: Mein Gott! Mein Gott! Sagt uns doch, wo wir sind!
ERSTER BLINDGEBORENER: Wir können nicht ewig warten!
Aus großer Entfernung hört man eine Uhr sehr langsam zwölfmal schlagen.
DIE ÄLTESTE BLINDE: O! Wie weit wir vom Heim weg sind!
DER ÄLTESTE BLINDE: Es ist Mitternacht!
ZWEITER BLINDGEBORENER: Es ist Mittag! – Weiß es einer? – Sprecht!
DER SECHSTE BLINDE: Ich weiß nicht; aber ich glaube, es ist dunkel um uns.
ERSTER BLINDGEBORENER: Ich finde mich nicht mehr zurecht; wir haben zu lange geschlafen!
ZWEITER BLINDGEBORENER: Ich habe Hunger!
DIE ANDEREN BLINDEN: Wir haben Hunger und Durst!
ZWEITER BLINDGEBORENER: Sind wir schon lange hier?
DIE ÄLTESTE BLINDE: Ich glaube fast, ich bin seit Jahrhunderten hier!
DER SECHSTE BLINDE: Ich beginne zu begreifen, wo wir sind ...
DRITTER BLINDGEBORENER: Wir sollten in die Richtung gehen, aus der es Mitternacht geschlagen hat ...
Alle Nachtvögel jubilieren plötzlich in der Finsternis.
ERSTER BLINDGEBORENER: Hört ihr? – Hört ihr?
ZWEITER BLINDGEBORENER: Wir sind nicht allein hier! ...
DRITTER BLINDGEBORENER: Schon lange ahne ich etwas: man hört uns zu. Ist er zurückgekommen?

ERSTER BLINDGEBORENER: Ich weiß nicht, was es ist; es ist über uns.
ZWEITER BLINDGEBORENER: Haben die anderen nichts gehört? – Immer schweigt ihr!
DIE ÄLTESTE BLINDE: Wir hören noch hin.
DIE JUNGE BLINDE: Ich höre Flügel um mich herum.
DIE ÄLTESTE BLINDE: Mein Gott! Mein Gott! Sagt uns doch, wo wir sind!
DER SECHSTE BLINDE: Ich beginne zu begreifen, wo wir sind ... Das Heim ist auf der anderen Seite des großen Flusses; wir sind über die alte Brücke gegangen. Er hat uns in den Norden der INSEL geführt. Wir sind nicht weit vom Fluß, und vielleicht würden wir ihn hören, wenn wir für einen Moment hinhörten ... Wir müßten bis zum Ufer des Flusses gehen, wenn er nicht zurückkäme ... Tag und Nacht fahren da große Schiffe vorüber, und die Matrosen werden uns bemerken. Es kann sein, daß wir in dem Wald sind, der den Leuchtturm umgibt; aber ich kenne den Weg nicht, der hinausführt ... Möchte mir jemand folgen?
ERSTER BLINDGEBORENER: Bleiben wir lieber sitzen! – Warten wir, warten wir; – wir kennen den Lauf des großen Flusses nicht, und rings um das Heim gibt es Sümpfe; warten wir, warten wir ... Er wird zurückkommen; er muß einfach zurückkommen!
DER SECHSTE BLINDE: Weiß einer, wie wir gekommen sind? Er hat es uns während des Gehens erklärt.
ERSTER BLINDGEBORENER: Ich habe nicht darauf geachtet.
DER SECHSTE BLINDE: Hat ihm jemand zugehört?
DRITTER BLINDGEBORENER: In Zukunft müssen wir ihm zuhören.
DER SECHSTE BLINDE: Ist einer von uns auf der Insel geboren?
DER ÄLTESTE BLINDE: Ihr wißt genau, daß wir anderswoher kommen.
DER ÄLTESTE BLINDE: Wir kommen von der anderen Seite des Meeres.
ERSTER BLINDGEBORENER: Während der Überfahrt habe ich geglaubt, ich sterbe.
ZWEITER BLINDGEBORENER: Ich auch; – wir sind zusammen gekommen.

DRITTER BLINDGEBORENER: Wir sind alle drei aus derselben Gemeinde.
ERSTER BLINDGEBORENER: Man sagt, daß man sie bei klarem Wetter von hier aus sehen kann; – zum Norden hin. – Sie hat keinen Glockenturm.
DRITTER BLINDGEBORENER: Wir sind zufällig hier gelandet.
DIE ÄLTESTE BLINDE: Ich komme von einer anderen Seite ...
ZWEITER BLINDGEBORENER: Woher kommt Ihr?
DIE ÄLTESTE BLINDE: Ich wage nicht mehr daran zu denken ... Wenn ich davon spreche, erinnere ich mich fast nicht mehr ... Es ist zu lange her ... Es war da kälter als hier ...
DIE JUNGE BLINDE: Ich komme von sehr weit her ...
ERSTER BLINDGEBORENER: Woher kommt Ihr denn?
DIE JUNGE BLINDE: Ich weiß fast nicht, wie ich es Euch erklären soll. – Es ist zu weit von hier; es ist jenseits der Meere. Ich komme aus einem großen Land ... Ich könnte das nur mit Hilfe von Zeichen deutlich machen; aber die sehen wir nicht mehr ... Ich bin zu lange herumgeirrt ... Aber ich habe die Sonne gesehen, Wasser und Feuer, Berge, Gesichter und seltsame Blumen ... Es gibt keine vergleichbaren auf dieser INSEL; es ist zu dunkel und zu kalt hier ... Ich habe ihren Duft nicht wiedergetroffen, seitdem ich nicht mehr sehe ... Aber ich habe meine Eltern und meine Schwestern gesehen ... Ich war zu jung damals, um zu wissen, wo ich war ... Ich spielte noch am Meeresstrand ... Wie gut ich mich erinnere, gesehen zu haben! ... Eines Tages betrachtete ich den Schnee von der Höhe eines Berges aus ... Plötzlich konnte ich diejenigen erkennen, die unglücklich sein würden ...
ERSTER BLINDGEBORENER: Was meint Ihr damit?
DIE JUNGE BLINDE: Zuweilen erkenne ich sie noch heute, an ihrer Stimme ... Ich habe Erinnerungen, die klarer sind, wenn ich nicht daran denke ...
ERSTER BLINDGEBORENER: Ich habe keine Erinnerungen ...
Ein Schwarm großer Zugvögel zieht schreiend über den Baumwipfeln vorüber.
DER ÄLTESTE BLINDE: Wieder zieht etwas am Himmel vorbei!
ZWEITER BLINDGEBORENER: Warum seid Ihr hierhergekommen?

DER ÄLTESTE BLINDE: Wen fragt Ihr das?
ZWEITER BLINDGEBORENER: Unsere junge Schwester.
DIE JUNGE BLINDE: Man hatte mir gesagt, er könne mich heilen. Er hat mir gesagt, daß ich eines Tages sehen werde; dann kann ich die INSEL verlassen ...
ERSTER BLINDGEBORENER: Wir würden alle gern die INSEL verlassen!
ZWEITER BLINDGEBORENER: Wir werden immer hierbleiben!
DRITTER BLINDGEBORENER: Er ist zu alt; er wird nicht die Zeit haben, uns zu heilen!
DIE JUNGE BLINDE: Meine Lider sind geschlossen, doch ich spüre, daß meine Augen leben ...
ERSTER BLINDGEBORENER: Meine sind offen ...
ZWEITER BLINDGEBORENER: Ich schlafe mit offenen Augen.
DRITTER BLINDGEBORENER: Sprechen wir nicht von unseren Augen!
ZWEITER BLINDGEBORENER: Ihr seid noch nicht lange hier?
DER ÄLTESTE BLINDE: Eines Abends hörte ich während des Gebets auf der Seite der Frauen eine Stimme, die ich nicht kannte; und ich hörte an Eurer Stimme, daß Ihr sehr jung wart ... Und als ich Euch hörte, hätte ich Euch sehr gern gesehen ...
ERSTER BLINDGEBORENER: Ich habe das gar nicht gemerkt.
ZWEITER BLINDGEBORENER: Er sagt uns nie Bescheid!
DER SECHSTE BLINDE: Man sagt, Ihr seid schön wie eine Frau, die von sehr weit her kommt?
DIE JUNGE BLINDE: Ich habe mich nie gesehen.
DER ÄLTESTE BLINDE: Wir alle haben einander nie gesehen. Wir befragen uns, und wir antworten uns; wir leben zusammen, wir sind immer zusammen, aber wir wissen nicht, was wir sind! ... Auch wenn wir uns mit beiden Händen anfassen können – die Augen wissen mehr als die Hände ...
DER SECHSTE BLINDE: Manchmal sehe ich eure Schatten, wenn ihr in der Sonne seid.
DER ÄLTESTE BLINDE: Wir haben niemals das Haus gesehen, in dem wir leben; auch wenn wir Mauern und Fenster abtasten können – wir wissen nicht, wo wir leben! ...

DIE ÄLTESTE BLINDE: Man sagt, es ist ein altes, dunkles, erbärmliches Schloß, niemals sieht man darin Licht, außer im Turm, wo sich das Zimmer des Priesters befindet.
ERSTER BLINDGEBORENER: Die, die nicht sehen, brauchen kein Licht.
DER SECHSTE BLINDE: Immer wenn ich in der Umgebung des Heims die Herde hüte, kehren die Schafe von allein zurück, wenn sie am Abend jenes Licht vom Turm bemerken ... – Nie haben sie mich irregeleitet.
DER ÄLTESTE BLINDE: Jahre über Jahre sind wir nun schon zusammen, und wir haben uns nie wahrgenommen! Es ist so, als wären wir immer allein! ... Man muß sehen, um zu lieben ...
DIE ÄLTESTE BLINDE: Manchmal träume ich, daß ich sehe ...
DER ÄLTESTE BLINDE: Ich sehe nur, wenn ich träume ...
ERSTER BLINDGEBORENER: Ich träume im allgemeinen nur um Mitternacht.
Ein Windstoß durchschüttelt den Wald, und die Blätter fallen in dunklen Massen.
DER FÜNFTE BLINDE: Wer hat meine Hände berührt?
ERSTER BLINDGEBORENER: Es fällt etwas herunter rings um uns!
DER ÄLTESTE BLINDE: Es kommt von oben; ich weiß nicht, was es ist ...
DER FÜNFTE BLINDE: Wer hat meine Hände berührt? – Ich war eingeschlafen; laßt mich schlafen!
DER ÄLTESTE BLINDE: Niemand hat Eure Hände berührt.
DER FÜNFTE BLINDE: Wer hat meine Hände genommen? Antwortet laut, meine Ohren sind etwas schwach ...
DER ÄLTESTE BLINDE: Wir wissen es selbst nicht.
DER FÜNFTE BLINDE: Hat man uns eine Nachricht gebracht?
ERSTER BLINDGEBORENER: Es ist zwecklos zu antworten: er hört nichts.
DRITTER BLINDGEBORENER: Die Tauben sind doch sehr zu bedauern!
DER ÄLTESTE BLINDE: Ich bin das Sitzen leid!
DER SECHSTE BLINDE: Ich bin das Warten leid!
ZWEITER BLINDGEBORENER: Mir scheint, wir sitzen reichlich weit

voneinander entfernt ... Rücken wir lieber ein wenig zusammen; – es beginnt kalt zu werden ...

DRITTER BLINDGEBORENER: Ich wage nicht aufzustehen; besser bleibt jeder an seinem Platz.

DER ÄLTESTE BLINDE: Man weiß nicht, was zwischen uns liegen kann.

DER SECHSTE BLINDE: Ich glaube, meine beiden Hände bluten; ich habe mich hinstellen wollen.

DRITTER BLINDGEBORENER: Ich höre, daß Ihr Euch über mich beugt.

Die verrückte Blinde reibt sich heftig die Augen. Sie schluchzt und hält sich hartnäckig dem regungslosen Priester zugewandt.

ERSTER BLINDGEBORENER: Ich höre noch ein anderes Geräusch ...

DIE ÄLTESTE BLINDE: Ich glaube, es ist unsere arme Schwester, die sich die Augen reibt.

ZWEITER BLINDGEBORENER: Sie tut nie etwas anderes; ich höre sie jede Nacht.

DRITTER BLINDGEBORENER: Sie ist verrückt; sie sagt niemals etwas.

DIE ÄLTESTE BLINDE: Sie spricht nicht mehr, seitdem sie ihr Kind bekommen hat ... Sie scheint immerzu Angst zu haben ...

DER ÄLTESTE BLINDE: Habt Ihr denn keine Angst hier?

ERSTER BLINDGEBORENER: Wer denn?

DER ÄLTESTE BLINDE: Ihr anderen alle!

DIE ÄLTESTE BLINDE: Ja, ja, wir haben Angst!

DIE JUNGE BLINDE: Seit langem haben wir Angst!

ERSTER BLINDGEBORENER: Warum fragt Ihr danach?

DER ÄLTESTE BLINDE: Ich weiß nicht, warum ich danach frage! ... Mir scheint, ich höre plötzlich ein Weinen unter uns! ...

ERSTER BLINDGEBORENER: Das ist kein Grund, Angst zu haben; ich glaube, es ist die Verrückte ...

DER ÄLTESTE BLINDE: Es ist noch etwas anderes ... Ich bin sicher, es ist noch etwas anderes ... Es ist nicht allein deshalb, daß ich Angst habe ...

DIE ÄLTESTE BLINDE: Sie weint jedes Mal, wenn sie ihr Kind stillt.

ERSTER BLINDGEBORENER: Nur sie allein weint so!

DIE ÄLTESTE BLINDE: Es heißt, daß sie zuweilen noch sieht ...
ERSTER BLINDGEBORENER: Die anderen hört man nicht weinen ...
DER ÄLTESTE BLINDE: Man muß sehen, um zu weinen ...
DIE JUNGE BLINDE: Ich rieche den Geruch von Blumen um uns ...
ERSTER BLINDGEBORENER: Ich rieche nur den Geruch der Erde!
DIE JUNGE BLINDE: Es sind Blumen da, um uns herum sind Blumen!
ZWEITER BLINDGEBORENER: Ich rieche nur den Geruch der Erde!
DIE ÄLTESTE BLINDE: Im Wind habe ich Blumen gerochen ...
DRITTER BLINDGEBORENER: Ich rieche nur den Geruch der Erde!
DER ÄLTESTE BLINDE: Ich glaube, die Frauen haben recht.
DER SECHSTE BLINDE: Wo sind sie? – Ich werde sie pflücken gehen.
DIE JUNGE BLINDE: Rechts von Euch, steht auf.
Der sechste Blinde steht langsam auf und tastet sich, gegen Sträucher und Bäume stoßend, zu den Affodillen vor, die er dabei umknickt und zertritt.
DIE JUNGE BLINDE: Ich höre, daß Ihr junge Stiele zerknickt! Bleibt stehen! Bleibt stehen!
ERSTER BLINDGEBORENER: Kümmert Euch nicht um die Blumen, denkt lieber ans Umkehren!
DER SECHSTE BLINDE: Ich wage nicht mehr umzukehren!
DIE JUNGE BLINDE: Ihr braucht nicht zurückzukommen! – Wartet. – *Sie steht auf.* O! Wie kalt der Boden ist! Es wird frieren. – *Ohne zu zögern geht sie in die Richtung der seltsamen, blassen Affodillen, wird aber von dem umgefallenen Baum und den Felsbrocken aufgehalten.* Sie sind hier! ... Ich kann sie nicht erreichen; sie sind auf Eurer Seite.
DER SECHSTE BLINDE: Ich glaube, ich pflücke sie.
Herumtastend pflückt er die verschonten Blumen und reicht sie ihr; die Nachtvögel fliegen weg.
DIE JUNGE BLINDE: Mir scheint, ich habe diese Blumen einst gesehen ... Ich weiß ihren Namen nicht mehr ... Doch wie krank sie sind, und wie weich ihr Stiel ist! Ich erkenne sie fast nicht wieder ... Ich glaube, es ist die Blume der Toten ...
Sie flicht sich Affodillen ins Haar.

DER ÄLTESTE BLINDE: Ich höre das Geräusch Eurer Haare.
DIE JUNGE BLINDE: Das sind die Blumen.
DER ÄLTESTE BLINDE: Wir werden Euch nicht sehen ...
DIE JUNGE BLINDE: Ich werde mich auch nicht sehen ... Mir ist kalt.
In diesem Moment erhebt sich der Wind im Wald, und das Meer ist plötzlich aufgewühlt und schlägt heftig gegen die nahen Klippen.
ERSTER BLINDGEBORENER: Es donnert!
ZWEITER BLINDGEBORENER: Ich glaube, es ist der Sturm, der sich erhebt.
DIE ÄLTESTE BLINDE: Ich glaube, es ist das Meer.
DRITTER BLINDGEBORENER: Das Meer? – Ist es das Meer? – Aber es ist ja nur zwei Schritt von uns entfernt! – Es ist direkt neben uns! Ich höre es rund um mich herum! – Es muß etwas anderes sein!
DIE JUNGE BLINDE: Ich höre das Geräusch der Wellen zu meinen Füßen.
ERSTER BLINDGEBORENER: Ich glaube, es ist der Wind in den welken Blättern.
DER ÄLTESTE BLINDE: Ich glaube, die Frauen haben recht.
DRITTER BLINDGEBORENER: Es wird hierher kommen!
ERSTER BLINDGEBORENER: Woher kommt der Wind?
ZWEITER BLINDGEBORENER: Er kommt vom Meer.
DER ÄLTESTE BLINDE: Er kommt immer vom Meer; es umgibt uns von allen Seiten. Er kann nirgendwo anders herkommen ...
ERSTER BLINDGEBORENER: Denken wir nicht mehr an das Meer!
ZWEITER BLINDGEBORENER: Aber wir müssen daran denken, weil es bald bis zu uns gelangt!
ERSTER BLINDGEBORENER: Ihr wißt nicht, ob es das Meer ist ...
ZWEITER BLINDGEBORENER: Ich höre seine Wellen, als tauchte ich gerade beide Hände hinein! Wir können hier nicht bleiben! Vielleicht sind sie rund um uns!
DER ÄLTESTE BLINDE: Wohin wollt Ihr gehen?
ZWEITER BLINDGEBORENER: Ganz egal wohin! Ganz egal wohin! Ich will dieses Wassergeräusch nicht mehr hören! Gehen wir fort! Gehen wir fort!
DRITTER BLINDGEBORENER: Mir scheint, ich höre noch etwas

anderes. Hört! *Man hört ein Geräusch entfernter, hastiger Schritte auf welken Blättern.*

ERSTER BLINDGEBORENER: Es nähert sich etwas!

ZWEITER BLINDGEBORENER: Er kommt! Er kommt! Er kommt zurück!

DRITTER BLINDGEBORENER: Er kommt mit kleinen Schritten, wie ein kleines Kind! ...

ZWEITER BLINDGEBORENER: Machen wir ihm jetzt keine Vorwürfe!

DIE ÄLTESTE BLINDE: Ich glaube, das ist nicht der Schritt eines Menschen!

Ein großer Hund taucht vor den Blinden auf. – Schweigen.

ERSTER BLINDGEBORENER: Wer ist da? – Wer seid Ihr? – Habt Mitleid mit uns, wir warten schon so lange! ...

Der Hund bleibt stehen und legt dann seine Vorderpfoten auf die Knie des Blinden. Oh, oh, was habt Ihr auf meine Knie gelegt? Was ist das? Ist es ein Tier? – Ich glaube, es ist ein Hund? ... Oh! Oh! Es ist der Hund! Es ist der Hund aus dem Heim! Komm her! Komm her! Er kommt uns befreien! Komm her! Komm her!

DIE ANDEREN BLINDEN: Komm her! Komm her!

ERSTER BLINDGEBORENER: Er kommt uns befreien! Er ist unseren Spuren bis hierher gefolgt. Er leckt mir die Hände, als hätte er mich jahrhundertelang nicht gesehen!

DIE ANDEREN BLINDEN: Komm her! Komm her!

DER ÄLTESTE BLINDE: Vielleicht läuft er jemandem voraus? ...

ERSTER BLINDGEBORENER: Nein, nein, er ist allein. – Ich höre nichts kommen. – Wir brauchen keinen anderen Führer; es gibt keinen besseren. Er wird uns führen, wohin immer wir wollen; er wird uns gehorchen ...

DIE ÄLTESTE BLINDE: Ich wage nicht, ihm zu folgen.

DIE JUNGE BLINDE: Ich auch nicht.

ERSTER BLINDGEBORENER: Warum nicht? Er sieht besser als wir.

ZWEITER BLINDGEBORENER: Hören wir nicht auf die Frauen!

DRITTER BLINDGEBORENER: Am Himmel hat sich etwas verändert; ich kann jetzt frei atmen; die Luft ist rein ...

DIE ÄLTESTE BLINDE: Es ist der Seewind, der uns umweht.

DER SECHSTE BLINDE: Mir scheint, es wird heller; ich glaube, die Sonne geht auf ...

DIE ÄLTESTE BLINDE: Ich glaube, es wird kälter ...

ERSTER BLINDGEBORENER: Wir werden unseren Weg wiederfinden. Er zieht mich mit! ... Er zieht mich mit. Er ist außer sich vor Freude! – Ich kann ihn nicht mehr halten! ... Folgt mir! Folgt mir! Wir kehren heim! ...

Er steht auf und folgt dem Hund, der ihn zu dem regungslosen Priester hinzieht und dann stehenbleibt.

DIE ANDEREN BLINDEN: Wo seid ihr? Wo seid Ihr? – Wohin geht Ihr? – Nehmt Euch in acht!

ERSTER BLINDGEBORENER: Wartet! Wartet! Folgt mir noch nicht; ich werde zurückkommen ... Er bleibt stehen. – Was ist denn da? – Oh, oh! Ich habe etwas sehr Kaltes berührt!

ZWEITER BLINDGEBORENER: Was sagt Ihr? Man kann Eure Stimme kaum noch hören.

ERSTER BLINDGEBORENER: Ich habe berührt! ... Ich glaube, ich berühre ein Gesicht!

DRITTER BLINDGEBORENER: Was sagt ihr? Man kann Euch kaum noch verstehen. Was habt Ihr? – Wo seid Ihr? – Seid Ihr schon weit von uns weg?

ERSTER BLINDGEBORENER: Oh, oh, oh! – Ich weiß noch nicht, was es ist ... – Es befindet sich ein Toter unter uns!

DIE ANDEREN BLINDEN: Ein Toter unter uns? – Wo seid Ihr? Wo seid Ihr?

ERSTER BLINDGEBORENER: Es befindet sich ein Toter hier bei uns, sage ich euch! Oh, oh, ich habe das Gesicht eines Toten berührt! – Ihr sitzt neben einem Toten! Einer von uns muß plötzlich gestorben sein! So sagt doch endlich etwas, damit ich weiß, wer noch lebt! Wo seid ihr? – Antwortet! Antwortet alle zusammen!

Die Blinden antworten einer nach dem anderen, mit Ausnahme der verrückten Blinden und des tauben Blinden; die drei alten Frauen haben aufgehört zu beten.

ERSTER BLINDGEBORENER: Ich kann eure Stimmen nicht mehr auseinanderhalten! ... Ihr sprecht alle gleich! ... Sie zittern alle!

DRITTER BLINDGEBORENER: Zwei haben nicht geantwortet ... Wo sind sie?

Er stößt mit seinem Stock den fünften Blinden.

DER FÜNFTE BLINDE: Oh, oh! Ich war eingeschlafen; laßt mich schlafen!

DER SECHSTE BLINDE: Er ist es nicht. – Ist es die Verrückte?

DIE ÄLTESTE BLINDE: Sie sitzt neben mir; ich höre sie leben.

ERSTER BLINDGEBORENER: Ich glaube ... Ich glaube, es ist der Priester! – Er steht aufrecht! Kommt! Kommt! Kommt!

ZWEITER BLINDGEBORENER: Er steht aufrecht?

DRITTER BLINDGEBORENER: Er ist also nicht tot!

DER ÄLTESTE BLINDE: Wo ist er?

DER SECHSTE BLINDE: Gehen wir nachsehen! ...

Alle außer der Verrückten und dem fünften Blinden stehen auf und tasten sich zu dem Toten vor.

ZWEITER BLINDGEBORENER: Ist er hier? – Ist er es?

DRITTER BLINDGEBORENER: Ja, ja! Ich erkenne ihn!

ERSTER BLINDGEBORENER: Mein Gott! mein Gott! Was wird aus uns werden? ...

DIE ÄLTESTE BLINDE: Mein Vater, mein Vater! – Seid Ihr es? Mein Vater, was ist denn geschehen? – Was habt Ihr? – Antwortet uns! – Wir sind alle bei Euch ...

DER ÄLTESTE BLINDE: Bringt Wasser; vielleicht lebt er noch ...

ZWEITER BLINDGEBORENER: Versuchen wir es ... Vielleicht kann er uns zum Heim zurückführen.

DRITTER BLINDGEBORENER: Es ist zwecklos; ich höre sein Herz nicht mehr. – Er ist kalt ...

ERSTER BLINDGEBORENER: Er ist gestorben, ohne etwas zu sagen.

DRITTER BLINDGEBORENER: Er hätte uns in Kenntnis setzen sollen! ...

ZWEITER BLINDGEBORENER: Oh, wie alt er war! ... Es ist das erste Mal, daß ich sein Gesicht berühre ...

DRITTER BLINDGEBORENER *den Leichnam abtastend*: Er ist größer als wir!

ZWEITER BLINDGEBORENER: Seine Augen sind weit offen; er ist mit gefalteten Händen gestorben ...

ERSTER BLINDGEBORENER: So ohne Grund ist er einfach gestorben...

ZWEITER BLINDGEBORENER: Er steht nicht aufrecht, er sitzt auf einem Stein ...

DIE ÄLTESTE BLINDE: Mein Gott! Mein Gott! Das alles wußte ich nicht! ... Das alles! ... Seit so langer Zeit war er krank ... Er hat leiden müssen heute! ... – Er beklagte sich nicht ... Er beklagte sich einzig in der Art, wie er uns die Hände schüttelte ... Man versteht nicht immer ... Man versteht niemals! ... Wir wollen beten! Kniet euch hin ...

Die Frauen knien sich schluchzend nieder.

ERSTER BLINDGEBORENER: Ich wage nicht, mich zu knien ...

ZWEITER BLINDGEBORENER: Man weiß nicht, worauf man sich kniet ...

DRITTER BLINDGEBORENER: War er krank? ... Er hat es uns nicht gesagt ...

ZWEITER BLINDGEBORENER: Ich habe ihn leise sprechen hören, als er fortging ... Ich glaube, er sprach mit unserer jungen Schwester; was hat er gesagt?

ERSTER BLINDGEBORENER: Sie will nicht antworten.

ZWEITER BLINDGEBORENER: Ihr wollt uns nicht mehr antworten? – Wo seid Ihr denn? – Sprecht!

DIE ÄLTESTE BLINDE: Ihr habt ihm zuviel Kummer bereitet; ihr habt seinen Tod verursacht ... Ihr wolltet nicht mehr weitergehen; ihr wolltet euch unterwegs auf die Steine setzen, um zu essen; ihr habt den ganzen Tag leise gemurrt ... Ich hörte ihn seufzen ... Er hat den Mut verloren ...

ERSTER BLINDGEBORENER: War er krank? Wußtet Ihr es?

DER ÄLTESTE BLINDE: Wir wußten nichts ... Wir haben ihn niemals gesehen ... Wann haben wir jemals etwas gewußt unter unseren armen toten Augen? ... Er beklagte sich nicht ... Jetzt ist es zu spät ... Drei habe ich sterben sehen ... aber niemals so! ... Jetzt sind wir an der Reihe ...

ERSTER BLINDGEBORENER: Ich habe ihm keinen Kummer bereitet. – Ich habe nichts gesagt ...

ZWEITER BLINDGEBORENER: Ich auch nicht; wir sind ihm gefolgt, ohne ein Wort zu sagen ...

DRITTER BLINDGEBORENER: Er ist gestorben, als er Wasser holen ging für die Verrückte ...

ERSTER BLINDGEBORENER: Was machen wir jetzt? Wo sollen wir hingehen?

DRITTER BLINDGEBORENER: Wo ist der Hund?

ERSTER BLINDGEBORENER: Hier! Er will bei dem Toten bleiben.

DRITTER BLINDGEBORENER: Zieht ihn fort! Zieht ihn weg! Zieht ihn weg!

ERSTER BLINDGEBORENER: Er will den Toten nicht verlassen!

ZWEITER BLINDGEBORENER: Wir können nicht an der Seite eines Toten warten! ... Wir können nicht hier in der Finsternis sterben!

DRITTER BLINDGEBORENER: Bleiben wir zusammen! Entfernen wir uns nicht voneinander! Halten wir uns bei der Hand! Setzen wir uns alle auf diesen Stein! ... Wo sind die anderen? ... Kommt her! Kommt! Kommt!

DER ÄLTESTE BLINDE: Wo seid Ihr?

DRITTER BLINDGEBORENER: Hier, ich bin hier. Sind wir alle beieinander? – Kommt näher an mich heran. – Wo sind eure Hände? – Es ist sehr kalt.

DIE JUNGE BLINDE: Oh, wie kalt Eure Hände sind!

DRITTER BLINDGEBORENER: Was macht Ihr?

DIE JUNGE BLINDE: Ich hatte mir die Hände auf die Augen gelegt; ich glaubte, dann plötzlich sehen zu können ...

ERSTER BLINDGEBORENER: Wer weint da so?

DIE ÄLTESTE BLINDE: Es ist die Verrückte. Sie schluchzt.

ERSTER BLINDGEBORENER: Weiß sie die Wahrheit nicht?

DER ÄLTESTE BLINDE: Ich glaube, wir werden hier sterben ...

DIE ÄLTESTE BLINDE: Vielleicht kommt irgend jemand ...

ERSTER BLINDGEBORENER: Ich denke, die Nonnen vom Heim werden kommen ...

DIE ÄLTESTE BLINDE: Sie gehen abends nicht raus.

DIE JUNGE BLINDE: Sie gehen niemals raus.

ZWEITER BLINDGEBORENER: Ich denke, die Männer vom großen Leuchtturm werden uns bemerken ...

DER ÄLTESTE BLINDE: Sie verlassen niemals ihren Turm.

Dritter Blindgeborener: Vielleicht sehen sie uns ...
Die älteste Blinde: Sie schauen immer zum Meer hin.
Dritter Blindgeborener: Es ist kalt!
Der älteste Blinde: Hört nur die welken Blätter; ich glaube, es friert! ...
Die junge Blinde: Oh, wie hart der Boden ist!
Dritter Blindgeborener: Links von mir höre ich ein Geräusch, das ich nicht verstehe ...
Der älteste Blinde: Es ist das Meer, das sich stöhnend gegen die Felsen wirft.
Dritter Blindgeborener: Ich dachte, es wären die Frauen.
Die älteste Blinde: Ich höre, wie unter den Wellen die Eisschollen bersten ...
Erster Blindgeborener: Wer zittert da so? Der ganze Stein unter uns bebt schon!
Zweiter Blindgeborener: Ich kann die Hände nicht mehr öffnen.
Der älteste Blinde: Ich höre noch ein Geräusch, das ich nicht verstehe ...
Erster Blindgeborener: Wer von uns zittert da so? Der ganze Stein bebt schon!
Der älteste Blinde: Ich glaube, es ist eine Frau.
Die älteste Blinde: Ich glaube, es ist die Verrückte, die am heftigsten zittert.
Dritter Blindgeborener: Man hört ihr Kind nicht.
Die älteste Blinde: Ich glaube, es saugt noch.
Der älteste Blinde: Nur es allein kann sehen, wo wir sind!
Erster Blindgeborener: Ich höre den Nordwind.
Der sechste Blinde: Ich glaube, es sind keine Sterne mehr da; es wird schneien.
Dritter Blindgeborener: Wenn einer von uns einschläft, müssen wir ihn wecken.
Der älteste Blinde: Dabei bin ich ziemlich müde!
Ein plötzlicher Windstoß wirbelt die welken Blätter durcheinander.
Die junge Blinde: Hört ihr die welken Blätter? – Ich glaube, jemand kommt auf uns zu ...

ZWEITER BLINDGEBORENER: Es ist der Wind; hört hin!
DRITTER BLINDGEBORENER: Es wird niemand mehr kommen!
DER ÄLTESTE BLINDE: Die große Kälte wird kommen ...
DIE JUNGE BLINDE: Ich höre Schritte in der Ferne.
ERSTER BLINDGEBORENER: Ich höre nur die welken Blätter!
DIE JUNGE BLINDE: Ich höre Schritte weit weg von uns!
ZWEITER BLINDGEBORENER: Ich höre nur den Nordwind!
DIE JUNGE BLINDE: Ich sage euch, jemand kommt auf uns zu!
DIE ÄLTESTE BLINDE: Ich höre ein Geräusch von sehr langsamen Schritten ...
DER ÄLTESTE BLINDE: Ich glaube, die Frauen haben recht!

Es beginnt, in dicken Flocken zu schneien.

ERSTER BLINDGEBORENER: Oh, oh! Was fällt da so kalt auf meine Hände?
DER SECHSTE BLINDE: Es schneit!
ERSTER BLINDGEBORENER: Schmiegen wir uns eng aneinander!
DIE JUNGE BLINDE: Hört doch nur das Geräusch der Schritte!
DIE ÄLTESTE BLINDE: Herrgottnoch! Seid einen Augenblick still!
DIE JUNGE BLINDE: Sie nähern sich! Sie nähern sich! Hört doch nur!

Hier beginnt das Kind der verrückten Blinden plötzlich inmitten der Finsternis zu jammern.

DER ÄLTESTE BLINDE: Das Kind weint?
DIE JUNGE BLINDE: Es sieht! Es sieht! Es muß etwas sehen, da es weint.

Sie nimmt das Kind in ihre Arme und geht in die Richtung, aus der das Geräusch der Schritte zu kommen scheint; die anderen Frauen folgen ihr ängstlich und umringen sie.

Ich gehe ihm entgegen!
DER ÄLTESTE BLINDE: Nehmt Euch in acht!
DIE JUNGE BLINDE: Oh, wie es weint! – Was ist denn? – Weine nicht. – Hab keine Angst; du brauchst keine Angst zu haben, wir sind ja hier; wir sind bei dir. – Was siehst du? – Fürchte dich nicht. – Weine nicht so! Was siehst du? – Sag, was siehst du?
DIE ÄLTESTE BLINDE: Das Geräusch der Schritte nähert sich von da her; hört doch! Hört doch!

Der ältESTE Blinde: Ich höre, wie ein Kleid über die welken Blätter streift.
Der sechste Blinde: Ist es eine Frau?
Der älteste Blinde: Ist es das Geräusch von Schritten?
Erster Blindgeborener: Es ist vielleicht das Meer in den welken Blättern?
Die junge Blinde: Nein, nein! Es sind Schritte! Es sind Schritte! Es sind Schritte!
Die älteste Blinde: Wir werden es bald wissen; hört doch die welken Blätter!
Die junge Blinde: Ich höre sie, ich höre sie fast neben uns! Hört hin! Hört hin! – Was siehst du? Was siehst du?
Die älteste Blinde: In welche Richtung schaut es?
Die junge Blinde: Es folgt immerzu dem Geräusch der Schritte! Seht her! Seht her! Wenn ich es anders halte, dreht es sich wieder um, um sehen zu können ... Es sieht! Es sieht! Es sieht! – Es muß etwas Seltsames sehen! ...
Die älteste Blinde *vortretend*: Haltet es über uns, damit es sehen kann.
Die junge Blinde: Geht zur Seite! Geht zur Seite!
Sie hebt das Kind über die Köpfe der anderen.
Die Schritte haben unter uns haltgemacht! ...
Die älteste Blinde: Sie sind hier! Sie sind in unserer Mitte! ...
Die junge Blinde: Wer seid Ihr?
Schweigen.
Die älteste Blinde: Habt Mitleid mit uns!
Schweigen. – Das Weinen des Kindes wird verzweifelter.

ENDE

Die sieben Prinzessinnen

Personen:
Der alte König
Die alte Königin
Der Prinz
Die sieben Prinzessinnen
Ein Bote
Der Chor der Matrosen

Ein weiträumiger Marmorsaal, mit Lorbeer, Lavendel und Lilien in Porzellanvasen. Eine Treppe mit sieben Stufen aus weißem Marmor teilt den Saal der Länge nach. Sieben Prinzessinnen in weißen Kleidern und mit nackten Armen liegen schlafend auf den mit blaßfarbenen Seidenkissen geschmückten Stufen. Ein silberner Leuchter erhellt ihren Schlaf. Am Ende des Saales eine Tür mit mächtigen Riegeln. Links und rechts von der Tür große Fenster, deren Scheiben bis unmittelbar auf den mit Platten ausgelegten Boden reichen. Hinter diesen Fenstern eine Terrasse. Die Sonne ist kurz vor dem Untergehen, und man erkennt durch die Scheiben hindurch eine schwarze Sumpflandschaft mit Tümpeln und Eichen- und Kiefernwäldchen. Rechtwinklig zu einem der Fenster, zwischen riesigen Weiden, ein düsterer, schnurgerader Kanal, von dessen Horizont her sich ein großes Kriegsschiff nähert.
Der alte König, die alte Königin und der Bote treten auf die Terrasse und betrachten das sich nähernde Kriegsschiff.

DIE KÖNIGIN: Es kommt mit vollen Segeln ...
DER KÖNIG: Ich sehe es kaum bei diesem Nebel ...
DIE KÖNIGIN: Sie rudern ... alle rudern sie ... Ich glaube, sie werden bis an die Fenster des Schlosses kommen ... Man könnte meinen, daß es tausend Beine hat ... die Segel berühren die Äste der Weiden ...
DER KÖNIG: Es sieht aus, als wäre es breiter als der Kanal ...
DIE KÖNIGIN: Sie halten an ...
DER KÖNIG: Wie sie es wohl anstellen werden, wieder kehrtzumachen ...
DIE KÖNIGIN: Sie halten an ... sie halten an ... Sie werfen den Anker aus ... Sie vertäuen es an den Weiden ... Ach! ach! Ich glaube, der Prinz kommt heraus ...
DER KÖNIG: Seht doch die Schwäne ... Sie schwimmen ihm entgegen ... Sie wollen sehen, was es gibt ...
DIE KÖNIGIN: Schlafen sie immer noch?
Sie treten an die Fenster und blicken in den Saal.
DER KÖNIG: Wecken wir sie ... Ich habe es Euch seit langem gesagt; man muß sie wecken ...

DIE KÖNIGIN: Warten wir, bis er da ist ... Jetzt ist es zu spät ... Er ist da, er ist da! – Mein Gott! Mein Gott! Was machen wir nur! – Ich wage es nicht! Ich wage es nicht! ... Sie sind zu krank ...
DER KÖNIG: Wollt Ihr, daß ich die Tür öffne ...
DIE KÖNIGIN: Nein! Nein! Wartet! Warten wir! – Wie sie schlafen! Wie sie immer noch schlafen! ... Sie wissen nicht, daß er zurückkommt ... Sie wissen nicht, daß er da ist ... Ich wage nicht, sie zu wecken ... der Arzt hat es verboten ... wecken wir sie nicht ... wecken wir sie noch nicht ... Oh! Ich höre Schritte auf der Brükke ...
DER KÖNIG: Er ist da! Er ist da! ... Er ist am unteren Ende der Terrasse! ... *Sie verlassen das Fenster.*
DIE KÖNIGIN: Wo ist er! Wo ist er? – Ist er es? – Ich erkenne ihn nicht mehr! ... Doch, doch, ich erkenne ihn noch! ... Wie groß er ist! Wie groß er ist! Er ist unten an der Treppe! ... Marcellus! Marcellus! Seid Ihr es? Seid Ihr es? – Kommt rauf! Kommt rauf! Wir hier, wir sind so alt! ... Wir können nicht mehr hinunterkommen! ... Kommt rauf! Kommt rauf! Kommt rauf!
DER KÖNIG: Seid vorsichtig, daß Ihr nicht fallt! ... Die Stufen sind sehr alt ... sie sind alle locker ... Seid vorsichtig! ...
DIE KÖNIGIN: Kommt rauf! Kommt rauf! Kommt rauf!
Der Prinz kommt auf die Terrasse und wirft sich König und Königin in die Arme.
DER PRINZ: Meine arme Großmama! Mein armer Großvater!
Sie umarmen sich.
DIE KÖNIGIN: Oh! Wie schön Ihr seid! – Wie Ihr gewachsen seid, mein Kind! – Wie groß Ihr seid, mein kleiner Marcellus! – Ich sehe Euch nicht gut; meine Augen sind voller Tränen ...
DER PRINZ: Oh! meine arme Großmama, wie weiß Eure Haare sind! ... Und mein armer Großvater, wie weiß Euer Bart ist! ...
DER KÖNIG: Wir sind arme kleine Alte; bald sind wir an der Reihe ...
DER PRINZ: Großvater, Großvater, warum beugt Ihr Euch so nach vorn?
DER KÖNIG: Ich bin immer gebeugt ...
DIE KÖNIGIN: Wir erwarten Euch seit langer Zeit! ...

DER PRINZ: Oh! meine arme Großmama, wie Ihr zittert heut' abend! ...
DIE KÖNIGIN: So zitt're ich immer, mein Kind ...
DER PRINZ: Oh! mein armer Großvater, oh! meine arme Großmama! Fast erkenne ich Euch nicht mehr ...
DER KÖNIG: Ich auch nicht, ich auch nicht. Ich sehe nicht mehr gut ...
DIE KÖNIGIN: Wo seid Ihr so lange gewesen, mein Kind? – Wie groß Ihr seid! – Ihr seid größer als wir! ... Da – nun weine ich schon, als wäret Ihr tot!
DER PRINZ: Warum empfangt Ihr mich mit Tränen in den Augen?
DIE KÖNIGIN: Nein nein, das sind keine Tränen, mein Kind ... Das ist nicht dasselbe wie Tränen ... Es ist nichts geschehen ... Es ist nichts geschehen ...
DER PRINZ: Wo sind meine sieben Kusinen?
DIE KÖNIGIN: Hier, hier; Vorsicht. Vorsicht ... Sprechen wir nicht zu laut; sie schlafen noch; über die, die schlafen, soll man nicht sprechen ...
DER PRINZ: Sie schlafen? ... Leben sie noch alle sieben? ...
DIE KÖNIGIN: Ja, ja, ja; seid vorsichtig, seid vorsichtig ... Sie schlafen hier; sie schlafen immer noch ...
DER PRINZ: Sie schlafen immer noch? ... Was? Was? – Sie ...? Alle sieben! ... alle sieben! ...
DIE KÖNIGIN: Oh! Oh, was habt Ihr gedacht! ... Was habt Ihr zu denken gewagt, Marcellus, Marcellus! – Paßt auf! – Sie sind hier; kommt mit ans Fenster ... kommt mit ... Schnell! Kommt schnell! Es ist Zeit, sie zu sehen ...
Sie nähern sich den Fenstern und schauen in den Saal. Langes Schweigen.
DER PRINZ: Sind das meine sieben Kusinen? ... Ich sehe nicht gut ...
DIE KÖNIGIN: Ja, ja; alle sieben sind sie da auf den Stufen ... Seht Ihr sie? Seht Ihr sie?
DER PRINZ: Ich sehe nur weiße Schatten ...
DIE KÖNIGIN: Das sind Eure sieben Kusinen! ... Seht Ihr sie in den Spiegeln? ...

DER PRINZ: Das sind meine sieben Kusinen? ...
DIE KÖNIGIN: Seht in die Spiegel, am anderen Ende des Saals ... Dann seht Ihr sie, dann seht Ihr sie ... Kommt her, kommt her, dann seht Ihr vielleicht besser ...
DER PRINZ: Ich sehe! Ich sehe! – Ich sehe sie alle sieben! ... Eine, zwei, drei *er zögert einen Moment,* vier, fünf, sechs, sieben ... Fast erkenn' ich sie nicht ... Ich erkenn' sie nicht wieder ... Oh wie weiß sie alle sieben sind! ... Oh wie schön sie alle sieben sind! ... Oh wie blaß sie alle sieben sind! ... Aber warum schlafen sie alle sieben?
DIE KÖNIGIN: Sie schlafen immer ... Sie schlafen seit heut'mittag ... Sie sind so krank! ... Man kann sie nicht mehr wecken ... Sie wußten nicht, daß Ihr kommen würdet ... Wir haben nicht gewagt, sie zu wecken ... Wir müssen warten ... Sie müssen von selbst wach werden ... Sie sind nicht glücklich; das ist nicht unsere Schuld ... Wir sind zu alt, zu alt; alle sind zu alt für sie ... Man ist zu alt, ohne es zu wissen ...
DER PRINZ: Oh wie schön sie sind! Wie schön sie sind! ...
DIE KÖNIGIN: Sie leben fast nicht mehr, seitdem sie hier sind; – sie sind hier, seitdem ihre Eltern tot sind ... Es ist zu kalt in diesem Schloß ... Sie kommen aus den warmen Ländern ... Immer suchen sie die Sonne; aber die ist fast nie da ... Heute morgen schien sie ein bißchen auf den Kanal; aber die Bäume sind zu groß; es gibt zuviel Schatten; es gibt nichts als Schatten ... Es gibt zuviel Nebel, der Himmel ist niemals klar ... – Oh! Wie Ihr schaut! – Seht Ihr etwas Außergewöhnliches?
DER PRINZ: Wie blaß sie alle sieben sind!
DIE KÖNIGIN: Sie haben noch nichts gegessen ... Sie konnten nicht mehr im Garten bleiben; das Gras blendete sie ... Sie haben Fieber ... Sie sind heute mittag reingekommen, sie hielten sich an den Händen ... Sie sind so schwach, daß sie fast nicht mehr allein gehen können ... Alle sieben zitterten sie vom Fieber ... Und niemand weiß, was sie haben ... Tagtäglich schlafen sie hier ...
DER PRINZ: Sie sind seltsam ... sie sind sehr seltsam! ... Ich wage nicht mehr, sie anzusehen ... Ist das hier ihr Schlafzimmer?
DIE KÖNIGIN: Nein, nein; das ist nicht ihr Schlafzimmer ... Ihr

seht ja: es stehen keine Betten darin ... ihre sieben kleinen Betten sind weiter oben; im Turm. – Sie sind hier, um auf die Nacht zu warten ...

DER PRINZ: Langsam kann ich sie unterscheiden ...

DIE KÖNIGIN: Tretet näher, tretet näher; aber berührt die Fenster nicht ... Ihr werdet besser sehen, wenn die Sonne untergegangen ist; es ist noch zu hell draußen ... Ihr werdet gleich besser sehen. Stellt Euch an die Scheiben; aber macht keinen Lärm ...

DER PRINZ: Oh, wie hell es im Saal ist! ...

DIE KÖNIGIN: Es wird noch heller, wenn die Nacht gekommen ist ... Gleich bricht sie herein ...

DER KÖNIG: Was bricht gleich ein?

DIE KÖNIGIN: Ich spreche von der Nacht. – Seht Ihr etwas?

DER PRINZ: Da ist eine große Kristallvase auf einem Dreifuß ...

DIE KÖNIGIN: Das ist nichts; es ist Wasser; sie haben solchen Durst, wenn sie wach werden! ...

DER PRINZ: Aber warum brennt diese Lampe?

DIE KÖNIGIN: Sie zünden sie immer an. Sie wußten, daß sie lange schlafen würden. Sie haben sie heute mittag angezündet, um nicht im Dunkeln wach zu werden ... Sie haben Angst vor der Dunkelheit ...

DER PRINZ: Sie sind groß geworden!

DIE KÖNIGIN: Sie wachsen noch ... Sie werden zu groß ... Vielleicht ist es das, was sie so krank macht ... Erkennt Ihr sie wieder?

DER PRINZ: Ich würde sie vielleicht wiedererkennen, wenn ich sie bei Tageslicht sähe ...

DIE KÖNIGIN: Ihr habt so oft mit ihnen gespielt, als sie klein waren ... Öffnet Eure Augen ...

DER PRINZ: Gut sehe ich nur ihre kleinen nackten Füße ...

DER KÖNIG *durch ein anderes Fenster schauend*: Ich sehe nicht sehr deutlich heute abend ...

DER PRINZ: Sie sind zu weit von uns entfernt ...

DIE KÖNIGIN: Es ist etwas auf den Spiegeln heute abend, aber ich sehe nicht recht, was es ist ...

DER PRINZ: Die Scheiben sind beschlagen ... Ich will sehen, ob ich sie abwischen kann ...

DIE KÖNIGIN: Nein! Nein! Berührt das Fenster nicht! Sie würden aus dem Schlaf gerissen! – Es ist von innen; es ist von der anderen Seite; es ist die Hitze im Saal ...
DER PRINZ: Sechs sehe ich jetzt sehr deutlich; aber eine, in der Mitte ...
DER KÖNIG: Sie ähneln sich alle; ich halte sie nur an ihren Juwelenketten auseinander ...
DER PRINZ: Eine ist dabei, die ich nicht richtig sehe ...
DIE KÖNIGIN: Welche zieht Ihr vor?
DER PRINZ: Die, die man nicht richtig sieht ...
DIE KÖNIGIN: Welche? Ich höre etwas schwer ...
DER PRINZ: Die, die man nicht richtig sieht ...
DER KÖNIG: Welche ist es, die man nicht richtig sieht? Ich sehe fast überhaupt keine.
DER PRINZ: Die, die in der Mitte ist ...
DIE KÖNIGIN: Ich wußte genau, daß Ihr nur diese sehen würdet! ...
DER PRINZ: Wer ist es?
DIE KÖNIGIN: Ihr wißt genau, wer es ist; ich brauche Euch das nicht zu sagen ...
DER PRINZ: Ist es Ursula?
DIE KÖNIGIN: Aber ja, aber ja, aber ja! Ihr seht genau, daß es Ursula ist! Es ist Ursula! Ursula, die seit sieben Jahren auf Euch wartet! In jeder Nacht, jeder Nacht! An jedem Tag, jedem Tag! ... Erkennt Ihr sie wieder? ...
DER PRINZ: Ich sehe sie nicht gut; es liegt ein Schatten auf ihr ...
DIE KÖNIGIN: Ja; es liegt ein Schatten auf ihr; ich weiß nicht, was es ist ...
DER PRINZ: Ich glaube, es ist der Schatten einer Säule ... Ich sehe sie gleich besser, wenn die Sonne ganz untergegangen ist ...
DIE KÖNIGIN: Nein, nein, es ist nicht der Schatten der Sonne ...
DER PRINZ: Wir werden es sehen, wenn der Schatten weiterwandert ...
DER KÖNIG: Ich sehe, was es ist; es ist der Schatten der Lampe.
DIE KÖNIGIN: Sie liegt anders da als die anderen ...
DER KÖNIG: Sie schläft tiefer, das ist alles ...

DER PRINZ: Sie schläft wie ein kleines Kind ...
DER KÖNIG: Kommt an dieses Fenster hier; dann seht Ihr vielleicht besser.
DER PRINZ *zu einem anderen Fenster gehend*: Ich seh' sie nicht besser; ich kann das Gesicht nicht erkennen ...
DIE KÖNIGIN: Kommt an dieses Fenster hier; dann seht Ihr vielleicht besser ...
DER PRINZ *zu einem anderen Fenster gehend*: Ich seh' sie nicht besser ... Es ist ziemlich schwierig, sie zu sehen ... Man könnte meinen, sie versteckt sich.
DIE KÖNIGIN: Das Gesicht ist fast unsichtbar ...
DER PRINZ: Den Körper sehe ich sehr gut; aber das Gesicht nicht... Ich glaube, daß es ganz zum Himmel gerichtet ist ...
DIE KÖNIGIN: Aber Ihr schaut nur auf eine einzige! ...
DER PRINZ *weiter hineinschauend*: Sie ist größer als die anderen ...
DIE KÖNIGIN: Aber schaut nicht immer nur auf die einzige, die man nicht sieht ... Es sind noch sechs andere da! ...
DER PRINZ: Ich schaue sie auch an ... Oh, wie gut man die anderen sieht! ...
DIE KÖNIGIN: Erkennt Ihr sie? Da Geneviève, Helena und Christabelle ... und auf der anderen Seite Madeleine, Claire und Claribelle mit den Smaragden ... – Seht doch; ich glaube, sie halten sich alle sieben an den Händen ... Sie sind Hand in Hand eingeschlafen ... oh! diese kleinen Schwestern! ... als hätten sie Angst, sich während des Schlafens zu verlieren ... Mein Gott! Mein Gott! Ich wünschte, sie würden aufwachen! ...
DER PRINZ: Ja, ja, wecken wir sie ... Wollt Ihr, daß ich sie wecke?
DIE KÖNIGIN: Nein, nein; noch nicht, noch nicht ... Schauen wir nicht mehr hin; kommt, schaut nicht mehr hin; sie könnten plötzlich schlechte Träume haben ... Ich will sie nicht mehr sehen; ich will sie nicht mehr sehen ... Ich schlage sonst die Scheiben ein! ... Schauen wir nicht mehr hin, sonst bekommen wir Angst! ... Kommt, kommt, ans andere Ende der Terrasse; wir wollen von etwas anderem sprechen; wir haben uns soviel zu sagen ... Kommt, kommt, sie bekämen Angst, wenn sie sich umdrehten; sie bekämen Angst, wenn sie uns an allen Fenstern bemerkten ...

Zum alten König. Ihr auch, Ihr auch; kommt, klebt Euren weißen Bart nicht so an die Scheiben ... Ihr wißt nicht, daß Ihr furchterregend seid! ... Um Gottes willen, bleibt doch nicht beide an den Fenstern stehen! ... Nun kommt schon! Kommt schon, sage ich Euch! ... Ihr wißt nicht, was passieren wird ... Kommt her, kommt her, wendet Euch ab, wendet Euch ab! Schaut in eine andere Richtung! Schaut für einen Moment in eine andere Richtung! ... Sie sind krank, sie sind krank! ... Entfernen wir uns ... Lassen wir sie allein schlafen! ...

DER PRINZ *sich umdrehend*: Was ist? – Was ist denn? – Oh wie finster es draußen ist! ... Wo seid Ihr? Ich finde Euch nicht mehr ...

DER KÖNIG: Wartet einen Moment; Ihr habt noch die Helligkeit des Saales in Euren Augen ... Ich sehe auch nichts mehr ... Kommt. Wir sind hier ...

Sie verlassen die Fenster.

DER PRINZ: Oh wie finster es draußen ist! ... Wo sind wir?

DER KÖNIG: Die Sonne ist untergegangen ...

DIE KÖNIGIN: Marcellus, warum seid Ihr nicht eher gekommen, Marcellus?

DER PRINZ: Der Bote hat es Euch gesagt; ich dachte an nichts anderes ...

DIE KÖNIGIN: Sie erwarten Euch seit so vielen Jahren! Sie waren immer in diesem Marmorsaal; Tag und Nacht blickten sie auf den Kanal ... An Sonnentagen gingen sie ans andere Ufer ...; da ist ein Hügel, von dem aus man weiter sieht; man sieht nicht das Meer; aber man sieht die Klippen ...

DER PRINZ: Was ist das für ein Leuchten unter den Bäumen?

DER KÖNIG: Das ist der Kanal, über den Ihr gekommen seid; auf dem Wasser liegt immer ein Leuchten ...

DER PRINZ: Oh wie finster diese Nacht ist! – Ich weiß nicht mehr, wo ich bin; ich bin hier wie ein Fremder ...

DER KÖNIG: Der Himmel hat sich plötzlich bezogen ...

DER PRINZ: Wind weht in den Weiden ...

DER KÖNIG: Tag und Nacht weht Wind in den Weiden; wir sind nicht weit vom Meer. – Hört; es regnet schon ...

DER PRINZ: Es ist, als weinte man rund ums Schloß ...

DER KÖNIG: Das ist der Regen, der aufs Wasser fällt, es ist ein sehr sanfter Regen ...
DIE KÖNIGIN: Es ist, als weinte man im Himmel ...
DER PRINZ: Oh, wie das Wasser zwischen den Mauern schläft! ...
DIE KÖNIGIN: Es schläft immer so; es ist auch schon sehr alt ...
DER PRINZ: Die Schwäne sind unter die Brücke geflüchtet ...
DER KÖNIG: Da sind Bauern, die ihre Herden heimführen ...
DER PRINZ: Sie scheinen sehr alt und sehr arm zu sein ...
DER KÖNIG: Sie sind sehr arm; ich bin König über sehr arme Leute ... Es beginnt kalt zu werden ...
DER PRINZ: Was ist da auf der anderen Seite des Wassers?
DER KÖNIG: Dahinten? – Das waren Blumen; die Kälte hat sie getötet ...
In diesem Moment vernimmt man vom Ende der Ebene einen sehr weit entfernten, monotonen Gesang. Deutlich herauszuhören ist nur der Refrain, der in regelmäßigen Abständen vom Chor wiederholt wird.
DIE FERNEN STIMMEN: Atlantik! Atlantik!
DER KÖNIG: Was ist das?
DER PRINZ: Es sind die Matrosen; – ich glaube, sie wenden das Schiff; sie bereiten die Abfahrt vor ...
DIE FERNEN STIMMEN: Wir kommen nicht mehr zurück! Wir kommen nicht mehr zurück!
DIE KÖNIGIN: Alle Segel sind schon gesetzt ...
DER PRINZ: Heute nacht brechen sie auf ...
DIE FERNEN STIMMEN: Atlantik! Atlantik!
DER KÖNIG: Ist es wahr, daß sie nicht mehr zurückkommen?
DER PRINZ: Ich weiß es nicht; es werden vielleicht nicht dieselben sein ...
DIE FERNEN STIMMEN: Wir kommen nicht mehr zurück! Wir kommen nicht mehr zurück!
DIE KÖNIGIN: Ihr seht nicht glücklich aus, mein Kind ...
DER PRINZ: Ich? – Warum sollte ich nicht glücklich sein? – Ich bin gekommen, um sie zu sehen, und ich habe sie gesehen ... Ich kann sie noch näher sehen, wenn ich will ... Ich kann mich zu ihr setzen, wenn ich will ... Kann ich nicht die Türen öffnen und ihre

Hand nehmen? Ich kann sie umarmen, wenn ich will; ich brauche sie nur zu wecken. Warum sollte ich unglücklich sein?

DIE KÖNIGIN: Trotzdem seht Ihr nicht glücklich aus! ... Ich bin jetzt fast fünfundsiebzig Jahre alt ... Und ich habe Euch immer erwartet! ... Ihr seid es nicht! Ihr nicht! ... Ihr seid es auch nicht! ...

Sie wendet den Kopf ab und schluchzt.

DER KÖNIG: Was ist? Was ist denn? Warum weint Ihr denn plötzlich?

DIE KÖNIGIN: Es ist nichts; es ist nichts; – das bin nicht ich, die da weint ... Achtet nicht darauf; – man weint oft ohne Grund; – ich bin so alt heute. – Es ist vorbei ...

DER PRINZ: Ich werde gleich glücklicher aussehen ...

DIE KÖNIGIN: Kommt, kommt; sie haben jetzt vielleicht die Augen offen ... Gebt mir die Hand; führt mich zu den Fenstern; laßt uns zu den Fenstern gehen ...

DIE FERNEN STIMMEN Atlantik! Atlantik!

Sie kommen alle zurück und schauen durch die Fenster.

DER PRINZ: Ich kann noch nichts sehen ... Es ist zu hell ...

DIE KÖNIGIN: Es hat sich etwas verändert im Saal! ...

DER KÖNIG: Ich sehe überhaupt nichts.

DER PRINZ: Es ist heller als vorhin ...

DIE KÖNIGIN: Das ist nicht das gleiche; es hat sich etwas verändert im Saal ...

DER PRINZ: Meine Augen sind das Licht noch nicht gewöhnt ...

DIE KÖNIGIN: Es sind einige nicht mehr am selben Platz! ...

DER PRINZ: Ja, ja; ich glaube, sie haben sich etwas bewegt ...

DIE KÖNIGIN: Oh! Oh! Christabelle und Claribelle? ... Seht, seht! ... Sie hielten Ursula an den Händen ... Sie halten ihre Schwester nicht mehr an den Händen ... Sie haben ihre Hände losgelassen ... Sie haben sich auf die andere Seite gedreht ...

DER PRINZ: Sie waren kurz davor aufzuwachen ...

DIE KÖNIGIN: Wir sind zu spät gekommen! Wir sind zu spät gekommen! ...

DER KÖNIG: Deutlich sehe ich nur die Lilien an den Fenstern; – sie sind geschlossen ...

DER PRINZ: Sie wissen, daß Abend ist ...
DER KÖNIG: Und doch ist da ein Licht ...
DER PRINZ: Eine Hand hält sie so seltsam ...
DIE KÖNIGIN: Wer denn?
DER PRINZ: Ursula ...
DIE KÖNIGIN: Was ist mit dieser Hand? ... Ich hatte sie eben nicht gesehen ...
DER PRINZ: Weil die anderen sie verdeckt hatten ...
DER KÖNIG: Ich weiß nicht, was Ihr sagen wollt; ich sehe nicht bis zu den Spiegeln ...
DIE KÖNIGIN: Sie wird Schmerzen haben! ... Sie wird Schmerzen haben! ... Sie kann so nicht schlafen; das ist nicht natürlich ... Würde sie die Hand doch ein wenig senken! – Lieber Gott, lieber Gott, mach doch, daß sie ein wenig diese kleine Hand senkt! ... Ihr kleiner Arm wird so lange schmerzen! ...
DER PRINZ: Ich sehe nichts, was sie stützt ...
DIE KÖNIGIN: Ich will sie nicht länger so schlafen sehen ... Ich habe noch niemanden so schlafen sehen ... Das ist kein gutes Zeichen ... Das ist kein gutes Zeichen! ... Sie wird die Hand nicht mehr bewegen können ...
DER KÖNIG: Es gibt keinen Grund, sich so zu beunruhigen ...
DER PRINZ: Die anderen schlafen weniger angespannt ...
DIE KÖNIGIN: Wie ihre Augen geschlossen sind! Wie ihre Augen geschlossen sind! ... Oh, oh, die kleinen Schwestern! die kleinen Schwestern! ... Was sollen wir machen? – Was sollen wir jetzt machen?
DER KÖNIG: Wir werden sehen, wir werden sehen, sprecht nicht so dicht vor den Fenstern ...
DIE KÖNIGIN: Ich bin nicht so dicht davor, wie Ihr glaubt ...
DER KÖNIG: Euer Mund liegt auf der Scheibe ...
DER PRINZ: Ich sehe noch etwas, das man nicht sehr gut erkennt ...
DIE KÖNIGIN: Ich auch; ich auch. Langsam sehe ich es ... Es erstreckt sich bis zur Tür ...
DER PRINZ: Es liegt etwas auf den Platten ... Das ist kein Schatten ... Das kann kein Schatten sein ... Ich kann mir nicht erklären,

was es ist ... Es könnten ihre Haare sein ...
DIE KÖNIGIN: Aber warum hat sie ihr Haar nicht zusammengebunden? ... Alle anderen haben ihr Haar zusammengebunden ... Seht ...
DER PRINZ: Ich sage Euch, es ist ihr Haar! ... Es bewegt sich ... Oh! Ihr Haar ist schön! ... Das sind nicht die Haare einer Kranken ...
DIE KÖNIGIN: Sie trägt sie nicht so zum Schlafen ... Man könnte meinen, sie hätte die Absicht, auszugehen ...
DER PRINZ: Sie hat Euch nichts gesagt? ...
DIE KÖNIGIN: Als sie die Tür schloß heut'mittag, hat sie gesagt: »Vor allem weckt uns nicht mehr.« – Dann habe ich sie umarmt, um nicht zu sehen, daß sie traurig war ...
DER PRINZ: Sie werden frieren – ihre kleinen, fast nackten Füße auf den Platten!
DIE KÖNIGIN: Ja, ja; sie werden frieren! – Oh! Schaut nicht so begierig hin! *Zum König:* Ihr auch nicht! Ihr auch nicht! – Schaut nicht ununterbrochen hin! Schaut doch nicht immer hin! – Laßt uns nicht alle gleichzeitig hinschauen! ... Sie sind nicht glücklich! Sie sind nicht glücklich! ...
DER KÖNIG: Was ist denn mit einem Mal? – Ihr wollt also nur allein hinsehen? – Was habt Ihr nur heute abend? – Ihr seid nicht mehr bei Verstand ... Ich versteh' Euch nicht mehr ... Alle anderen sollen irgendwo anders hinschauen; alle anderen sollen die Augen schließen ... Aber das betrifft Euch genauso wie uns, denke ich ...
DIE KÖNIGIN: Ich weiß wohl, daß das Euch betrifft ... Sprecht nicht mehr so, um Gottes willen! ... Oh! Oh! ... Seht mich nicht an! Seht mich jetzt nur nicht an! ... Mein Gott! Mein Gott! Wie regungslos sie sind! ...
DER KÖNIG: Sie werden heute abend nicht mehr aufwachen; wir täten besser daran, ebenfalls schlafen zu gehen ...
DIE KÖNIGIN: Warten wir noch; warten wir noch! ... Wir sehen vielleicht, was es ist ...
DER KÖNIG: Wir können nicht ewig durch die Scheiben schauen; man muß etwas tun ...
DER PRINZ: Wir könnten sie vielleicht von hier aus wecken ...

DER KÖNIG: Ich werde sanft an die Tür klopfen.
DIE KÖNIGIN: Nein, nein! Nie! Nie! ... Oh nein, nicht Ihr! Nicht Ihr! Ihr würdet zu laut klopfen ... Seid vorsichtig! oh seid vorsichtig! Alles macht ihnen Angst ... Ich werde selbst ans Fenster klopfen, wenn es sein muß ... Sie müssen diejenige sehen, die klopft ... Wartet, wartet ...
Sie klopft sehr vorsichtig ans Fenster.
DER PRINZ: Sie wachen nicht auf ...
DER KÖNIG: Ich sehe überhaupt nichts ...
DIE KÖNIGIN: Ich werde etwas lauter klopfen ...
Sie klopft wieder ans Fenster. Sie bewegen sich noch nicht ... *Die Königin klopft weiter ans Fenster.* – Man könnte meinen, der Saal sei voller Watte ... – Seid ihr sicher, daß es Schlaf ist? – Sie sind vielleicht ohnmächtig geworden ... Ich sehe nicht, daß sie atmen ... *Die Königin klopft jetzt an ein anderes Fenster:* Klopft etwas lauter ... Klopft gegen die anderen Scheiben! Oh, oh, diese kleinen Scheiben sind dick! *Die Königin und der Prinz klopfen ängstlich mit beiden Händen.* Wie reglos sie sind! Wie reglos sie sind! – Es ist ein tiefer Krankenschlaf ... Es ist der Fieberschlaf, der nicht weggehen will ... Ich will sie von nahem sehen! Ich will sie von nahem sehen! ... Sie hören unsere Geräusche nicht ... Das ist kein natürlicher Schlaf ... Das ist kein wohltuender Schlaf ... Ich wage nicht, lauter zu klopfen ...
DER PRINZ *horchend gegen die Scheiben gepreßt:* Ich höre nicht das leiseste Geräusch ...
Langes Schweigen.
DIE KÖNIGIN *das Gesicht gegen die Scheiben gepreßt und in einem plötzlichen Weinkrampf:* Oh, wie sie schlafen! Wie sie schlafen! ... Mein Gott! Mein Gott! Befreit sie! Befreit sie! Wie ihre kleinen Herzen schlafen! – Man hört ihre kleinen Herzen nicht mehr! – Oh, oh! wie furchterregend man ist, wenn man schläft! ... Ich habe immer Angst in ihrem Schlafsaal! ... Ich sehe ihre kleinen Seelen nicht mehr! ... Wo sind nur ihre kleinen Seelen? ... Sie machen mir Angst! Sie machen mir Angst! – Jetzt sehe ich es! ... Wie sie schlafen, die kleinen Schwestern! Oh, wie sie schlafen, wie sie schlafen! ... Ich glaube, sie werden immer schlafen! ...

Mein Gott, mein Gott, sie tun mir leid! ... Sie sind nicht glücklich! Sie sind nicht glücklich! ... Jetzt sehe ich alles! ... Sieben kleine Seelen, die ganze Nacht! ... Sieben kleine Seelen ohne Schutz! ... Sieben kleine Seelen ohne Freundinnen! ... Sie haben den Mund weit offen ... Sieben kleine Münder sind offen! ... Oh, ich bin sicher, sie haben Durst! ... Ich bin sicher, sie haben schrecklichen Durst! ... Und alle diese Augen, die geschlossen sind! ... Oh, wie allein sie sind alle sieben! Alle sieben! Alle sieben! ... Und wie sie schlafen! Wie sie schlafen! ... Wie sie schlafen, die kleinen Königinnen! ... Ich bin sicher, daß sie nicht schlafen! ... Doch was für ein Schlaf! Was für ein tiefer Schlaf! ... Nun weckt endlich die armen Herzen! Weckt endlich die kleinen Königinnen! ... Weckt endlich die kleinen Schwestern! Alle sieben! Alle sieben! ... Ich kann sie nicht mehr so sehen! Mein Gott! Mein Gott; tun sie mir leid! Tun sie mir leid! Und ich wage nicht, sie zu wecken! ... Oh, das Licht ist ganz schwach! ... Ganz schwach! Ganz schwach! ... Und ich wage nicht mehr, sie zu wecken! ...

Verzweifelt schluchzend lehnt sie sich gegen das Fenster.

DER KÖNIG: Was habt Ihr? – Was habt Ihr denn? – Kommt, kommt, schaut nicht mehr hin; es ist besser, sie nicht zu sehen ... Kommt, kommt, kommt. *Er versucht, sie wegzuziehen.*

DER PRINZ: Großmutter! Großmutter! ... Was habt Ihr gesehen? Was habt Ihr gesehen? – Ich habe nichts gesehen ... Es ist nichts, es ist nichts ...

DER KÖNIG *zum Prinzen*: Das macht nichts, das macht nichts, beachtet es nicht; es ist das Alter, und es ist der Abend ... Sie hat sich aufgeregt. – Die Frauen brauchen das Weinen. Oft weint sie die ganze Nacht. *Zur Königin.* Kommt, kommt, kommt her ... Ihr werdet gleich fallen! – Seid vorsichtig ... Stützt Euch auf mich ... Hört auf zu weinen; hört auf zu weinen, kommt ... *Er umarmt sie zärtlich.* Es ist nichts; sie schlafen ... Wir schlafen auch ... Wir schlafen alle so ... Habt Ihr niemals Schlafende gesehen?

DIE KÖNIGIN: Nie! Nie wie heute abend! – Öffnet die Tür! Öffnet die Tür! ... Man liebt sie nicht genug! ... Man kann sie nicht lieben! – Öffnet die Tür! Öffnet die Tür! ...

DER KÖNIG: Ja, ja; wir werden die Tür öffnen ... Beruhigt Euch, beruhigt Euch, – denkt nicht mehr daran, wir werden sie öffnen, wir werden sie öffnen. Mir ist das nur recht; ich hatte Euch vorhin vorgeschlagen, sie zu öffnen – Ihr habt nicht gewollt ... Nun beruhigt Euch, hört auf zu weinen ... Wir müssen vernünftig sein ... Ich bin auch alt, aber ich bin vernünftig. Nun beruhigt Euch, hört auf zu weinen ...

DIE KÖNIGIN: Ist schon gut; es ist vorbei; ich weine nicht mehr ... Es ist nicht gut, wenn sie beim Aufwachen jemanden weinen hören ...

DER KÖNIG: Kommt, kommt; ich werde ganz vorsichtig öffnen; wir werden zusammen hineingehen ... *Er versucht, die Tür zu öffnen; man hört das Quietschen des Riegels und sieht im Innern des Saals das Hoch- und Niedergehen der Klinke.* Oh was ist denn mit dem Schloß? – Ich kann die Tür nicht öffnen ... Drückt ein wenig ... Ich weiß nicht, was ist ... Ich wußte nicht, daß es so schwierig ist, diesen Saal zu betreten ... Wollt Ihr es versuchen ... *Die Königin versucht es ihrerseits vergeblich.* Ich betrete ihn niemals ... Sie öffnet sich nicht ... Ich glaube, sie haben den Riegel vorgeschoben ... Ja, ja; die Tür ist verschlossen; sie wird sich nicht öffnen lassen ...

DIE KÖNIGIN: Sie verschließen sie immer ... Oh! Oh! Laßt sie nicht so im Stich! ... Sie schlafen seit so langer Zeit!

DER PRINZ: Wir könnten ein Fenster öffnen ...

DER KÖNIG: Die Fenster lassen sich nicht öffnen.

DER PRINZ: Es scheint mir weniger hell im Saal ...

DER KÖNIG: Es ist dort nicht weniger hell; – aber der Himmel ist wieder klarer geworden. – Seht Ihr die Sterne?

DER PRINZ: Was sollen wir machen?

DER KÖNIG: Ich weiß nicht ... – Es gibt einen anderen Eingang ...

DER PRINZ: Es gibt einen anderen Eingang?

DIE KÖNIGIN: Nein! Nein! Ich weiß, was Ihr sagen wollt! ... Nicht da durch! Nicht da durch! Ich will nicht hinabsteigen! ...

DER KÖNIG: Wir steigen nicht hinab; wir werden hier bleiben; Marcellus wird allein gehen ...

DIE KÖNIGIN: Oh nein, nein, nein! ... Warten wir ...

DER KÖNIG: Ja aber was wollt Ihr denn? – Anders kann man den Saal nicht betreten ... Es ist das Einfachste ...
DER PRINZ: Es gibt einen anderen Eingang?
DER KÖNIG: Ja, es gibt noch einen kleinen Eingang ... Man kann ihn von hier nicht sehen ... Aber Ihr werdet ihn leicht finden, man muß hinabsteigen ...
DER PRINZ: Wo muß man hinabsteigen?
DER KÖNIG: Kommt hierher. *Er führt ihn ein wenig zur Seite.* Es ist keine Tür ... Man kann nicht sagen, daß es eine Tür wäre ... es ist eher eine Klappe ... es ist eine Bodenklappe, die sich anheben läßt. Sie ist ganz am Ende des Saals ... Man muß durch die unterirdischen Gänge gehen ... Ihr wißt doch ... Dann muß man wieder hochsteigen ... Man müßte eine Lampe haben ... Ihr könntet Euch verlaufen ... Ihr könntet gegen die Marmorsteine stoßen ... versteht Ihr? ... Seid vorsichtig; es sind Ketten zwischen ... den kleinen Gängen ... Aber Ihr dürftet den Weg kennen ... Mehr als einmal seid Ihr damals hinabgestiegen ...
DER PRINZ: Mehr als einmal bin ich damals hinabgestiegen?
DER KÖNIG: Aber ja, aber ja; als Eure Mutter ...
DER PRINZ: Als meine Mutter? ... Ach, da soll ich durch? ...
DER KÖNIG *nickend*: Genau! – Und auch, als Euer Vater ...
DER PRINZ: Ja ja, ich erinnere mich ... Und auch, als noch andere ...
DER KÖNIG: Seht Ihr! ... Der Stein ist nicht eingemauert; Ihr braucht nur ein wenig zu stoßen ... Aber seid vorsichtig ... Die Platten sind nicht alle regelmäßig...Nehmt Euch vor einer Büste in acht, deren Kopf sich ein wenig auf den Gang vorneigt...Sie ist aus Marmor...Es ist sogar ein Kreuz da, mit etwas langen Armen... Seid vorsichtig...Übereilt Euch nicht; Ihr habt Zeit genug...
DER PRINZ: Und da soll ich durch? ...
DER KÖNIG: Genau! ... Ihr müßtet eine Lampe haben. *Er geht an den Rand der Terrasse und ruft:* Eine Lampe! Eine Lampe! Eine kleine Lampe! ... *Zum Prinzen.* Wir werden hier an den Fenstern warten ... Wir sind zu alt, um hinabzusteigen ... Wir kämen nicht mehr hoch ... *Man bringt eine brennende Lampe.* Ah! da ist ja die Lampe; nehmt die kleine Lampe ...

DER PRINZ: Ja ja; die kleine Lampe ...

In diesem Moment hört man plötzlich draußen die lauten Freudenrufe der Matrosen. Maste, Rahen und Segel des Schiffs am Ende des Kanals, zwischen den Weiden, sind hell erleuchtet inmitten der Nacht.

DER KÖNIG: Oh! Was ist denn los?

DER PRINZ: Das sind die Matrosen ... Sie tanzen auf der Brücke; sie sind betrunken ...

DER KÖNIG: Sie haben das Schiff beleuchtet ...

DER PRINZ: Es ist die Freude vor der Abfahrt ... Sie werden gleich abfahren ...

DER KÖNIG: Nun gut, steigt Ihr hinab? ... Hier geht es durch.

DIE KÖNIGIN: Nein, nein, geht nicht hin! ... Geht nicht auf diesem Weg hin! ... Weckt sie nicht auf! Weckt sie nicht auf! ... Ihr wißt selbst, daß sie Ruhe brauchen! ... Ich habe Angst! ...

DER PRINZ: Wenn Ihr wollt, wecke ich die anderen nicht ... Ich werde nur eine wecken ...

DIE KÖNIGIN: Oh! Oh! Oh!

DER KÖNIG: Macht keinen Lärm beim Eintreten ...

DER PRINZ: Ich habe Angst, daß sie mich nicht mehr erkennen ...

DER KÖNIG: Da ist keine Gefahr ... He! He! Paßt auf die kleine Lampe auf! ... Seht Ihr den Wind! ... Der Wind will sie ausblasen!

DER PRINZ: Ich fürchte, daß sie alle zugleich aufwachen ...

DER KÖNIG: Was macht das? ... Weckt sie nur nicht zu plötzlich, dann ist alles gut.

DER PRINZ: Ich werde ganz allein vor ihnen stehen ... Ich werde aussehen ... Sie werden Angst haben ...

DER KÖNIG: Ihr weckt sie erst, wenn Ihr den Stein wieder an seinen Platz eingesetzt habt ... Sie werden nichts bemerken ... Sie wissen nicht, was unter dem Saal ist, in dem sie schlafen ...

DER PRINZ: Sie werden mich für einen Fremden halten ...

DER KÖNIG: Wir werden an den Fenstern sein. – Steigt hinab; steigt hinab. – Paßt auf die Lampe auf. – Verlauft Euch vor allem nicht in den unterirdischen Gängen; sie sind sehr tief ... Achtet darauf, die Platte wieder einzusetzen ... Steigt so schnell wie möglich wieder hoch ... Wir werden an den Fenstern warten ...

Steigt hinab, steigt hinab; – vorsichtig! Vorsichtig! ... *Der Prinz verläßt die Terrasse; der alte König und die alte Königin schauen durch die Fenster, das Gesicht an den Scheiben. – Langes Schweigen.*
DIE FERNEN STIMMEN: Atlantik! Atlantik!
DER KÖNIG *den Kopf zum Kanal hinwendend:* Ja; ja! Sie fahren los... Der Wind wird ihnen heute nacht günstig sein ...
DIE FERNEN STIMMEN: Wir kommen nicht mehr zurück! Wir kommen nicht mehr zurück!
DER KÖNIG *zum Kanal schauend:* Sie werden noch vor Mitternacht auf offener See sein ...
DIE STIMMEN *aus immer größerer Entfernung:* Atlantik! Atlantik!
DER KÖNIG *in den Saal schauend:* Hoffentlich verläuft er sich nicht in der Dunkelheit ...
DIE KAUM NOCH VERNEHMBAREN STIMMEN: Wir kommen nicht mehr zurück! Wir kommen nicht mehr zurück!
Schweigen. Das Schiff verschwindet zwischen den Weiden.
DER KÖNIG *zum Kanal schauend:* Man erkennt es nicht mehr. – *In den Saal schauend.* Er kommt immer noch nicht? – *Zum Kanal schauend.* Das Schiff ist nicht mehr da! – *Zur Königin.* Ihr achtet nicht darauf? – Ihr antwortet nicht? – Wo seid Ihr? Schaut doch auf den Kanal. – Sie sind abgefahren; sie werden noch vor Mitternacht auf offener See sein ...
DIE KÖNIGIN *zerstreut:* Sie werden noch vor Mitternacht auf offener See sein ...
DER KÖNIG *in den Saal schauend:* Könnt Ihr die Platte sehen, die er anheben muß? – Sie ist mit vielen Inschriften versehen; – sie wird wohl vom Lorbeer verdeckt. – Marcellus ist groß geworden, findet Ihr nicht? – Wir hätten sie besser geweckt, bevor er an Land kam. – Ich hatte es Euch gesagt. – Wir hätten alle diese Szenen vermieden. – Ich weiß nicht, warum er nicht glücklich aussah heute abend. – Es ist nicht recht von ihnen, die Riegel vorzuschieben; ich werde sie entfernen lassen. – Hoffentlich geht seine Lampe nicht aus. – Wo seid Ihr? Seht Ihr etwas? – Warum antwortet Ihr nicht? – Hoffentlich verläuft er sich nicht in der Dunkelheit. – Hört Ihr mich?

DIE KÖNIGIN: Hoffentlich verläuft er sich nicht in der Dunkelheit.
DER KÖNIG: Ihr habt recht. – Findet Ihr nicht, daß es langsam kalt wird? – Sie werden frieren auf dem Marmor. – Mir scheint, er braucht recht lange. – Hoffentlich geht seine kleine Lampe nicht aus. – Warum antwortet Ihr nicht? Woran denkt Ihr?
DIE KÖNIGIN: Hoffentlich geht seine kleine Lampe ... Der Stein! Der Stein! Der Stein! ...
DER KÖNIG: Ist er da? – Kommt er herein? – ich kann nicht so weit sehen ...
DIE KÖNIGIN: Er hebt sich! Er hebt sich! ... Da ist ein Schein! ... Seht! ... Hört! Hört! – Er knirscht an den Fugen! ...
DER KÖNIG: Ich hatte ihm gesagt, vorsichtig hineinzugehen ...
DIE KÖNIGIN: Oh er ist sehr vorsichtig ... Seht, seht, er nimmt die Lampe in die andere Hand ...
DER KÖNIG: Ja ja, ich sehe die kleine Lampe ... Warum geht er nicht ganz hinein? ...
DIE KÖNIGIN: Er kann nicht ... Er hebt den Stein sehr langsam ... Ja ja, sehr langsam ... Oh, wie er knirscht! Wie er knirscht! Wie er knirscht! ... Sie werden zu plötzlich aus dem Schlaf auffahren!
DER KÖNIG: Ich sehe nicht so recht, was da vor sich geht ... Ich weiß, daß der Stein sehr schwer ist ...
DIE KÖNIGIN: Er kommt herein ... Er kommt hoch ... Immer langsamer kommt er hoch ... Da knirscht der Stein wieder! ... Oh! Oh! Er knirscht! Er knirscht! Er weint wie ein kleines Kind! ... Mit dem halben Körper ist er im Saal! ... Noch drei Stufen! Noch drei Stufen! *In die Hände klatschend.* Er ist im Saal! Er ist im Saal! Seht! Seht! ... Sie wachen auf! Hochfahrend wachen sie auf! ...
DER KÖNIG: Hat er die Platte zurückfallen lassen?
Der Prinz läßt die Grabplatte los, die er soeben angehoben hatte, und geht mit der Lampe in der Hand zur Marmortreppe, an deren Fuß er stehenbleibt. Sechs Prinzessinnen öffnen beim letzten Quietschen die Augen; bewegen sich einen Moment zwischen Wachen und Schlafen; richten sich dann bei seinem Näherkommen alle zugleich auf und strecken dabei langsam die Arme nach oben. Langgestreckt auf dem Rücken, bleibt allein Ursula inmitten ihrer Schwestern, die mit dem Prinzen einen langen Blick voller Erstaunen, Überraschung und

Schweigen austauschen, regungslos auf den Marmorstufen liegen.
DIE KÖNIGIN *an den Fenstern*: Ursula! Ursula! Ursula! ... Sie wacht nicht auf! ...
DER KÖNIG: Geduld! Geduld! – Sie hat einen etwas schweren Schlaf ...
DIE KÖNIGIN *mit dem Gesicht gegen die Scheiben rufend*: Ursula! Ursula! – Weckt Sie! *An ein Fenster klopfend.* Marcellus! Marcellus! – Weckt sie! Weckt auch sie! Ursula! Ursula! ... Marcellus! Marcellus! ... Sie hat es nicht gehört! ... Ursula! Ursula! Steh auf! Er ist da! Er ist da! ... Es ist Zeit! Es ist Zeit! – *An ein anderes Fenster klopfend.* Marcellus! Marcellus! Schaut vor Euch! Schaut hin! Sie schläft noch! ... *An ein anderes Fenster klopfend.* Oh! Oh! – Christabelle! Christabelle! Claribelle! Claribelle! ... Claire! Claire! Du, Claire! ... Sie hat es nicht gehört! ... *Fortwährend und sehr heftig an die Fenster klopfend.* Ursula! Ursula! Er ist zurückgekommen! Er ist da! Er ist da! ... Es ist Zeit! Es ist Zeit! ...
DER KÖNIG *ebenfalls an die Fenster klopfend*: Ja, ja, weckt sie! Weckt sie endlich! ... Wir warten ...
Ohne auf die Geräusche von draußen zu achten, nähert sich der Prinz schweigend jener, die sich nicht erhoben hat. Er betrachtet sie einen Moment lang; zögert, kniet nieder und berührt einen der reglosen nackten Arme auf den Seidenkissen. Im selben Augenblick fährt er zurück und wirft einen langen entsetzten Blick auf die sechs stummen und überaus blassen Prinzessinnen. Diese, zunächst unentschlossen, bebend vor dem Verlangen zu fliehen, beugen sich dann in einer geschlossenen Bewegung über den bereits starren Körper und das zerzauste Haar ihrer Schwester, heben sie vorsichtig hoch und tragen sie in tiefem Schweigen gemeinsam auf die höchste der sieben Marmorstufen. König, Königin und die herbeigelaufene Dienerschaft klopfen und schreien unterdessen draußen an sämtlichen Fenstern des Saals; diese beiden Szenen finden gleichzeitig statt.
DIE KÖNIGIN: Sie schläft nicht! Sie schläft nicht! – Das ist kein Schlaf! Das ist kein Schlaf! Das ist kein Schlaf mehr! *Außer sich läuft sie von Fenster zu Fenster; sie klopft, rüttelt an den Eisenstangen; sie stampft mit den Füßen auf; ihr langes weißes Haar hat sich gelöst und schlägt gegen die Scheiben.* Sie schläft nicht mehr, glaubt

es mir! *Zum König.* Oh! Oh! Oh! Ihr seid ja aus Stein! Ruft! Ruft! Ruft! Um Gottes willen ruft doch! Ich rufe so laut, daß ich darüber sterbe, und er versteht nicht! – Lauft! Lauft! Ruft! Ruft! Er hat nichts gesehen! Nichts! Nichts! Nichts! Niemals! Niemals! Niemals! ...

DER KÖNIG: Was? Was? Was ist? Was ist? Wo soll ich rufen?

DIE KÖNIGIN: Dahinten! Dahinten! Überall! Überall! Auf der Terrasse! Am Wasser! Auf den Feldern! ... Ruft! Ruft! Ruft! ...

DER KÖNIG *am Ende der Terrasse:* Oh! ... Oh! ... Kommt her! Kommt her! Hierher! Hierher! ... Ursula! Ursula! ... Es ist etwas!

DIE KÖNIGIN *an den Fenstern:* Ursula! Ursula! ... Gießt Wasser über sie! ... – Ja, ja, macht das, mein Kind ... Es ist vielleicht nicht! ... Oh! Oh! Oh! ... Ihr kleiner Kopf! ... *Diener, Soldaten, Bauern und Frauen laufen mit Fackeln und Laternen über die Terrasse.* Ursula! Ursula! ... Es ist vielleicht nicht das ... Es ist vielleicht überhaupt nichts! ... He! He! Claribelle! Claribelle! Paßt auf! ... Sie fällt! ... Tretet nicht auf ihre Haare! ... Öffnet! Öffnet! – Sie wird aufwachen! Sie wird aufwachen! ... Wasser! Wasser! Wasser! – Öffnet! Öffnet! Die Tür! Die Tür! Die Tür! ... Man kommt nicht hinein! Alles ist verschlossen! Alles ist verschlossen! ... Ihr seid taub wie Tote! ... Helft mir! – *Zu den Umstehenden.* Ihr seid abscheulich! Meine Hände! ... Meine Hände! ... Ihr seht doch meine Hände? ... Helft mir! Helft mir! Oh! Oh! Es ist spät! ... Es ist spät! ... Es ist zu spät! ... Verschlossen! Verschlossen! Verschlossen! ...

ALLE *an der Tür rüttelnd und an alle Fenster klopfend:* Öffnet! Öffnet! Öffnet! Öffnet! ...

Ein schwarzer Vorhang senkt sich abrupt.

ENDE

Pelleas und Melisande

Für Octave Mirbeau
In tiefer Bewunderung, Dankbarkeit und Freundschaft

Personen:
ARKEL, König von Allemonde
GENEVIÈVE, Mutter von Pelleas und Golaud
PELLEAS }
GOLAUD } Enkel Arkels
MELISANDE
Der kleine YNIOLD, Golauds Sohn aus erster Ehe
Ein Arzt
Der Pförtner
Dienerinnen, Arme, usw.

Erster Akt

ERSTE SZENE: DAS SCHLOSSTOR

DIE DIENERINNEN *im Innern*: Macht das Tor auf! Macht das Tor auf!
DER PFÖRTNER: Wer ist da? Warum kommt ihr und weckt mich? Geht durch die kleinen Türen; geht durch die kleinen Türen; es sind genügend da! ...
EINE DIENERIN *im Innern*: Wir wollen das Tor und die Außentreppe putzen; macht schon auf! macht schon auf!
EINE ANDERE DIENERIN *im Innern*: Große Ereignisse stehen uns bevor!
DRITTE DIENERIN *im Innern*: Große Feste stehen uns bevor! Macht schnell auf! ...
DIE DIENERINNEN: Macht schon auf! macht schon auf!
DER PFÖRTNER: Langsam! langsam! Ich weiß nicht, ob ich es aufmachen kann ... Es wird nie geöffnet ... Wartet, bis es hell ist ...
ERSTE DIENERIN: Es ist hell genug draußen; ich seh' die Sonne durch die Ritzen ...
DER PFÖRTNER: Hier ... da hab ich die großen Schlüssel ... Wie sie quietschen, die Riegel und Schlösser! ... Helft mir! helft mir ...
DIE DIENERINNEN: Wir ziehen, wir ziehen ...
ZWEITE DIENERIN: Es geht nicht auf ...
ERSTE DIENERIN: Ah! ah! Es geht auf! jetzt geht es langsam auf!
DER PFÖRTNER: Wie es kreischt! Es wird alle Welt aufwecken ...
ZWEITE DIENERIN *auf der Schwelle erscheinend*: Oh! wie hell es draußen schon ist!
ERSTE DIENERIN: Über dem Meer geht die Sonne auf!
DER PFÖRTNER: Es ist offen ... Es ist weit offen! ...
Alle Dienerinnen treten durch das Tor nach draußen.
ERSTE DIENERIN: Zuerst putze ich hier am Eingang ...
ZWEITE DIENERIN: Wir bekommen das niemals alles sauber.
ANDERE DIENERINNEN: Holt Wasser her! holt Wasser her!
DER PFÖRTNER: Ja, ja; gießt Wasser aus, gießt alles Wasser der Sintflut aus; ihr werdet nie fertig werden ...

ZWEITE SZENE: EIN WALD

Man entdeckt Melisande am Rand eines Brunnens. – Golaud tritt auf.

GOLAUD: Ich finde nie mehr aus diesem Wald heraus. – Weiß Gott, wohin mich dieses Tier geführt hat. Und ich dachte, ich hätte es tödlich getroffen; da sind wieder Blutspuren. Aber ich habe es jetzt aus den Augen verloren; ich glaube, ich habe mich tatsächlich verirrt – und meine Hunde finden mich auch nicht mehr – ich werde auf der Stelle umkehren ... – Da weint jemand ... Oh! oh! was ist denn da am Rand des Wassers? ... Ein kleines weinendes Mädchen an einem Brunnen? *Er hustet.* – Sie hört mich nicht. Ich kann ihr Gesicht nicht sehen. *Er nähert sich und berührt Melisande an der Schulter.* Warum weinst du? *Melisande zuckt zusammen, richtet sich auf und will fliehen.* – Habt keine Angst. Ihr braucht Euch nicht zu fürchten. Warum weint Ihr denn, hier, ganz alleine?

MELISANDE: Rührt mich nicht an! rührt mich nicht an!

GOLAUD: Habt keine Angst ... Ich werd' Euch nichts tun ... Oh! Wie schön Ihr seid!

MELISANDE: Rührt mich nicht an! oder ich stürze mich ins Wasser! ...

GOLAUD: Ich rühr' Euch nicht an ... Seht, ich bleibe hier stehen, an den Baum gelehnt. Habt keine Angst. Hat Euch jemand etwas zuleide getan?

MELISANDE: Oh ja! ja, ja! ...

Sie stößt einen tiefen Seufzer aus.

GOLAUD: Wer hat Euch etwas zuleide getan?

MELISANDE: Alle! alle!

GOLAUD: Was hat man Euch denn getan?

MELISANDE: Ich will es nicht sagen! ich kann es nicht sagen! ...

GOLAUD: Ist ja gut; nun weint doch nicht so. Wo kommt Ihr her?

MELISANDE: Ich bin geflohen! ... geflohen ...

GOLAUD: Ja; aber von wo seid Ihr geflohen?

MELISANDE: Ich bin verloren! ... verloren, hier ... Ich bin nicht von hier ... Ich bin da nicht geboren ...

Golaud: Von wo seid Ihr? Wo seid Ihr geboren?
Melisande: Oh! oh! weit von hier ... weit ... weit ...
Golaud: Was glitzert da so auf dem Grund des Wassers?
Melisande: Wo denn? – Ach, das ist die Krone, die er mir geschenkt hat. Sie ist hineingefallen, als ich weinte.
Golaud: Eine Krone? – Wer hat Euch eine Krone geschenkt? – Ich werde versuchen, sie herauszuholen ...
Melisande: Nein, nein; ich will sie nicht mehr! Lieber will ich auf der Stelle sterben ...
Golaud: Ich könnte sie leicht rausholen. Das Wasser ist nicht sehr tief.
Melisande: Ich will sie nicht mehr! Wenn Ihr sie rausholt, stürze ich mich hinein! ...
Golaud: Nein, nein; ich werde sie da lassen. Sie scheint sehr schön zu sein. – Ist es schon länger her, daß Ihr geflohen seid?
Melisande: Ja ... wer seid Ihr?
Golaud: Ich bin Prinz Golaud – der Enkel Arkels, des alten Königs von Allemonde ...
Melisande: Oh! Ihr habt schon graue Haare ...
Golaud: Ja; ein paar, hier, an den Schläfen ...
Melisande: Und der Bart auch ... Warum seht Ihr mich so an?
Golaud: Ich betrachte Eure Augen. – Schließt Ihr die Augen niemals?
Melisande: Doch, doch; nachts schließe ich sie ...
Golaud: Warum schaut Ihr mich so erstaunt an?
Melisande: Seid Ihr ein Riese?
Golaud: Ich bin ein Menschh wie die anderen ...
Melisande: Warum seid Ihr hierhergekommen?
Golaud: Ich weiß selbst nicht. Ich jagte im Wald. Ich verfolgte einen Eber. Dabei habe ich mich verirrt. – Ihr seht sehr jung aus. Wie alt seid Ihr?
Melisande: Mir wird langsam kalt ...
Golaud: Wollt Ihr mit mir kommen?
Melisande: Nein, nein; ich bleibe hier ...
Golaud: Ihr könnt nicht allein hier bleiben. Ihr könnt nicht die ganze Nacht hier bleiben ... Wie ist Euer Name?

MELISANDE: Melisande.

GOLAUD: Ihr könnt nicht hier bleiben, Melisande. Kommt mit mir ...

MELISANDE: Ich bleibe hier ...

GOLAUD: Ihr werdet Angst haben, ganz allein. Die ganze Nacht ..., das geht nicht. Melisande, kommt, gebt mir die Hand ...

MELISANDE: Oh! rührt mich nicht an! ...

GOLAUD: Nicht schreien ... Ich werd' Euch nicht mehr anrühren. Aber kommt mit mir. Die Nacht wird finster und sehr kalt. Kommt mit mir ...

MELISANDE: Wohin geht Ihr? ...

GOLAUD: Ich weiß nicht ... Auch ich bin verloren ...

Sie gehen.

DRITTE SZENE: EIN SAAL IM SCHLOSS

Man entdeckt Arkel und Geneviève.

GENEVIÈVE: Folgendes also schreibt er seinem Bruder Pelleas: »Eines Abends fand ich sie in Tränen aufgelöst am Rande eines Brunnens, in dem Wald, in dem ich mich verirrt hatte. Ich weiß weder ihr Alter, noch wer sie ist und woher sie kommt, und ich wage nicht, sie zu fragen; es muß ihr etwas Schreckliches zugestoßen sein, denn wenn man sie fragt, was geschehen ist, weint sie plötzlich wie ein Kind und schluchzt so tief auf, daß man Angst bekommt. Als ich sie in der Nähe der Quellen fand, war ihr gerade eine goldene Krone aus den Haaren gerutscht und auf den Grund des Wassers gesunken. Gekleidet war sie übrigens wie eine Prinzessin, allerdings waren ihre Kleider von Dornen zerrissen. Es ist jetzt sechs Monate her, daß ich sie geheiratet habe, und ich weiß doch nicht mehr von ihr als am Tag unserer ersten Begegnung. Inzwischen, mein lieber Pelleas, der ich dich mehr liebe als einen Bruder, obwohl wir nicht denselben Vater haben, inzwischen bereite bitte meine Rückkehr vor ... Ich weiß, daß meine Mutter mir gern verzeihen wird. Doch ich habe Angst vor dem König, unserem ehrwürdigen Großvater, ich habe Angst vor Arkel, trotz all seiner Güte, denn ich habe mit dieser seltsamen Heirat all seine politischen Pläne zunichte gemacht und fürchte, daß in seinen so weisen Augen Melisandes Schönheit meine Verrücktheit nicht entschuldigt. Sollte er dennoch bereit sein, sie wie seine eigene Tochter zu empfangen, so zünde bitte am dritten Abend, der auf diesen Brief folgt, auf der Spitze des Turms, der zum Meer hin sieht, ein Licht an. Von der Brücke unseres Schiffes aus werde ich es sehen; wenn nicht – werde ich weiterfahren und nie mehr zurückkommen ...« Was sagt Ihr dazu?

ARKEL: Nichts sage ich dazu. Er hat getan, was er wahrscheinlich tun mußte. Ich bin sehr alt und habe doch noch nicht einen Augenblick klar in mir selbst gesehen; wie soll ich da urteilen über das, was andere gemacht haben? Ich stehe am Rande des Grabs, und es ist mir nicht gelungen, mich selbst zu beurteilen ... Man täuscht sich immer, wenn man nicht die Augen zumacht, um zu verzeihen oder um besser in sich selbst schauen zu können. Es erscheint uns seltsam; und damit Schluß. Er ist auch nicht mehr der Jüngste mittlerweile – und heiratet wie ein Kind ein kleines Mädchen, das er bei einer Quelle gefunden hat ... Das erscheint uns seltsam, weil wir immer nur die Kehrseite der Schicksale sehen ... die Kehrseite selbst unseres eigenen ... Bis jetzt war er meinen Ratschlägen immer gefolgt; ich hatte geglaubt, ihn glücklich zu machen, als ich ihn aussandte, um die Hand von Prinzessin Ursula anzuhalten ... Er durfte nicht allein bleiben, denn seit dem Tod seiner Frau war er traurig, allein zu sein; und diese Heirat hätte langen Kriegen und altem Haß ein Ende gesetzt ... Er wollte es nicht. So sei es denn, wie er es will; ich habe mich einem Schicksal nie in die Quere gestellt; und er kennt seine Zukunft besser als ich. Möglicherweise geschieht nichts ohne Grund ...

GENEVIÈVE: Er ist immer so vorsichtig, ernst und willensstark gewesen ... Bei Pelleas würde ich es verstehen ... Aber er ... in seinem Alter ... Wen wird er hier einführen? – Eine von der Straße aufgelesene Unbekannte ... Seit dem Tod seiner Frau lebte er nur noch für seinen Sohn, den kleinen Yniold, und wenn er wieder geheiratet hätte, dann Euch zuliebe ... Und jetzt ... ein kleines Mädchen im Wald ... Er hat alles vergessen ... – Was sollen wir tun?

Pelleas tritt ein.

ARKEL: Wer kommt da herein?

GENEVIÈVE: Es ist Pelleas. Er hat geweint.

ARKEL: Bist du es, Pelleas? – Komm etwas näher, damit ich dich im Licht sehe ...

PELLEAS: Großvater, ich habe zusammen mit dem Brief meines Bruders noch einen anderen Brief erhalten; einen Brief meines Freundes Marcellus ... Er liegt im Sterben und ruft mich zu sich. Er möchte mich sehen, bevor er stirbt ...

ARKEL: Du möchtest abreisen, bevor dein Bruder zurück ist? – Dein Freund ist vielleicht weniger krank als er glaubt ...

PELLEAS: Sein Brief ist so traurig, daß man den Tod zwischen den Zeilen sieht ... Er sagt, er weiß auf den Tag genau, wann sein Ende kommt ... Er sagt, daß ich rechtzeitig bei ihm sein kann, wenn ich will, daß dann aber keine Zeit mehr zu verlieren ist. Die Reise ist sehr lang, und wenn ich bis zu Golauds Rückkehr warte, ist es vielleicht zu spät ...

ARKEL: Es wäre dennoch ratsam, noch einige Zeit zu warten ... Wir wissen nicht, was diese Rückkehr uns bringt. Und außerdem – geht es nicht deinem Vater hier, direkt über uns, vielleicht viel schlechter als deinem Freund? ... Kannst du wählen zwischen Vater und Freund? ...

Er verläßt den Saal.

GENEVIÈVE: Sorge dafür, daß von heute abend an die Lampe brennt, Pelleas ...

Getrennt verlassen sie den Saal.

VIERTE SZENE: VOR DEM SCHLOSS

Geneviève und Melisande treten auf.

MELISANDE: Es ist düster in den Gärten. Und was für Wälder, was für Wälder, rings um die Paläste! ...

GENEVIÈVE: Ja; das erstaunte auch mich, als ich hier ankam, das erstaunt jeden hier. Es gibt Stellen, an denen man niemals die Sonne sieht. Doch man gewöhnt sich so schnell daran ... Seit langer Zeit ... Seit fast vierzig Jahren wohne ich hier ... Schaut zur anderen Seite, da habt Ihr die Helle des Meeres ...

MELISANDE: Ich höre Geräusche unter uns ...

GENEVIÈVE: Ja; es steigt jemand zu uns herauf ... Ah! es ist Pelleas ... Er scheint noch müde vom langen Warten auf Euch ...

MELISANDE: Er hat uns nicht gesehen.

GENEVIÈVE: Ich glaube, er hat uns gesehen, aber er weiß nicht, was er machen soll ... Pelleas, Pelleas, bist du es?

PELLEAS: Ja! ... Ich kam vom Meer her ...

GENEVIÈVE: Wir auch; wir suchten die Helle. Hier ist es etwas heller als überall sonst; und doch ist das Meer düster.

PELLEAS: Es wird Sturm geben heute nacht. Es gibt oft Sturm hier ... dabei ist das Meer so ruhig heute abend ... Ahnungslos führe man hinaus und käme nicht mehr zurück.

MELISANDE: Da verläßt etwas den Hafen ...

PELLEAS: Es muß ein großes Schiff sein ... Die Lichter stehen sehr hoch, wir werden es gleich sehen, sobald es in den helleren Bereich kommt ...

GENEVIÈVE: Ich weiß nicht, ob wir es sehen können ... es ist Nebel auf dem Meer ...

PELLEAS: Es scheint, als stiege der Nebel langsam hoch ...

MELISANDE: Ja; dahinten sehe ich ein kleines Licht, das ich vorhin nicht gesehen habe ...

PELLEAS: Das ist ein Leuchtturm; es sind noch mehrere da, aber die sehen wir noch nicht.

MELISANDE: Das Schiff ist im Hellen ... Es ist schon ziemlich weit ...

PELLEAS: Es ist ein fremdes Schiff. Es scheint mir größer zu sein als unsere ...

MELISANDE: Es ist das Schiff, das mich hierher gebracht hat! ...

PELLEAS: Es hat alle Segel gesetzt ...

MELISANDE: Es ist das Schiff, das mich hierher gebracht hat. Es hat große Segel ... Ich erkenne es an seinen Segeln ...

PELLEAS: Die See wird stürmisch sein heut'nacht ...

MELISANDE: Warum fährt es weg? ... Man sieht es fast nicht mehr... Vielleicht geht es unter ...
PELLEAS: Die Nacht bricht schnell herein ...
Kurzes Schweigen.
GENEVIÈVE: Niemand spricht mehr? ... Habt ihr euch nichts mehr zu sagen? ... Es wird Zeit, wieder hineinzugehen. Pelleas, zeig Melisande den Weg. Ich muß noch eben nach dem kleinen Yniold sehen.
Sie geht.
PELLEAS: Man sieht nichts mehr auf dem Meer ...
MELISANDE: Ich sehe noch andere Lichter.
PELLEAS: Das sind die anderen Leuchttürme ... Hört Ihr das Meer? ... Das ist der aufkommende Wind ... Gehen wir hier hinunter. Wollt Ihr mir die Hand reichen?
MELISANDE: Aber Ihr seht doch, ich habe die Hände voller Blumen und Blätter.
PELLEAS: Ich werde Euch am Arm stützen, der Weg ist steil und zudem sehr dunkel ... Vielleicht reise ich morgen ab ...
MELISANDE: Oh! ... warum reist Ihr ab?
Sie gehen.

Zweiter Akt

ERSTE SZENE: EIN BRUNNEN IM PARK
Pelleas und Melisande treten auf.

PELLEAS: Ihr wißt nicht, wohin ich Euch geführt habe ? – Mittags, wenn es in den Gärten zu heiß ist, setze ich mich oft hier hin. Selbst im Schatten der Bäume ist es heute zum Ersticken.
MELISANDE: Wie klar das Wasser ist! ...
PELLEAS: Es ist kalt wie im Winter. Es ist ein alter verlassener Brunnen. Es soll ein Wunderbrunnen gewesen sein – er gab den Blinden das Augenlicht wieder. – Noch heute nennt man ihn »Brunnen der Blinden«.

MELISANDE: Gibt er kein Augenlicht mehr?
PELLEAS: Seitdem der König selbst fast blind ist, kommt keiner mehr her ...
MELISANDE: Wie allein man hier ist ... Man hört keinen Laut.
PELLEAS: Es ist immer außergewöhnlich still hier ... als hörte man noch das Wasser schlafen ... Wollt Ihr Euch an den Rand des Marmorbeckens setzen? Da ist eine Linde, durch die nie die Sonne dringt ...
MELISANDE: Ich lege mich auf den Marmor. – Ich würde gern bis auf den Grund des Wassers sehen ...
PELLEAS: Niemand hat ihn je gesehen. – Vielleicht ist es genauso tief wie das Meer. – Man weiß nicht, woher es kommt. – Vielleicht kommt es aus dem Mittelpunkt der Erde ...
MELISANDE: Wenn auf dem Grund etwas leuchten würde, säh' man es vielleicht ...
PELLEAS: Beugt Euch nicht so weit hinüber ...
MELISANDE: Ich möchte das Wasser gern fühlen ...
PELLEAS: Paßt auf, daß Ihr nicht hineinrutscht ... Ich halt' Euch lieber an der Hand ...
MELISANDE: Nein, nein, ich möchte beide Hände hineintauchen ... Ich glaube, meine Hände sind heute krank ...
PELLEAS: Oh! oh! paßt auf! paßt auf! Melisande! ... Melisande! ... – Oh! Euer Haar! ...
MELISANDE *sich wieder aufrichtend*: Ich komm' nicht, ich komm' einfach nicht weit genug.
PELLEAS: Eure Haare sind ins Wasser getaucht ...
MELISANDE: Ja, ja; sie sind länger als meine Arme ... Sie sind länger als ich ...
Kurzes Schweigen.
PELLEAS: Und er hat Euch auch am Rand eines Brunnens gefunden?
MELISANDE: Ja ...
PELLEAS: Was hat er zu Euch gesagt?
MELISANDE: Nichts; – ich erinnere mich nicht mehr ...
PELLEAS: Stand er ganz dicht bei Euch?
MELISANDE: Ja; er wollte mich küssen ...

PELLEAS: Und Ihr wolltet nicht?
MELISANDE: Nein.
PELLEAS: Warum wolltet Ihr nicht?
MELISANDE: Oh! oh! auf dem Grund des Wassers hat sich etwas bewegt ...
PELLEAS: Paßt auf! paßt auf! – Gleich fallt Ihr! – Womit spielt Ihr da?
MELISANDE: Mit dem Ring, den er mir geschenkt hat ...
PELLEAS: Paßt auch; sonst verliert Ihr ihn noch ...
MELISANDE: Nein, nein, ich hab' eine sichere Hand ...
PELLEAS: Spielt doch nicht ausgerechnet über so tiefem Wasser...
MELISANDE: Meine Hände zittern nicht.
PELLEAS: Wie er in der Sonne glitzert! – Werft ihn nicht so hoch in den Himmel ...
MELISANDE: Oh! ...
PELLEAS: Ist er gefallen?
MELISANDE: Er ist ins Wasser gefallen! ...
PELLEAS: Wo ist er?
MELISANDE: Ich seh' ihn nicht sinken ...
PELLEAS: Ich glaube, ich sehe ihn glitzern ...
MELISANDE: Wo denn?
PELLEAS: Da unten, ... da unten ...
MELISANDE: Oh, wie weit er von uns weg ist! ... nein, nein, das ist er nicht, ... das ist er nicht ... Er ist verloren ... Nur noch ein großer Kreis ist auf dem Wasser ... Was sollen wir tun? Was sollen wir jetzt tun? ...
PELLEAS: Wegen eines Rings müßt Ihr Euch doch nicht so aufregen ... vielleicht finden wir ihn ja auch wieder. Oder wir finden einen anderen ...
MELISANDE: Nein, nein; wir finden ihn nicht mehr wieder, und wir finden auch keine anderen ... Dabei dachte ich, ich hätte ihn sicher gefangen ... Ich hatte die Hände schon zugemacht, und er ist trotzdem noch gefallen ... Ich habe ihn zu hoch in die Sonne geworfen ...
PELLEAS: Kommt, kommt, wir kommen ein andermal wieder ...

kommt, es ist Zeit. Man könnte uns überraschen ... es läutete schon Mittag, als der Ring fiel ...
MELISANDE: Was sagen wir Golaud, wenn er fragt, wo er ist?
PELLEAS: Die Wahrheit, die Wahrheit, die Wahrheit ...
Sie gehen.

ZWEITE SZENE: EIN ZIMMER IM SCHLOSS
Man entdeckt Golaud ausgestreckt auf seinem Bett; Melisande ist bei ihm.

GOLAUD: Ah! ah! es geht ganz gut, es ist weiter nichts. Aber ich verstehe nicht, wie das passieren konnte. Ich war auf der Jagd und ritt ruhig durch den Wald. Auf einmal ist ohne jeden Grund mein Pferd durchgegangen. Hatte es etwas Außergewöhnliches gesehen? ... Gerade hatte ich das Mittagsläuten gehört. Beim zwölften Schlag erschreckt es sich plötzlich und läuft wie ein verrückter Blinder gegen einen Baum. Ich habe nichts mehr gehört. Ich weiß nicht mehr, was geschehen ist. Ich bin gefallen, und es muß auf mich drauf gefallen sein. Ich dachte, ich hätte den ganzen Wald auf der Brust; ich dachte, mein Herz wäre zerquetscht. Aber mein Herz ist stabil. Es scheint weiter nichts zu sein ...
MELISANDE: Wollt Ihr etwas Wasser trinken?
GOLAUD: Danke, danke; ich habe keinen Durst.
MELISANDE: Wollt Ihr ein anderes Kopfkissen? ... Auf diesem ist ein kleiner Blutfleck.
GOLAUD: Nein, nein; es ist nicht nötig. Mir ist vorhin Blut aus dem Mund gelaufen. Vielleicht kommt noch einmal etwas ...
MELISANDE: Stimmt es auch wirklich? ... Ihr habt keine starken Schmerzen?
GOLAUD: Nein, nein, ich habe schon ganz andere ausgehalten. Ich bin aus Blut und Eisen gemacht ... Das sind keine Kinderknöchelchen, die ich in mir habe, mach dir keine Sorgen ...
MELISANDE: Schließt die Augen und versucht zu schlafen. Ich werde die ganze Nacht hierbleiben ...
GOLAUD: Nein, nein; ich will nicht, daß du dich so überanstrengst.

Ich brauche nichts; ich werde schlafen wie ein Kind ... Was ist los, Melisande? Warum weinst du denn plötzlich? ...

MELISANDE *in Tränen ausbrechend*: Ich bin ... Ich bin auch krank...

GOLAUD: Du bist krank? ... Was hast du denn, Melisande? ...

MELISANDE: Ich weiß nicht... Ich leide... Ich sage es Euch lieber gleich jetzt; Herr, ich bin nicht glücklich hier ...

GOLAUD: Was ist denn geschehen, Melisande? Was ist los? ... Ich hatte ja nicht die leiseste Ahnung ... Was ist denn geschehen? ... Hat jemand dir etwas zuleide getan? ... Hat jemand dich gekränkt?

MELISANDE: Nein, nein; niemand hat mir auch nur das mindeste getan ... Das ist es nicht ... Aber ich kann hier nicht mehr leben. Ich weiß nicht warum ... Ich möchte fort, möchte fort! ... Ich sterbe, wenn man mich hier läßt ...

GOLAUD: Es ist doch etwas geschehen? Du verbirgst mir wohl etwas? ... Sag mir die Wahrheit, Melisande ... Ist es der König? ... Ist es meine Mutter? ... Ist es Pelleas? ...

MELISANDE: Nein, nein; es ist nicht Pelleas. Es ist niemand ... Ihr versteht mich nicht ...

GOLAUD: Warum sollte ich nicht verstehen? ... Aber was soll ich machen, wenn du mir nichts sagst ... Sag mir alles, und ich werde alles verstehen.

MELISANDE: Ich weiß selbst nicht, was es ist ... Ich würd' es Euch sagen, wenn ich es wüßte ... Es ist etwas, das stärker ist als ich ...

GOLAUD: Nun komm, sei vernünftig, Melisande. – Was soll ich denn machen? – Du bist kein Kind mehr. – Bin ich es, den du verlassen möchtest?

MELISANDE: Oh nein, nein; das ist es nicht ... Zusammen mit Euch möchte ich fort ... Hier, an diesem Ort, kann ich nicht mehr leben ... Ich spüre, daß ich nicht mehr lange leben werde ...

GOLAUD: Aber man muß doch einen Grund haben. Man wird dich für verrückt halten. Man wird es für Träume eines Kinds halten. – Nun sag, ist es vielleicht Pelleas? – Ich glaube, er spricht nicht oft mit dir ...

MELISANDE: Doch, doch; er spricht schon manchmal mit mir. Er

mag mich nicht, glaub' ich; ich hab' es an seinen Augen gesehen... Doch er spricht mit mir, wenn wir uns begegnen ...
GOLAUD: Man darf ihm das nicht übelnehmen. Er war immer schon so. Er ist ein bißchen sonderlich. Und zur Zeit hat er Kummer; er denkt an seinen Freund Marcellus, der im Sterben liegt, und den er nicht besuchen kann ... Er ändert sich noch, er ändert sich noch, du wirst sehen; er ist jung ...
MELISANDE: Aber das ist es nicht ... das ist es nicht ...
GOLAUD: Was ist es denn? – Kommst du mit dem Leben, das man hier führt, nicht zurecht? – Ja, ja, dieses Schloß ist sehr alt und sehr düster ... Es ist außerordentlich kalt und nur schwer zu übersehen. Und alle seine Bewohner sind schon alt. Und auch die Umgebung scheint ziemlich trist, mit all den Wäldern, all den alten, lichtlosen Wäldern. Aber man kann das alles freundlicher gestalten, wenn man will. Und dann – nicht jeder Tag kann fröhlich sein; man muß die Dinge nehmen, wie sie sind. Doch nun sag 'was; irgendwas; ich tue alles, was du willst ...
MELISANDE: Ja, ja; das ist wahr ... man sieht nie richtig den Himmel ... Heute morgen habe ich ihn zum ersten Mal gesehen ...
GOLAUD: Deshalb also weinst du, meine arme Melisande? – Es ist also nur deshalb? – Du weinst, weil du den Himmel nicht siehst? – Nun komm, komm, du bist nicht mehr in dem Alter, in dem man wegen solcher Dinge weinen kann ... Und dann ist doch jetzt Sommer. Bald siehst du den Himmel jeden Tag. – Und erst nächstes Jahr ... Komm, gib mir deine Hand; gib mir deine beiden Händchen. *Er ergreift ihre Hände.* Oh, sie sind so klein – wie Blumen könnte ich sie zerquetschen ... – Halt, wo ist der Ring, den ich dir geschenkt habe?
MELISANDE: Der Ring?
GOLAUD: Ja; unser Hochzeitsring, wo ist er?
MELISANDE: Ich glaube ... Ich glaube, er ist gefallen ...
GOLAUD: Gefallen? – Wohin ist er gefallen? – Du hast ihn doch nicht verloren?
MELISANDE: Nein, nein; er ist gefallen ... er muß gefallen sein ... aber ich weiß, wo er ist ...
GOLAUD: Wo ist er?

MELISANDE: Kennt Ihr ... gewiß kennt Ihr ... die Grotte am Strand? ...
GOLAUD: Ja.
MELISANDE: Ja eben, da ist es gewesen ... Da muß es gewesen sein ... Ja. ja; ich erinnere mich ... Ich bin heut'morgen hingegangen, um Muscheln für den kleinen Yniold zu suchen ... Es gibt da sehr schöne ... Er ist mir vom Finger gerutscht ... dann drang das Meer ein; und ich mußte fort, ohne ihn wiedergefunden zu haben.
GOLAUD: Bist du sicher, daß es da war?
MELISANDE: Ja, ja; vollkommen sicher ... Ich spürte, wie er rutschte ... dann, mit einem Mal, das Geräusch der Wellen ...
GOLAUD: Er muß sofort gesucht werden ...
MELISANDE: Jetzt? – sofort? – im Dunkeln?
GOLAUD: Ja. Lieber hätte ich alles, was ich habe, verloren, als diesen Ring. Du weißt nicht, was das ist. Du weißt nicht, woher er kommt. Das Meer steigt sehr hoch heut'nacht. Das Meer wird ihn sich vor dir holen ... beeil dich. Er muß sofort gesucht werden ...
MELISANDE: Ich habe Angst ... Ich habe Angst, allein zu gehen ...
GOLAUD: Geh schon, geh, ganz egal mit wem. Aber du mußt sofort gehen, hörst du? – Beeil dich; bitte Pelleas, mitzugehen.
MELISANDE: Pelleas? – Mit Pelleas? – Aber Pelleas wird nicht wollen ...
GOLAUD: Pelleas wird alles tun, worum du ihn bittest. Ich kenne Pelleas besser als du. Geh schon, geh schon, beeil dich. Ich werde nicht schlafen, bevor ich nicht den Ring habe.
MELISANDE: Ich bin nicht glücklich! ...
Weinend geht sie hinaus.

DRITTE SZENE: VOR EINER GROTTE

Pelleas und Melisande treten auf.

PELLEAS *in großer Erregung sprechend*: Ja; hier ist es, wir sind da. Es ist so dunkel, daß der Eingang zur Grotte sich nicht von der übrigen Nacht unterscheidet ... Kein Stern steht zu dieser Seite ...

Warten wir, bis der Mond die große Wolke da aufgerissen hat; er wird dann die ganze Grotte beleuchten, und wir können gefahrlos hineingehen. Es gibt ein paar gefährliche Stellen, und der Pfad ist sehr eng, zwischen zwei Seen, deren Tiefe noch nie jemand feststellen konnte. Ich habe vergessen, eine Fackel oder eine Laterne mitzunehmen, aber ich denke, die Helle des Himmels wird uns genügen. – Ihr habt diese Grotte noch nie betreten?

MELISANDE: Nein ...

PELLEAS: Geh'n wir hinein ... Ihr müßt die Stelle beschreiben können, an der Ihr den Ring verloren habt, falls er danach fragt... Sie ist sehr groß und sehr schön. Es gibt Tropfsteine hier, die wie Pflanzen und wie Menschen aussehen. Und ringsum herrscht blaue Finsternis. Bis ins Innerste hat noch niemand die Grotte erkundet. Es scheinen da riesige Schätze verborgen zu sein. Man stößt auf Wrackteile irgendwann einmal untergegangener Schiffe. Aber ohne Führer sollte man sich nicht hineinwagen. Manche sind nie wieder zurückgekehrt. Auch ich traue mich nicht zu weit hinein. Wir werden haltmachen, sobald vom Meer und vom Himmel kein Schein mehr zu sehen ist. Wenn man jetzt eine Lampe anzündete, würde man meinen, das Gewölbe sei mit Sternen übersät wie der Himmel. Man sagt, es seien Kristalle oder Salzstückchen, die im Felsen so glitzern. – Seht, seht, ich glaube, der Himmel klart auf... Reicht mir die Hand, zittert nicht, zittert nicht so. Es besteht keine Gefahr: wir werden haltmachen, sobald kein Schein vom Meer mehr zu sehen ist... Sind es die Geräusche in der Grotte, die Euch erschrecken? Das sind die Geräusche der Nacht oder die der Stille ... Hört Ihr das Meer hinter uns? – Es scheint nicht glücklich zu sein heute nacht... Ah, jetzt ist es hell genug!

Der Mond bescheint den ganzen Eingang der Grotte sowie einen Teil im Innern; recht weit drinnen sieht man drei bettelarme weißhaarige Greise, die, Seite an Seite nebeneinandersitzend, gegen einen Felsblock gelehnt schlafen.

MELISANDE: Ah!

PELLEAS: Was ist denn?

MELISANDE: Da sind ... Da sind ...

Sie zeigt auf die drei Armen.
PELLEAS: Ja, ja; ich habe sie auch gesehen ...
MELISANDE: Laßt uns gehen! ... Laßt uns gehen! ...
PELLEAS: Ja ... Das sind drei alte Arme, die eingeschlafen sind ... Eine große Hungersnot erschüttert das Land ... Warum sind sie zum Schlafen hierhergekommen? ...
MELISANDE: Laßt uns gehen! ... Kommt, kommt ... Laßt uns gehen! ...
PELLEAS: Nehmt Euch in acht, sprecht nicht so laut ... Lassen wir sie schlafen ... Sie schlafen noch tief ... Kommt.
MELISANDE: Laßt mich, laßt mich; ich gehe lieber allein ...
PELLEAS: Wir kommen ein andermal wieder ...
Sie gehen.

VIERTE SZENE: EIN ZIMMER IM SCHLOSS

Man entdeckt Arkel und Pelleas.

ARKEL: Ihr seht, daß alles Euch hier festhält und eine so unnütze Reise sich verbietet. Bis heute hat man Euch den Zustand Eures Vaters verborgen; aber er ist vielleicht hoffnungslos; das allein schon sollte genug sein, um Euch auf der Schwelle zurückzuhalten. Aber es gibt noch so viele andere Gründe ... Und gerade jetzt, wo unsere Feinde sich erheben und das Volk Hungers stirbt und ringsum murrt, habt Ihr nicht das Recht, uns zu verlassen. Und weshalb diese Reise? Marcellus ist tot; und das Leben hat ernstere Pflichten als den Besuch eines Grabes. Ihr seid Euer untätiges Leben leid, sagt Ihr; doch in der Hast des Reisens erkennt man es selten, wenn unterwegs einmal Taten und Pflichterfüllung gefordert sind. Besser erwartet man sie bei sich und holt sie sich herein, dann, wenn sie vorbeikommen; und sie kommen alle Tage vorbei. Habt Ihr sie nie gesehen? Ich kann zwar selbst fast nicht mehr sehen, aber ich werde es Euch noch beibringen können; und an dem Tag, an dem Ihr Euch ihnen zu erkennen geben wollt, werde ich sie Euch zeigen ... Aber trotz allem – wenn Ihr glaubt, daß diese Reise für Euch lebenswichtig ist, verbiete ich sie

nicht, denn Ihr müßt besser als ich wissen, was für Ereignisse Ihr Eurem Dasein oder Eurem Schicksal anzubieten habt. Ich würde Euch nur bitten zu warten, bis wir Gewißheit haben über das, was binnen kurzem sich ereignen muß ...
PELLEAS: Wie lange soll ich warten?
ARKEL: Ein paar Wochen; ein paar Tage vielleicht ...
PELLEAS: Ich werde warten ...

Dritter Akt

ERSTE SZENE: EIN ZIMMER IM SCHLOSS

Man entdeckt Pelleas und Melisande, die im hinteren Teil am Spinnrad arbeitet.

PELLEAS: Yniold kommt nicht wieder; wo ist er hingegangen?
MELISANDE: Er hatte auf dem Korridor irgendein Geräusch gehört; er ist nachsehen, was es ist.
PELLEAS: Melisande ...
MELISANDE: Was gibt's?
PELLEAS: Seht Ihr noch genug, um zu arbeiten? ...
MELISANDE: Ich kann das im Dunkeln genauso gut ...
ARKEL: Ich glaube, im Schloß schlafen sie alle schon. Golaud kommt nicht von der Jagd zurück. Dabei ist es schon spät ... Hat er keine Schmerzen mehr von seinem Sturz? ...
MELISANDE: Er sagt, er hätte keine mehr.
PELLEAS: Er sollte vorsichtiger sein; er ist nicht mehr so gelenkig wie mit zwanzig ... Ich sehe die Sterne durch das Fenster und den Mondschein über den Bäumen. Es ist schon spät; er wird nicht mehr kommen. *Es klopft an die Tür.* Wer ist da? ... Herein! ... *Der kleine Yniold öffnet die Tür und betritt das Zimmer.* Du bist das, der so klopft? ... So klopft man aber nicht an Türen. Das ist, als wäre ein Unglück geschehen; schau, du hast Mamilein erschreckt.
DER KLEINE YNIOLD: Ich habe ganz leise geklopft ...

PELLEAS: Es ist spät; Papilein kommt nicht mehr heute abend; es wird Zeit, daß du ins Bett kommst.
DER KLEINE YNIOLD: Ich will nicht vor euch schlafen gehen.
PELLEAS: Was? ... Was sagst du da?
DER KLEINE YNIOLD: Ich sage ... nicht vor euch ... nicht vor euch ...
Er bricht in Tränen aus und flüchtet sich zu Melisande.
MELISANDE: Was ist denn, Yniold? Was ist denn? ... warum weinst du denn plötzlich?
YNIOLD *schluchzend*: Weil ... Oh! oh! weil ...
MELISANDE: Warum? ... Warum? ... sag es mir ...
YNIOLD: Mamilein ... Mamilein ... Ihr wollt fortgehen ...
MELISANDE: Was ist nur in dich gefahren, Yniold? ... Ich habe niemals daran gedacht, fortzugehen ...
YNIOLD: Doch, doch; Papilein ist fort ... Papilein kommt nicht zurück, und Ihr wollt auch fort von hier ... Ich hab' es gesehen ... ich hab' es gesehen ...
MELISANDE: Aber davon ist doch nie die Rede gewesen, Yniold ... Wie kommst du denn darauf, daß ich fort will?
YNIOLD: Ich hab' es gesehen ... ich hab' es gesehen ... Ihr habt zu meinem Onkel etwas gesagt, was ich nicht verstehen konnte ...
PELLEAS: Er schläft ja halb ... er hat geträumt ... Komm her, Yniold; schläfst du schon? ... Komm, schau mal aus dem Fenster; die Schwäne zanken sich mit den Hunden ...
YNIOLD *am Fenster*: Oh! oh! Sie verjagen die Hunde ja! ... Sie verjagen sie! ... Oh! oh! das Wassser! ... die Flügel! ... die Flügel! ... Sie haben Angst ...
PELLEAS *zu Melisande zurückkommend*: Er schläft halb; er kämpft gegen den Schlaf an, und die Augen fallen ihm zu ...
MELISANDE *beim Spinnen halblaut singend*:
Sankt Daniel und Sankt Michael ...
Sankt Michael und Sankt Raphael ...
YNIOLD *am Fenster*: Oh! oh! Mamilein! ...
MELISANDE *abrupt aufstehend*: Was ist, Yniold? ... Was ist denn? ...
YNIOLD: Ich habe am Fenster etwas gesehen ...

Pelleas und Melisande laufen zum Fenster.
PELLEAS: Aber da ist nichts. Ich sehe nichts ...
MELISANDE: Ich auch nicht ...
PELLEAS: Wo hast du etwas gesehen? Auf welcher Seite? ...
YNIOLD: Da hinten, da hinten! ... Sie ist nicht mehr da ...
PELLEAS: Er weiß nicht mehr, was er sagt. Er wird den Mondschein auf dem Wald gesehen haben. Da gibt es oft seltsame Spiegelungen ... vielleicht hat er aber auch etwas über den Weg laufen sehen ... oder es war im Schlaf. Denn, seht, seht, ich glaube, er schläft ganz ein ...
YNIOLD *am Fenster*: Papilein ist da! Papilein ist da!
PELLEAS *am Fenster*: Er hat recht; Golaud kommt in den Hof ...
YNIOLD: Papilein! ... Papilein! ... Ich geh' ihm entgegen! ...
Er läuft hinaus. – Kurzes Schweigen.
PELLEAS: Sie kommen die Treppe hoch ...
Golaud kommt zusammen mit Yniold, der eine Lampe trägt, herein.
GOLAUD: Ihr sitzt noch im Dunkeln?
YNIOLD: Ich habe Licht mitgebracht, Mamilein, ein großes Licht!...
Er hebt die Lampe und betrachtet Melisande. Du hast geweint, Mamilein? Du hast geweint? ... *Er dreht die Lampe zu Pelleas hin und betrachtet ihn ebenfalls.* Auch Ihr, auch Ihr habt geweint? ... Papilein, sieh doch, Papilein; sie haben alle beide geweint ...
GOLAUD: Halt die Lampe nicht so auf ihr Gesicht ...

ZWEITE SZENE: EINER DER SCHLOSSTÜRME EIN WEHRGANG FÜHRT UNTER EINEM FENSTER DES TURMS VORBEI

MELISANDE *am Fenster; ihr offenes Haar kämmend*:

Die drei blinden Schwestern
(Verzagen wir nicht).
Die drei blinden Schwestern
Haben Goldlampenlicht.

Besteigen den Turm,
(Wir, ihr, und denen wir's sagen).

Besteigen den Turm,
Warten während sieben Tagen.

Oh, spricht die eine,
(Verzagen wir nicht).
Oh, spricht die eine,
Ich hör' unser Licht.

Oh, spricht die zweite,
(Wir, ihr, und denen wir's sagen).
Oh, spricht die zweite,
Der König kommt, uns zu befragen.

Nein, spricht die reinste,
(Verzagen wir nicht).
Nein, spricht die reinste,
Es erlosch unser Licht ...

Pelleas kommt über den Wehrgang.

PELLEAS: Hoppla! Hoppla! oho!
MELISANDE: Wer ist da?
PELLEAS: Ich, ich, immer ich! ... Was machst du da am Fenster, Melisande, und singst dazu wie ein Vogel, der nicht von hier ist?
MELISANDE: Ich mache mir die Haare für die Nacht zurecht ...
PELLEAS: Ist es das, was ich an der Mauer sehe? ... Ich dachte, es wäre ein Lichtstrahl ...
MELISANDE: Ich habe das Fenster geöffnet; die Nacht schien mir schön zu sein ...
PELLEAS: Es sind unzählige Sterne am Himmel; ich habe noch nie so viele gesehen wie heut' abend; ... aber der Mond ist noch über dem Meer ... Bleib nicht im Dunkeln, Melisande, beug dich ein bißchen vor, damit ich deine Haare ganz sehen kann.
Melisande beugt sich aus dem Fenster.
PELLEAS: Oh! Melisande! ... Oh! du bist schön! ... du bist schön so! ... beug dich vor! laß mich dir näherkommen ...
MELISANDE: Ich kann nicht noch näher kommen ... ich beuge mich vor, soweit es nur geht ...

PELLEAS: Ich kann nicht mehr höher ... gib mir wenigstens heute abend deine Hand ... bevor ich fortgehe ... Morgen reise ich ab ...
MELISANDE: Nein, nein, nein ...
PELLEAS: Doch, doch; ich reise ab, morgen werde ich abreisen ... gib mir deine Hand, deine kleine Hand auf meine Lippen ...
MELISANDE: Ich geb dir die Hand nicht, wenn du fortgehst ...
PELLEAS: Gib, gib ...
MELISANDE: Du gehst nicht fort? ... Ich sehe eine Rose in der Finsternis ...
PELLEAS: Wo denn? ... Ich sehe nur die Zweige der Weide, die über die Mauern ragen ...
MELISANDE: Weiter unten, weiter unten, im Garten; da unten, in dem dunklen Grün.
PELLEAS: Das ist keine Rose ... Ich gehe gleich nachsehen, aber gib mir erst deine Hand; erst deine Hand ...
MELISANDE: Da, da; ... weiter kann ich mich nicht vorbeugen ...
PELLEAS: Meine Lippen erreichen deine Hand noch nicht ...
MELISANDE: Weiter kann ich mich nicht vorbeugen ... Ich fall' ja schon fast ... – Oh! oh! meine Haare gleiten am Turm herab! ...
Während sie sich vorbeugt, löst sich plötzlich ihr Haar und überflutet Pelleas.
PELLEAS: Oh! oh! was ist das? ... Deine Haare, deine Haare kommen zu mir herab! ... Dein ganzes Haar, Melisande, dein ganzes Haar ist am Turm herabgefallen! ... Ich halte es in meinen Händen, laß' es mir über die Lippen fließen ... Ich halt' es in meinen Armen, leg' es mir um den Hals ... Diese Nacht laß' ich nicht mehr los, was ich in Händen halte ...
MELISANDE: Laß mich! laß mich! ... Ich werde noch fallen! ...
PELLEAS: Nein, nein, nein; ... noch nie hab' ich solche Haare gesehen wie die von dir, Melisande! ... Sieh, sieh; von so hoch kommen sie und überfluten mich bis zum Herzen ... Sie sind warm und weich, als fielen sie vom Himmel! ... Durch deine Haare hindurch sehe ich den Himmel nicht mehr, sein Licht bleibt mir hinter ihrem Glanz verborgen! ... Sieh, sieh doch, meine Hände können sie nicht mehr alle halten ... Sie entgleiten mir, sie entgleiten mir bis zu den Zweigen der Weide ... Sie entwischen in alle Rich-

tungen ... Sie beben, flattern und zittern in meinen Händen wie goldene Vögel; und sie lieben mich, lieben mich tausendmal mehr als du! ...

MELISANDE: Laß mich, laß mich ... es könnte jemand kommen ...

PELLEAS: Nein, nein, nein; ich gebe dich nicht mehr frei heute nacht ... Du bist meine Gefangene heute nacht; die ganze Nacht, die ganze Nacht ...

MELISANDE: Pelleas! Pelleas! ...

PELLEAS: Du wirst nicht mehr fortgehen ... Ganz fest halt' ich dich umarmt, während ich deine Haare küsse, und inmitten ihrer Glut spüre ich keinen Schmerz mehr ... Hörst du meine Küsse? ... an den tausend goldenen Maschen entlang gleiten sie hoch ... Und jede einzelne soll tausend zu dir bringen; und ebenso viele zurückhalten, um dich noch zu küssen, wenn ich schon nicht mehr da bin ... Siehst du, siehst du, ich kann die Hände öffnen ... Siehst du, ich habe die Hände frei und du kannst mich nicht verlassen ...

Tauben verlassen den Turm und umkreisen sie auf einem Nachtflug.

MELISANDE: Was ist los, Pelleas? – Was fliegt da um mich herum?

PELLEAS: Es sind die Tauben, sie verlassen den Turm ... Ich habe sie erschreckt; sie fliegen weg ...

MELISANDE: Das sind meine Tauben, Pelleas. – Gehen wir lieber, laß mich jetzt; sie kommen sonst nicht mehr zurück ...

PELLEAS: Warum sollten sie nicht mehr zurückkommen?

MELISANDE: Im Dunkeln finden sie sich nicht zurecht ... Ich will den Kopf heben, laß mich jetzt ... Ich höre Schritte ... Laß mich! – Es ist Golaud! ... Ich glaube, es ist Golaud! ... Er hat uns gehört ...

PELLEAS: Warte! Warte! ... Deine Haare hängen in den Zweigen fest ... Warte, warte! ... Es ist so dunkel ...

Auf dem Wehrgang taucht Golaud auf.

GOLAUD: Was macht ihr hier?

PELLEAS: Was ich hier mache? ... Ich ...

GOLAUD: Ihr seid mir Kinder ... Melisande, lehn dich nicht so aus dem Fenster, du wirst noch fallen ... Wißt ihr nicht, wie spät es ist? – Es ist fast Mitternacht. – Spielt nicht so im Dunkeln. – Ihr

seid mir Kinder ... *Nervös lachend.* Was für Kinder! ... Was für Kinder! ...
Er geht mit Pelleas.

DRITTE SZENE: DIE GEWÖLBE UNTER DEM SCHLOSS
Golaud und Pelleas treten auf.

GOLAUD: Seid vorsichtig; hier lang, hier lang. – Seid Ihr noch nie in diese Gewölbe heruntergekommen?
PELLEAS: Doch, einmal, früher; aber das ist schon lange her ...
GOLAUD: Sie sind ungeheuer groß; es ist eine Reihe riesiger Grotten, die Gott weiß wo hinführen. Das ganze Schloß ist auf diesen Grotten gebaut. Bemerkt Ihr den Todesgeruch, der hier herrscht? – Darauf wollt ich Euch nämlich aufmerksam machen. Meiner Ansicht nach kommt er von dem kleinen unterirdischen See, den ich Euch zeigen will. Seid vorsichtig; geht vor mir her, im Schein meiner Laterne. Ich sag' Euch Bescheid, wenn wir da sind. *Sie gehen schweigend weiter.* He! He! Pelleas! halt! halt! – *Er packt ihn am Arm.* Bei Gott! ... Seht Ihr denn nicht? – Ein Schritt noch, und Ihr hättet im Abgrund gelegen! ...
PELLEAS: Aber ich konnte nichts sehen! ... Die Laterne gab mir kein Licht mehr ...
GOLAUD: Ich war gestolpert ... aber wenn ich Euch nicht am Arm festgehalten hätte ... Ja, das ist also das stehende Wasser, von dem ich sprach ... Merkt Ihr, wie es nach Tod riecht hier? – Gehen wir bis an den Rand des überstehenden Felsens da ... Neigt Euch noch ein wenig vor. Es schlägt einem dann direkt ins Gesicht.
PELLEAS: Ich riech' es schon ... eine Art Grabesgeruch.
GOLAUD: Weiter vor, weiter vor ... Dieser Geruch ist es, der an manchen Tagen das Schloß vergiftet. Der König will nicht glauben, daß er von hier unten kommt. – Diese Grotte mit dem toten See müßte zugemauert werden. Es wäre überhaupt an der Zeit, diese ganzen Gewölbe zu untersuchen. Habt Ihr die Risse in den Mauern und den Stützpfeilern bemerkt? – Ohne daß man es ahnt, tut sich hier etwas; und wenn man nichts unternimmt, versinkt

eines Nachts das ganze Schloß. Doch was tun? Keiner geht gern bis hier herunter ... In einer ganzen Reihe von Mauern sind seltsame Risse ... Oh! da! ... merkt Ihr, was für ein Todesgeruch da hochsteigt?

PELLEAS: Ja, ja, es riecht nach Tod, was da um uns hochsteigt ...

GOLAUD: Neigt Euch vor; habt keine Angst ... ich werde Euch festhalten ... gebt mir ... nein, nein, nicht die Hand ... sie könnte mir entgleiten ... den Arm, den Arm ... Seht Ihr den Abgrund? *Verwirrt.* – Pelleas? Pelleas? ...

PELLEAS: Ja; ich glaube, ich sehe bis auf den Grund ... Ist es das Licht, das so flackert? ... Ihr ...

Er richtet sich wieder auf, dreht sich um und blickt Golaud an.

GOLAUD *mit zitternder Stimme*: Ja; das ist die Laterne ... Seht, ich schwenkte sie hin und her, um die Wände anzuleuchten ...

PELLEAS: Ich ersticke hier ... laßt uns gehen ...

GOLAUD: Ja; laßt uns gehen ...

Schweigend gehen sie hinaus.

VIERTE SZENE: EINE TERRASSE AM AUSGANG DER GEWÖLBE

Golaud und Pelleas treten auf.

PELLEAS: Ah! Endlich kann ich wieder atmen! ... Für einen Moment habe ich gedacht, ich hielte es nicht mehr aus; und ich war nahe daran, zu fallen ... die Luft in diesen Grotten ist feucht und schwer wie Bleitau und die Finsternis dicht wie ein vergifteter Teig ... Und nun plötzlich die ganze Luft des ganzen Meeres! ... Auf den kleinen grünen Wellen ist ein Wind, frisch, frisch wie ein gerade sich auffaltendes Blatt ... Sieh, die Blumen am Fuß der Terrasse sind gegossen worden, und bis zu uns hoch riecht man die Feuchte des Grüns und der Rosen ... Es muß um Mittag sein; die Beete liegen schon im Schatten des Turms ... Es ist Mittag; ich höre die Glocken läuten, die Kinder gehen zum Baden an den Strand ... Ich hätte nicht gedacht, daß wir so lange in den Kellern waren ...

GOLAUD: Wir sind gegen elf hinuntergestiegen ...
PELLEAS: Früher; es muß früher gewesen sein; ich hatte es noch halb elf schlagen hören.
GOLAUD: Halb elf oder viertel vor ...
PELLEAS: Alle Fenster vom Schloß sind geöffnet worden. Es wird außerordentlich warm werden heut' nachmittag ... Da, schau, Melisande mit unserer Mutter an einem der Turmfenster ...
GOLAUD: Ja; sie haben sich in den Schatten zurückgezogen. – Was Melisande betrifft: ich habe gehört, was geschehen ist und was gesagt wurde gestern abend. Mir ist schon klar, daß es sich da um kindliche Spiele handelt; aber es darf nicht noch einmal dazu kommen. Melisande ist sehr jung und leicht beeinflußbar, und es ist um so mehr geraten, sie rücksichtsvoll zu behandeln, als sie möglicherweise schwanger ist ... Sie ist sehr zart, noch kaum Frau; die geringste Aufregung könnte ein Unglück heraufbeschwören. Das war nicht das erste Mal, daß ich den Eindruck hatte, es könnte etwas zwischen euch sein ... Ihr seid älter als sie; mehr brauche ich wohl nicht zu sagen ... Meidet sie soweit wie möglich; aber nicht auffällig; nicht auffällig ... – Was kommt denn da auf dem Weg vom Wald her? ...
PELLEAS: Das sind Herden, die zur Stadt getrieben werden ...
GOLAUD: Sie weinen wie Kinder, die sich verlaufen haben; man könnte meinen, sie ahnen den Schlächter schon. – Was für ein schöner Tag! Was für ein herrlicher Tag für die Ernte! ...
Sie gehen.

FÜNFTE SZENE: VOR DEM SCHLOSS

Golaud und der kleine Yniold treten auf.

GOLAUD: Komm, setzen wir uns hierher, Yniold; komm auf meinen Schoß: von hier können wir sehen, was im Wald alles geschieht. Seit einiger Zeit sehe ich dich gar nicht mehr. Auch du läßt mich allein; immer bist du bei Mamilein ... Sieh nur, wir sitzen genau unter den Fenstern von Mamilein. – Sie spricht viel-

leicht gerade ihr Abendgebet ... Aber sag mal, Yniold, sie ist oft mit Onkel Pelleas zusammen, nicht wahr?
YNIOLD: Ja, ja; immer, Papilein; wenn Ihr nicht da seid, Papilein ...
GOLAUD: Ah! – Jemand mit einer Laterne geht durch den Garten. – Mir ist doch gesagt worden, daß sie sich nicht lieben ... Es scheint, daß sie sich oft streiten ... Ist das wahr?
YNIOLD: Ja, das ist wahr.
GOLAUD: Ja? – Ah! ah! – Aber weswegen streiten sie sich denn?
YNIOLD: Wegen der Tür.
GOLAUD: Wie? wegen der Tür? – Was erzählst du da? – Nun komm, erklär es mir; warum streiten sie sich wegen der Tür?
YNIOLD: Weil sie nicht aufbleiben soll.
GOLAUD: Wer will nicht, daß sie aufbleibt? – Los, warum streiten sie sich?
YNIOLD: Ich weiß nicht, Papilein, wegen dem Licht.
GOLAUD: Ich spreche hier nicht vom Licht: das kommt gleich dran. Ich spreche jetzt von der Tür. Beantworte, wonach ich dich frage; du mußt sprechen lernen; es wird Zeit ... Steck nicht so die Hand in den Mund ... los ...
YNIOLD: Papilein! Papilein ... Ich werd' es nicht mehr tun ...
Er weint.
GOLAUD: Komm, warum weinst du? Was ist passiert?
YNIOLD: Oh! oh! Papilein, Ihr habt mir wehgetan ...
GOLAUD: Ich habe dir wehgetan? – Wo habe ich dir wehgetan? Das wollt' ich nicht ...
YNIOLD: Hier, am Ärmchen ...
GOLAUD: Das wollte ich nicht; komm, hör auf zu weinen, ich schenke dir auch morgen etwas ...
YNIOLD: Was, Papilein?
GOLAUD: Einen Köcher und Pfeile; aber sag mir jetzt, was das mit der Tür auf sich hat.
YNIOLD: Große Pfeile?
GOLAUD: Ja, ja; sehr große Pfeile. – Aber warum wollen sie nicht, daß die Tür offen bleibt? – Los, antworte mir endlich! – nein, nein; fang nicht wieder zu weinen an. Ich bin dir nicht böse. Wir unter-

halten uns jetzt ganz friedlich, wie Pelleas und Mamilein, wenn sie zusammen sind. Worüber sprechen sie, wenn sie zusammen sind?

YNIOLD: Pelleas und Mamilein?

GOLAUD: Ja; worüber sprechen sie?

YNIOLD: Über mich, immer über mich.

GOLAUD: Und was sagen sie über dich?

YNIOLD: Sie sagen, ich würde mal sehr groß sein.

GOLAUD: Ah! elender Mist! ... ich sitze hier wie ein Blinder, der seinen Schatz auf dem Grund des Ozeans sucht! ... Wie ein im Wald verlorengegangener Säugling – und ihr! ... Aber komm, Yniold, ich war zerstreut; reden wir jetzt ernsthaft. Sprechen Pelleas und Mamilein nie über mich, wenn ich nicht da bin? ...

YNIOLD: Doch, doch, Papilein; immer sprechen sie über Euch.

GOLAUD: Ah! ... Und was sagen sie über mich?

YNIOLD: Sie sagen, ich würde mal genauso groß wie Ihr.

GOLAUD: Bist du immer bei ihnen?

YNIOLD: Ja; ja; immer, immer, Papilein.

GOLAUD: Sagen sie dir nie, du sollst irgendwo anders spielen?

YNIOLD: Nein, Papilein; sie haben Angst, wenn ich nicht da bin.

GOLAUD: Sie haben Angst? ... woran siehst du, daß sie Angst haben?

YNIOLD: Mamilein, die sagt immer: geh nicht weg, geh nicht weg... Sie sind unglücklich, aber sie lachen ...

GOLAUD: Das beweist aber nicht, daß sie Angst haben.

YNIOLD: Doch, doch, Papilein; sie hat Angst ...

GOLAUD: Warum sagst du, daß sie Angst hat?

YNIOLD: Im Dunkeln weinen sie immer.

GOLAUD: Ah! ah! ...

YNIOLD: Dann muß ich auch weinen ...

GOLAUD: Ja, ja ...

YNIOLD: Sie ist blaß, Papilein.

GOLAUD: Ah! ah! ... Ruhe bewahren, mein Gott, Ruhe bewahren...

YNIOLD: Was, Papilein?

GOLAUD: Nichts, nichts, mein Kind. – Ich habe gerade einen Wolf im Wald gesehen. – Sie verstehen sich also gut? – Es freut mich zu hören, daß sie sich gut vertragen. – Küssen sie sich schon mal? – Nein?

YNIOLD: Ob sie sich küssen, Papilein? – Nein, nein. – Ah! doch, Papilein, doch, doch; einmal ... einmal, da regnete es ...

GOLAUD: Sie haben sich geküßt? – Aber wie, wie haben sie sich geküßt? –

YNIOLD: So, Papilein, so! ... *Er gibt ihm einen Kuß auf den Mund und lacht.* Ah! ah! Euer Bart, Papilein! ... Er kitzelt! er kitzelt! Ganz grau wird er, Papilein, und die Haare auch; ganz grau; ganz grau ... *In dem Moment leuchtet aus dem Fenster über ihnen Licht auf, und sein Schein fällt auf sie.* Ah! ah! Mamilein hat ihre Lampe angezündet. Es ist hell, Papilein; es ist hell.

GOLAUD: Ja; es fängt an, sich aufzuhellen ...

YNIOLD: Gehen wir auch hin, Papilein ...

GOLAUD: Wo willst du hin?

YNIOLD: Wo es hell ist, Papilein.

GOLAUD: Nein, nein, mein Kind: bleiben wir noch im Dunkeln ... man weiß nicht, man weiß noch nicht ... Siehst du die Armen da hinten im Wald, die versuchen, ein kleines Feuer zu machen? – Es hat geregnet. Und siehst du, da auf der anderen Seite, wie der alte Gärtner versucht, den Baum wegzuschaffen, den der Wind quer über den Weg geworfen hat? – Er kann es nicht; der Baum ist zu groß; der Baum ist zu schwer, und er wird bleiben, wo er hingefallen ist. Da kann man gar nichts dran machen ... Ich glaube, Pelleas ist verrückt ...

YNIOLD: Nein, Papilein, er ist nicht verrückt, er ist nur sehr lieb.

GOLAUD: Möchtest du Mamilein sehen?

YNIOLD: Ja, ja; ich möchte sie sehen!

GOLAUD: Mach keinen Lärm; ich werde dich zum Fenster hochheben. Es ist zu hoch für mich, obwohl ich so groß bin ... *Er hebt das Kind hoch.* Keinen Mucks; Mamilein würde sich sonst fürchterlich erschrecken ... Siehst du sie? – Ist sie im Zimmer?

YNIOLD: Ja ... Oh, wie hell es ist!

GOLAUD: Ist sie allein?

YNIOLD: Ja ... nein, nein; Onkel Pelleas ist auch da.

GOLAUD: Er! ...

YNIOLD: Ah! ah! Ihr habt mir wehgetan, Papilein! ...
GOLAUD: Das war doch nichts, schweig; ich tu's nicht wieder; sieh hin, Yniold, sieh hin! ... Ich war gerutscht; sprich leiser. Was machen sie? –
YNIOLD: Sie machen nichts, Papilein; sie warten auf etwas.
GOLAUD: Sind sie nah beieinander?
YNIOLD: Nein, Papilein.
GOLAUD: Und ... Und das Bett? sind sie nah am Bett?
YNIOLD: Das Bett, Papilein? – Ich sehe das Bett nicht.
GOLAUD: Leiser, leiser; sonst hören sie dich noch. Sprechen sie?
YNIOLD: Nein, Papilein; sie sprechen nicht.
GOLAUD: Aber was machen sie denn? – Irgendwas müssen sie doch machen ...
YNIOLD: Sie betrachten das Licht.
GOLAUD: Alle beide?
YNIOLD: Ja, Papilein.
GOLAUD: Sie sagen nichts?
YNIOLD: Nein, Papilein; sie schließen die Augen nicht.
GOLAUD: Sie nähern sich einander nicht?
YNIOLD: Nein, Papilein; sie rühren sich nicht.
GOLAUD: Sie sitzen da?
YNIOLD: Nein, Papilein; sie stehen an der Wand.
GOLAUD: Sie sehen sich nicht an? – Ihre Mienen sind starr? – Sie machen sich keine Zeichen? ...
YNIOLD: Nein, Papilein. – Oh! oh! Papilein, nie schließen sie ihre Augen ... Ich habe schreckliche Angst ...
GOLAUD: Sei still. Sie rühren sich immer noch nicht?
YNIOLD: Nein, Papilein – ich habe Angst, Papilein, laßt mich runter!
GOLAUD: Wovor hast du denn Angst? – Sieh hin! sieh hin! ...
YNIOLD: Ich trau' mich nicht länger hinzusehen, Papilein! ... Laßt mich runter! ...
GOLAUD: Sieh hin! sieh hin!
YNIOLD: Oh! oh! ich schreie, Papilein! – Laßt mich runter! laßt mich runter! ...
GOLAUD: Komm; wir wollen sehen, was passiert ist.
Sie gehen.

Vierter Akt

ERSTE SZENE: EIN KORRIDOR IM SCHLOSS

Pelleas und Melisande treten auf und treffen sich.

PELLEAS: Wo gehst du hin? Ich muß dich heut'abend sprechen. Kann ich dich sehen?
MELISANDE: Ja.
PELLEAS: Ich komme gerade aus dem Zimmer meines Vaters. Es geht ihm besser. Der Arzt sagt, er sei gerettet ... Dabei hatte ich heute morgen noch das Gefühl, der Tag werde schlecht enden. Seit einiger Zeit schon habe ich solche Vorahnungen, daß Unglück bevorsteht ... Dann plötzlich dieser Umschwung; jetzt ist es nur noch eine Frage der Zeit. Alle Fenster in seinem Zimmer sind geöffnet worden. Er spricht; er scheint glücklich. Er spricht noch nicht wie ein Gesunder, aber seine Gedanken kommen doch nicht mehr nur aus einer anderen Welt ... Er hat mich erkannt. Er hat meine Hand genommen und mit dem merkwürdigen Ausdruck, den er seit seiner Krankheit angenommen hat, zu mir gesagt: »Bist du es, Pelleas? Sieh mal einer an, mir ist es nie aufgefallen bisher, aber du hast das ernste und herzliche Gesicht jener, die nicht lange leben ... Du mußt Reisen machen; du mußt Reisen machen ...« Es ist merkwürdig; ich werde ihm gehorchen ... Meine Mutter hörte zu und weinte vor Freude. – Hast du es nicht bemerkt? – Das ganze Haus scheint aufzuatmen, wieder aufzuleben, man hört Schritte, man hört Gespräche ... Horch! Hinter der Tür da höre ich Stimmen. Schnell, schnell, sag schnell, wo werd' ich dich treffen?
MELISANDE: Wo willst du?
PELLEAS: Im Park; am Brunnen der Blinden? – Willst du? – Wirst du kommen?
MELISANDE: Ja.
PELLEAS: Es wird der letzte Abend sein; – ich werde reisen, wie mein Vater es gesagt hat. Du wirst mich nicht mehr sehen ...
MELISANDE: Das kannst du nicht sagen, Pelleas ... Ich werde dich immer sehen; ich werde dich immer anblicken ...

PELLEAS: Du wirst vergeblich blicken ... ich werde so weit weg sein, daß du mich nicht mehr sehen kannst ... Ich werde versuchen, sehr weit zu kommen ... Ich bin voll freudiger Erwartung, und dabei ist es, als läge alles Gewicht von Himmel und Erde auf meinem Körper.
MELISANDE: Was ist geschehen, Pelleas? – ich verstehe nicht mehr, was du sagst ...
PELLEAS: Los, los, wir müssen uns trennen. Ich höre Stimmen hinter dieser Tür ... Es sind die Fremden, die heute morgen im Schloß angekommen sind ... Gleich kommen sie raus ... Gehen wir; es sind die Fremden ...
Sie trennen sich und gehen.

ZWEITE SZENE: EIN ZIMMER IM SCHLOSS

Man entdeckt Arkel und Melisande.

ARKEL: Jetzt, wo der Vater von Pelleas gerettet ist und die Krankheit, die alte Magd des Todes, das Schloß verlassen hat, können endlich ein bißchen Sonne und Freude ins Haus zurückkehren ... Es war Zeit! – Denn seit deiner Ankunft hat man hier nur noch flüsternd um ein geschlossenes Zimmer gelebt ... Wirklich, du tatst mir leid, Melisande ... Du kamst hier an, so fröhlich, wie ein Kind in Erwartung eines Festes, doch sobald du die Eingangshalle betreten hattest, änderte sich dein Gesichtsausdruck und damit wohl auch deine Seele, so wie man unwillkürlich eben den Gesichtsausdruck wechselt, wenn man zur Mittagszeit in eine zu düstere und kalte Grotte tritt ... Und wegen alldem konnte ich dich oft nicht mehr begreifen, seither ... Ich beobachtete dich, du warst da, vielleicht unbekümmert, aber mit dem merkwürdig verstörten Ausdruck von jemandem, der im Sonnenschein, in einem schönen Garten, unentwegt ein großes Unglück erwartet ... Ich kann es nicht erklären ... Aber ich war traurig, dich so zu sehen, denn du bist zu jung und zu schön, um Tag und Nacht bereits im Angesicht des Todes zu leben ... Aber das wird sich jetzt alles ändern. Mit dem Alter – und vielleicht ist das die am ehesten sichere Frucht meines Lebens – mit dem Alter habe ich einen gewissen Glauben an die Folgerichtigkeit der Ereignisse gewonnen, und immer stellte ich fest, daß jedes junge und schöne Wesen junge, schöne und glückliche Ereignisse um sich schuf … Und jetzt bist eben du es, die uns die Tür zur neuen Zeit, die ich vorausseh', öffnet … Komm her; warum stehst du weiter da, ohne zu antworten und mit gesenktem Blick? – Ein einziges Mal nur habe ich dich bisher geküßt, am Tag deiner Ankunft; dabei haben die alten Leute bisweilen das Bedürfnis, mit den Lippen eine Frauenstirn oder eine Kinderwange zu berühren, um in Erinnerung an die Frische des Lebens den Tod für einen Moment zu vergessen. Fürchtest du meine alten Lippen? Was hatte ich all die Monate Mitleid mit dir! …

MELISANDE: Ich war nicht unglücklich, Großvater …

ARKEL: Vielleicht gehörtest du zu denen, die unglücklich sind, ohne es zu wissen … Laß mich dich so anschauen, einen Augenblick lang, von ganz nah … man hat ein solches Verlangen nach Schönheit, wenn man den Tod an seiner Seite weiß …

Golaud tritt auf.

GOLAUD: Pelleas reist heut'abend ab.

ARKEL: Auf deiner Stirn ist Blut. – Was hast du gemacht?

GOLAUD: Nichts, nichts … ich bin durch eine Dornenhecke gegangen.

MELISANDE: Neigt den Kopf ein wenig, Herr … Ich wisch' Euch die Stirn ab …

GOLAUD *sie zurückstoßend*: Ich will nicht, daß du mich berührst, verstehst du? Geh weg, geh weg! – Ich spreche nicht mit dir. – Wo ist mein Schwert? – Ich wollte mein Schwert holen …

MELISANDE: Hier; auf dem Betstuhl.

GOLAUD: Bring es her. – *Zu Arkel.* Es ist schon wieder ein verhungerter Bauer aufgefunden worden, unten am Meer. Man könnte fast meinen, sie legen es alle drauf an, unter unseren Augen zu sterben. – *Zu Melisande.* Wo bleibt mein Schwert? – Warum zittert Ihr so? – Ich werde Euch nicht töten. Ich wollte nur die Klinge prüfen. Ich gebrauche das Schwert nicht zu solchen Zwecken. Warum mustert Ihr mich wie einen Armen? – Ich will kein Almosen von Euch. Ihr hofft, etwas in meinen Augen zu sehen, ohne daß ich etwas in Euren seh'? – Meint Ihr, ich wüßte etwas? – *Zu Arkel.* Seht Ihr diese großen Augen? – Man könnte meinen, sie sind stolz auf ihre Reinheit ... Wollt Ihr mir sagen, was Ihr darin seht? ...

ARKEL: Ich sehe da nur große Unschuld ...

GOLAUD: Große Unschuld! ... Größer sind sie als die Unschuld! ... Reiner sind sie als die Augen eines Lamms ... Gott könnten sie lehren, was Unschuld ist! Große Unschuld! Hört: ich bin ihnen so nah, daß ich die Frische ihrer Wimpern spüre, wenn sie klimpern; und doch stehe ich den großen Geheimnissen der anderen Welt weniger fern als dem allerkleinsten dieser Augen! ... Große Unschuld! ... Mehr als Unschuld! Ja! Ja! Den ganzen Tag lang baden darin die Engel des Himmels, wie in klarem Gebirgswasser! ... Ich kenne sie, diese Augen! Ich habe sie am Werk gesehen! Schließt sie! Schließt sie schon! oder ich werde sie für lange schließen! ... – Geht Euch nicht so mit der Hand an den Hals; was ich sage, ist sehr einfach ... Ich habe keine Hintergedanken ... Hätte ich einen Hintergedanken, warum sollte ich ihn nicht aussprechen? Ah! ah! – versucht nur nicht zu fliehen! – Hierher! – Gebt mir diese Hand! – Ah! Eure Hände sind mir zu heiß ... Weg hier! Euer Körper widert mich an! ... Hierher! – Geflohen wird jetzt nicht mehr! – *Er packt sie an den Haaren.* – Auf den Knien werdet Ihr mir folgen! – Auf die Knie! – Auf die Knie vor mir! – Ah! ah! endlich sind diese langen Haare zu etwas nütze! ... Nach rechts, und dann nach links! – Nach links und wieder nach rechts! – Absalom! Absalom! – Vor! Zurück! Ganz auf den Boden! ganz auf den Boden! ... Seht Ihr, seht Ihr; ich lache schon wie ein Greis ...

ARKEL *herbeieilend:* Golaud! ...

GOLAUD *mit plötzlich zur Schau getragener Ruhe:* Macht ihr nur, was ihr wollt. – Ich messe dem überhaupt keine Bedeutung bei. – Ich bin zu alt; und außerdem spioniere ich nicht hinter anderen her. Ich warte den Zufall ab; und dann ... Oh ja! dann! ... einfach weil es eben Brauch ist; einfach weil es eben Brauch ist ...

Er geht hinaus.

ARKEL: Was hat er denn? – Ist er betrunken?

MELISANDE *in Tränen ausbrechend*: Nein, nein; aber er liebt mich nicht mehr ... Ich bin nicht glücklich! ... Ich bin nicht glücklich! ...
ARKEL: Wenn ich Gott wäre, würde ich das menschliche Herz bedauern ...

DRITTE SZENE: EINE TERRASSE DES SCHLOSSES
Der kleine Yniold versucht gerade, einen Steinbrocken anzuheben.

DER KLEINE YNIOLD: Oh! der Stein ist aber schwer! ... Er ist schwerer als ich ... Er ist schwerer als alles ... Da sehe ich meinen goldenen Ball zwischen dem Felsen und diesem gemeinen Stein, und ich komme nicht dran ... Mein Ärmchen ist nicht lang genug ... und dieser Stein will sich nicht heben lassen ... Ich kann ihn nicht heben ... niemand wird ihn heben können ... Er ist schwerer als das ganze Haus ... man könnte fast meinen, er hat Wurzeln geschlagen ... *In der Ferne hört man das Blöken einer Herde.* – Oh! da höre ich die Schafe weinen ... *Um die Herde sehen zu können, geht er an den Rand der Terrasse.* Die Sonne ist ja gar nicht mehr da! ... Da kommen sie, die Schäfchen; da kommen sie ... Ganz schön viele! ... Ganz schön viele! ... Sie haben Angst vor der Dunkelheit ... Sie drängeln sich! ... Sie können fast nicht mehr laufen ... Sie weinen! sie weinen! und sie beeilen sich! ... Sie sind schon am großen Kreuzweg. Ah! ah! Sie wissen nicht, wie sie weitergehen müssen ... Sie weinen nicht mehr ... Sie warten ... Ein paar wollen jetzt rechts weiter ... Alle wollen sie rechts weiter ... Sie können nicht! ... Der Schäfer wirft Erde nach ihnen ... Ah! ah! Sie kommen hier vorbei ... Sie gehorchen! Sie gehorchen! Sie kommen unter der Terrasse vorbei ... Sie kommen unter den Felsen vorbei ... Ich werde sie von nahem sehen ... Oh! oh! wie viele es sind! ... ganz schön viele! ... Der ganze Weg ist voll von ihnen ... Jetzt sind sie alle still ... Schäfer! Schäfer! warum sagen sie nichts mehr?
DER SCHÄFER *den man nicht sieht*: Weil es nicht der Weg zum Stall ist ...

YNIOLD: Wo gehen sie hin? – Schäfer! Schäfer! – wo gehen sie hin? – Er kann mich nicht mehr hören. Sie sind schon zu weit ... Sie laufen schnell ... Sie machen keine Geräusche mehr ... Es ist nicht der Weg zum Stall ... Wo werden sie diese Nacht schlafen? – Oh! oh! – Es ist zu dunkel ... Ich gehe jemandem etwas sagen ...
Er geht.

VIERTE SZENE: EIN BRUNNEN IM PARK

Pelleas tritt auf.

PELLEAS: Es ist der letzte Abend ... der letzte Abend ... Es muß alles ein Ende haben ... Ahnungslos wie ein spielendes Kind bin ich gewesen ... Wie im Traum habe ich mit den Fallen des Schicksals gespielt ... Wer hat mich so plötzlich aufgeweckt? Vor Freude und Schmerz schreiend werde ich fliehen, wie ein Blinder aus seinem brennenden Haus ... Ich werde ihr sagen, daß ich fliehe ... Mein Vater ist außer Gefahr; ich kann mich nicht weiter selbst belügen ... Es ist spät; sie kommt nicht ... Besser ginge ich, ohne sie wiederzusehen ... Ich muß sie mir dieses Mal sehr genau ansehen ... An manches erinnere ich mich nicht mehr ... es ist teilweise fast, als hätt' ich sie hundert Jahre nicht gesehen ... Und ich habe ihren Blick noch nicht betrachtet ... Nichts bleibt mir, wenn ich so gehe ... Und alle Erinnerungen ... das ist, als nähm' ich ein paar Tropfen Wasser in einer Musselintasche mit ... Ich muß sie ein letztes Mal sehen, bis auf den Grund ihres Herzens ... Ich muß ihr all das sagen, was ich noch nicht gesagt habe ...
Melisande tritt auf.
MELISANDE: Pelleas!
PELLEAS: Melisande! – Bist du es, Melisande?
MELISANDE: Ja.
PELLEAS: Komm her: bleibe nicht so im Schein des Monds. – Komm her. Wir haben uns so viel zu sagen ... Komm in den Schatten der Linde hier.
MELISANDE: Laßt mich im Hellen bleiben ...
PELLEAS: Von den Fenstern des Turms aus könnte man uns

sehen. Komm her; hier haben wir nichts zu befürchten. – Sei vorsichtig; man könnte uns sehen ...

MELISANDE: Ich will, daß man mich sieht ...

PELLEAS: Was hast du denn? – Konntest du unbemerkt kommen?

MELISANDE: Ja; Euer Bruder schlief ...

PELLEAS: Es ist spät. – In einer Stunde werden die Türen geschlossen. Wir müssen vorsichtig sein. Warum bist du so spät gekommen?

MELISANDE: Euer Bruder träumte schlecht. Und dann ist mein Kleid an den Türnägeln hängengeblieben. Seht nur, es ist eingerissen. Das alles hat mich aufgehalten, dabei bin ich gelaufen ...

PELLEAS: Meine arme Melisande! ... Ich habe fast Angst, dich zu berühren ... Du bist noch ganz außer Atem, wie ein gehetzter Vogel ... Und du tust das alles für mich, für mich? ... Ich höre dein Herz schlagen, als wäre es meins ... Komm her ... näher, näher zu mir ...

MELISANDE: Warum lacht Ihr?

PELLEAS: Ich lache nicht; – oder ich lache vor Freude, ohne es zu wissen ... Man müßte eher weinen ...

MELISANDE: Es ist lange her, daß wir hier waren ... Ich erinnere mich ...

PELLEAS: Ja ... ja ... viele Monate. – Ich wußte damals nicht ... Weißt du, warum ich dich bat, heute abend zu kommen?

MELISANDE: Nein.

PELLEAS: Das ist vielleicht das letzte Mal, daß ich dich sehe ... Ich muß für immer fort ...

MELISANDE: Warum sagst du immer, daß du fort mußt? ...

PELLEAS: Ich soll dir sagen, was du schon weißt? – Du weißt nicht, was ich sagen will?

MELISANDE: Aber nein, aber nein; ich weiß es nicht ...

PELLEAS: Du weißt nicht, warum ich weg muß ... *Er umarmt sie plötzlich.* Ich liebe dich ...

MELISANDE *mit leiser Stimme*: Ich liebe dich auch ...

PELLEAS: Oh! Was sagst du da, Melisande! ... Ich habe es fast nicht verstanden! ... Mit glühendem Eisen wurde Eis gesprengt! ... Du sagst das mit einer Stimme, die vom Ende der Welt kommt! ... Ich habe dich fast nicht verstanden ... Du liebst mich? – Du liebst mich auch? ... Seit wann liebst du mich?

MELISANDE: Immer schon ... Seit ich dich sah ...

PELLEAS: Oh! wie du das sagst! ... Als wäre deine Stimme im Frühling übers Meer gekommen! ... noch nie habe ich sie bisher gehört ... als habe es auf mein Herz geregnet! So offen sagst du das! ... Wie ein Engel, dem man Fragen stellt! ... Ich kann es nicht glauben, Melisande! ... Warum solltest du mich lieben? – Ja, warum liebst du mich nur? – Ist es wahr, was du sagst? – Täuschst du mich nicht? – Lügst du nicht ein bißchen, um mich fröhlich zu stimmen? ...

MELISANDE: Nein; ich lüge nie; ich belüge nur deinen Bruder ...

PELLEAS: Oh! wie du das sagst! ... Deine Stimme! deine Stimme ... Sie ist klarer und erfrischender als Wasser! ... Reines Wasser auf meinen Lippen ... Reines Wasser auf meinen Händen ... Gib mir deine Hand, gib sie mir ... Wie klein deine Hände sind! ... Ich wußte nicht, daß du so schön bist! ... Ich habe noch nie etwas so Schönes gesehen, vor dir ... Ich war voller Unruhe, ich suchte überall im Haus ... ich suchte überall draußen ... Und ich fand die Schönheit nicht ... Und jetzt habe ich dich gefunden! ... Ich habe dich gefunden! ... Ich glaube, auf der ganzen Welt gibt es keine schönere Frau! ... Wo bist du? – Ich höre deinen Atem nicht mehr ...

MELISANDE: Weil ich dich ansehe ...

PELLEAS: Warum siehst du mich so ernst an? – Wir sind ja schon im Schattten. – Es ist zu dunkel hier unter dem Baum. Komm ins Licht. Sonst können wir nicht sehen, wie glücklich wir sind. Komm, komm; es bleibt uns so wenig Zeit ...

MELISANDE: Nein, nein; bleiben wir hier ... im Dunkeln bin ich dir näher ...

PELLEAS: Wo sind deine Augen? – Läufst du mir auch nicht weg? – Deine Gedanken sind nicht bei mir.

MELISANDE: Aber doch, aber doch, sie sind nur bei dir ...

PELLEAS: Du schautest anderswohin ...

MELISANDE: Ich sah dich anderswo ...

PELLEAS: Du bist zerstreut ... Was hast du denn? – Du scheinst mir nicht glücklich ...

MELISANDE: Doch, doch; ich bin glücklich, aber ich bin auch traurig ...

PELLEAS: Man ist oft traurig, wenn man sich liebt ...

MELISANDE: Ich muß immer weinen, wenn ich an dich denke ...

PELLEAS: Ich auch ... ich auch, Melisande ... Ich bin ganz nah bei dir; ich weine vor Freude und doch ... *Er drückt sie wieder an sich.* – Du bist merkwürdig, wenn ich dich so umarme ... Du bist so schön, daß man meint, du würdest sterben ...

MELISANDE: Du auch ...

PELLEAS: Ja ... das ist es ... Wir machen nicht, was wir wollen ... Ich liebte dich nicht, als ich dich zum ersten Mal sah ...

MELISANDE: Ich dich auch nicht ... Ich hatte Angst ...

PELLEAS: Ich konnte nicht in deine Augen sehen ... Ich wollte gleich weggehen ... und dann ...

MELISANDE: Und ich wollte nicht kommen ... Ich weiß noch nicht, warum, aber ich hatte Angst zu kommen ...

PELLEAS: Es gibt so viel, was man niemals wissen wird ... Wir warten immer; und dann ... Was ist das für ein Geräusch? – Die Türen werden geschlossen! ...

MELISANDE: Ja, man hat die Türen geschlossen ...

PELLEAS: Wir kommen nicht mehr hinein! – Hörst du die Riegel? – Hör doch! hör doch! ... die großen Ketten! ... Es ist zu spät, es ist zu spät! ...

MELISANDE: Um so besser! Um so besser!

PELLEAS: Du? ... Da, siehst du! ... Das sind nicht mehr wir, die es wollen! ... Alles ist verloren, alles ist gewonnen! heut' abend ist alles gewonnen! – Komm! komm ... Wie verrückt schlägt mein Herz, bis zum Hals ... *Er umarmt sie wieder.* Hör doch! hör! es erstickt mich fast ... Komm! Komm! ... Ah! wie schön es im Dunkeln ist! ...

MELISANDE: Es ist jemand hinter uns! ...

PELLEAS: Ich kann niemand sehen ...

MELISANDE: Ich habe Geräusche gehört ...

PELLEAS: Ich höre nur dein Herz in der Dunkelheit ...

MELISANDE: Ich habe das Rascheln welker Blätter gehört ...

PELLEAS: Es ist der Wind, der plötzlich schweigt ... Er hat sich gelegt, während wir uns küßten ...
MELISANDE: Wie groß unsere Schatten heut'abend sind! ...
PELLEAS: Sie umschlingen sich bis zum Ende des Gartens ... Wie sie sich küssen, so weit von uns entfernt! ... Sieh nur! Sieh nur! ...
MELISANDE *mit erstickter Stimme*: A-a-h! – Er ist hinter einem Baum!
PELLEAS: Wer?
MELISANDE: Golaud!
PELLEAS: Golaud? – wo denn? – ich sehe nichts ...
MELISANDE: Da ... am Ende unserer Schatten ...
PELLEAS: Ja, ja; ich habe ihn gesehen ... Drehen wir uns nicht zu plötzlich um ...
MELISANDE: Er hat sein Schwert ...
PELLEAS: Ich habe meins nicht ...
MELISANDE: Er hat gesehen, wie wir uns küßten ...
PELLEAS: Er weiß nicht, daß wir ihn gesehen haben ... Beweg dich nicht; schau nicht hin ... Sonst stürzt er hervor ... Er wird bleiben, wo er ist, solange er glaubt, daß wir nicht wissen ... Er beobachtet uns ... Noch steht er nur da ... Geh jetzt, geh .... hier lang ... Ich werde auf ihn warten ... Ich werde ihn aufhalten ...
MELISANDE: Nein, nein, nein! ...
PELLEAS: Geh schon! geh! Er hat alles gesehen! ... Er wird uns töten! ...
MELISANDE: Um so besser! um so besser! ...
PELLEAS: Er kommt! er kommt! ... Deinen Mund! ... Deinen Mund! ...
MELISANDE: Ja! ... ja! ... ja! ... *Sie küssen sich leidenschaftlich.*
PELLEAS: Oh! oh! Alle Sterne fallen herab! ...
MELISANDE: Auf mich auch! auf mich auch! ...
PELLEAS: Weiter! Weiter! gib! gib! ...
MELISANDE: Alles! alles! alles! ...
Golaud stürzt mit dem Schwert auf sie los und erschlägt Pelleas, der am Brunnenrand niedersinkt. Melisande flieht entsetzt.
MELISANDE *fliehend*: Oh! oh! Ich habe keinen Mut! ... Ich habe keinen Mut! ... *Schweigend verfolgt Golaud sie durch den Wald.*

Fünfter Akt

ERSTE SZENE: EIN NIEDRIGER SAAL IM UNTERGESCHOSS DES SCHLOSSES

Die Dienerinnen stehen zusammen. – Durch eins der Kellerfenster des Saals sieht man draußen Kinder spielen.

EINE ALTE DIENERIN: Ihr werdet ja sehen, ihr werdet ja sehen, meine Töchter; es wird heut'abend sein. – Gleich wird man uns Bescheid sagen kommen ...
EINE ANDERE DIENERIN: Sie wissen nicht mehr, was sie tun ...
DRITTE DIENERIN: Warten wir hier ...
VIERTE DIENERIN: Wir werden schon wissen, wann wir hoch müssen ...
FÜNFTE DIENERIN: Wenn es soweit ist, gehen wir von alleine hoch ...
SECHSTE DIENERIN: Man hört keinen Laut mehr im Haus ...
SIEBTE DIENERIN: Die Kinder draußen vor dem Kellerfenster müßten endlich still sein.
ACHTE DIENERIN: Die sind gleich von selbst still.
NEUNTE DIENERIN: Es ist noch nicht soweit ...
Eine alte Dienerin tritt ein.
DIE ALTE DIENERIN: Keiner kann mehr ins Zimmer. Ich habe über eine Stunde gehorcht ... Man würde noch die Fliegen über die Türen laufen hören ... Ich habe nichts gehört ...
ERSTE DIENERIN: Hat man sie allein im Zimmer gelassen?
DIE ALTE DIENERIN: Nein, nein; es scheint sehr voll zu sein darin.
ERSTE DIENERIN: Gleich, gleich ist es soweit ...
DIE ALTE DIENERIN: Mein Gott! Mein Gott! Das Glück ist da nicht ins Haus gekommen ... Man darf nicht reden, aber wenn ich sagen könnte, was ich weiß ...
ZWEITE DIENERIN: Wart Ihr es, die sie vor dem Tor gefunden hat?
DIE ALTE DIENERIN: Aber ja, ja ja; ich habe sie gefunden. Der Pförtner behauptet, er habe sie zuerst gesehen; aber ich habe ihn noch wecken müssen. Er schlief auf dem Bauch und wollte nicht aufstehen. – Und jetzt kommt er und sagt: Ich habe sie zuerst

gesehen. Ist das gerecht? – Wißt ihr, ich wollte in den Keller und hatte mich beim Anzünden einer Lampe verbrannt. – Ja, was wollte ich im Keller? – Ich erinnere mich nicht mehr. – Egal, es war jedenfalls fünf Uhr, als ich aufstand, und noch nicht sehr hell; ich sagte mir, ich geh' über den Hof, und dann, ich mach gleich das Tor auf. Schön, ich geh' also auf Zehenspitzen die Treppe runter und öffne das Tor, als wär es ein gewöhnliches Tor... Mein Gott! Mein Gott! Was sehe ich da! Ratet mal, was ich da seh! ...

ERSTE DIENERIN: Sie waren vor dem Tor?

DIE ALTE DIENERIN: Alle beide lagen sie vor dem Tor auf dem Boden! ... Ganz wie hungrige Arme ... Sie lagen gegeneinandergepreßt wie kleine Kinder, die Angst haben ... Die kleine Prinzessin war fast tot, und der große Golaud hatte noch sein Schwert in der Seite ... Es war Blut auf der Schwelle ...

ZWEITE DIENERIN: Die Kinder müßten jetzt endlich still sein ... Sie schreien da 'rum, vor dem Fenster ...

DRITTE DIENERIN: Man versteht sein eigenes Wort nicht mehr ...

VIERTE DIENERIN: Es ist zwecklos; ich habe es schon versucht, sie wollen nicht still sein ...

ERSTE DIENERIN: Er soll schon fast geheilt sein?

DIE ALTE DIENERIN: Wer?

ERSTE DIENERIN: Der große Golaud.

DRITTE DIENERIN: Ja, ja; man hat ihn ins Zimmer seiner Frau geführt. Ich bin ihnen vorhin auf dem Korridor begegnet. Wie einen Betrunkenen stützten sie ihn. Er kann noch nicht allein gehen.

DIE ALTE DIENERIN: Er hat sich nicht töten können; er ist zu groß ... Und sie ist fast unverletzt und wird trotzdem sterben ... Versteht ihr das?

ERSTE DIENERIN: Ihr habt die Verletzung gesehen?

DIE ALTE DIENERIN: So wie ich Euch hier sehe, meine Tochter. – Ich habe alles gesehen, versteht Ihr ... Ich habe sie vor allen anderen gesehen ... Eine ganz kleine Wunde unter ihrer kleinen linken Brust. Keine Taube würde daran sterben. Ist das natürlich?

ERSTE DIENERIN: Ja, ja; da steckt etwas dahinter ...

ZWEITE DIENERIN: Ja, aber vor drei Tagen ist sie niedergekommen ...

DIE ALTE DIENERIN: Genau! ... Auf ihrem Totenbett ist sie niedergekommen; ist das vielleicht nicht bedeutungsvoll? – Und was für ein Kind! Habt ihr es gesehen? – Ein ganz kleines Mädchen, das ein Armer nicht gern zur Welt bringen würde ... Eine kleine Wachsfigur, die viel zu früh gekommen ist ... eine kleine Wachsfigur, die nur von Schafwolle umhüllt leben kann, ... ja, ja; das Glück ist da nicht ins Haus gekommen ...

ERSTE DIENERIN: Ja, ja; sicher ein Fingerzeig Gottes ...

DRITTE DIENERIN: Wie mit dem lieben Herrn Pelleas ... wo ist er? – Niemand weiß es ...

DIE ALTE DIENERIN: Doch, doch; alle wissen es ... Nur wagt keiner darüber zu reden ... Man redet nicht hierüber ... man redet nicht darüber ... man redet über gar nichts mehr ... man sagt die Wahrheit nicht mehr ... Doch ich weiß, daß man ihn auf den Grund des Brunnens der Blinden gefunden hat ... aber niemand, niemand hat ihn sehen können, ... Ja, ja, man wird das alles erst am Jüngsten Tag wissen ...

ERSTE DIENERIN: Ich wage nicht mehr, hier zu schlafen ...

DIE ALTE DIENERIN: Ist das Unglück einmal im Haus, nützt auch alles Schweigen nichts ...

DRITTE DIENERIN: Es findet einen trotzdem ...

ERSTE DIENERIN: Sie haben jetzt Angst vor uns ...

ZWEITE DIENERIN: Sie schweigen alle ...

DRITTE DIENERIN: Sie senken den Blick, wenn man sie auf den Gängen trifft.

VIERTE DIENERIN: Sie sprechen nur noch sehr leise.

FÜNFTE DIENERIN: Es ist, als hätten sie das Verbrechen alle zusammen begangen ...

SECHSTE DIENERIN: Man weiß nicht, was sie getan haben ...

SIEBTE DIENERIN: Was kann man tun, wenn die Herrschaft Angst hat? ...

Schweigen.

ERSTE DIENERIN: Ich höre die Kinder nicht mehr schreien.

ZWEITE DIENERIN: Sie haben sich vor dem Fenster hingesetzt.

DRITTE DIENERIN: Sie haben sich eng aneinandergekauert.
DIE ALTE DIENERIN: Ich höre aus dem Haus nichts mehr ...
ERSTE DIENERIN: Man hört die Kinder nicht mal mehr atmen ...
DIE ALTE DIENERIN: Kommt, kommt; es ist Zeit, hochzugehen...
Alle gehen sie schweigend hinaus.

ZWEITE SZENE: EIN ZIMMER IM SCHLOSS
Man entdeckt Arkel, Golaud und den Arzt in einer Ecke des Zimmers. Melisande liegt auf ihrem Bett.

DER ARZT: Es ist nicht wegen dieser kleinen Verletzung, daß sie stirbt; selbst ein Vogel wäre daran nicht gestorben ... Ihr habt sie also doch nicht getötet, lieber gnädiger Herr; seid nicht so verzweifelt ... Sie konnte nicht leben ... Ohne Grund ist sie geboren ... um zu sterben; ohne Grund stirbt sie ... Und schließlich ist gar nicht gesagt, ob wir sie nicht noch retten ...
ARKEL: Nein, nein; ich glaube, wir schweigen zuviel in ihrem Zimmer, wider Willen ... Das ist kein gutes Zeichen ... Seht euch an, wie sie schläft ... langsam, langsam ... es sieht aus, als werde ihre Seele für immer frieren ...
GOLAUD: Ich habe ohne Grund getötet! Ist das denn nicht zum Steinerweichen! ... Sie hatten sich wie kleine Kinder geküßt ... Sie hatten sich einfach geküßt. Sie waren Bruder und Schwester ... Und ich, ich mußte gleich! ... Ich hab' es wider Willen getan, wirklich ... Ich hab' es wider Willen getan ...
DER ARZT: Vorsicht; ich glaube, sie wacht auf ...
MELISANDE: Öffnet das Fenster ... öffnet das Fenster ...
ARKEL: Soll ich dieses hier öffnen, Melisande?
MELISANDE: Nein, nein; das große ... damit ich sehen kann ...
ARKEL: Ist die Meerluft heute abend nicht zu frisch?
DER ARZT: Tut es, tut es ...
MELISANDE: Danke ... Ist das die untergehende Sonne?
ARKEL: Ja; es ist die über dem Meer untergehende Sonne; es ist schon spät. – Wie fühlst du dich, Melisande?

MELISANDE: Gut, gut. – Warum fragt Ihr das? Mir ist es nie besser gegangen. – Dabei habe ich das Gefühl, ich weiß etwas ...

ARKEL: Was meinst du? – Ich verstehe dich nicht ...

MELISANDE: Ich verstehe auch nicht mehr alles, was ich sage, wißt Ihr ... Ich weiß nicht, was ich sage ... Ich weiß nicht, was ich weiß ... Ich sage nicht mehr, was ich will ...

ARKEL: Aber doch, aber doch ... Ich bin sehr, sehr froh, dich wieder sprechen zu hören; du hast ein wenig im Fieber gesprochen, die letzten Tage, und man verstand dich nicht mehr ... Aber jetzt ist ja alles überstanden ...

MELISANDE: Ich weiß nicht ... – Seid Ihr allein im Zimmer, Großvater?

ARKEL: Nein; der Arzt ist noch da, der dich geheilt hat ...

MELISANDE: Ah ...

ARKEL: Und dann ist noch jemand da ...

MELISANDE: Wer denn?

ARKEL: Es ist ... du mußt nicht erschrecken ... Er will dir nicht im geringsten etwas zuleide tun, da kannst du sicher sein ... Wenn du Angst hast, wird er gehen ... Er ist sehr unglücklich ...

MELISANDE: Wer ist es denn?

ARKEL: Es ist ... es ist dein Mann ... es ist Golaud ...

MELISANDE: Golaud ist hier? Warum kommt er nicht zu mir ans Bett?

GOLAUD *sich zum Bett schleppend*: Melisande ... Melisande ...

MELISANDE: Seid Ihr es, Golaud? Ich erkannte Euch fast nicht ... wohl weil mir die Abendsonne in die Augen scheint ... Warum starrt Ihr auf die Wände? Ihr seid mager geworden und gealtert ... Haben wir uns lange nicht gesehen?

GOLAUD *zu Arkel und dem Arzt*: Würdet ihr für einen Moment hinausgehen, meine Freunde ... Ich lasse die Tür weit auf ... Einen Moment nur ... Ich würde ihr gern etwas sagen; ich könnte sonst nicht ruhig sterben ... Tut ihr das? – Geht bis zum Ende des Korridors; ihr könnt sofort zurückkommen ... Schlagt mir das nicht ab ... Ich bin so unglücklich ... *Arkel und der Arzt gehen hinaus.* – Melisande, hast du Mitleid mit mir, wie ich Mitleid mit dir habe? ... Melisande? ... Verzeihst du mir, Melisande? ...

MELISANDE: Ja, ja, ich verzeihe dir ... Was soll ich verzeihen?

GOLAUD: Soviel Leid hab' ich dir angetan, Melisande ... Ich kann dir gar nicht sagen, was ich dir alles angetan habe ... Doch ich sehe es, ich sehe es so klar heute ... seit dem ersten Tag ... Und alles, was ich bisher nicht wußte – heut' abend springt es mir plötzlich in die Augen ... Und alles ist meine Schuld, alles was geschehen ist, alles was noch geschieht ... Könnt' ich es sagen, würdest du es sehen, wie ich es seh'! ... Ich seh' es alles, ich seh' es alles! ... Aber ich liebte dich so sehr! ... Ich liebte dich zu sehr! ... Doch jetzt muß jemand sterben ... Ich werde nämlich sterben ... Und da würd' ich gern wissen ... Ich würd' dich gern fragen ... Du wirst mir nicht böse sein? ... Ich würde ... Einem Sterbenden muß man die Wahrheit sagen ... Er muß die Wahrheit wissen ... er fände sonst keine Ruhe ... Schwörst du mir, die Wahrheit zu sagen?

MELISANDE: Ja.

GOLAUD: Hast du Pelleas geliebt?

MELISANDE: Aber ja; ich habe ihn geliebt. Wo ist er?

GOLAUD: Du verstehst mich nicht? – Du willst mich nicht verstehen? – Es scheint mir ... Es scheint mir ... Na gut, also: Ich frage dich, ob eure Liebe eine verbotene Liebe war? ... Bist du ... seid ihr schuldig geworden? Sag, sag, ja, ja? ...

MELISANDE: Nein, nein; wir sind nicht schuldig geworden. – Warum fragt Ihr das?

GOLAUD: Melisande! ... um Gottes willen sag mir die Wahrheit!

MELISANDE: Warum soll ich nicht die Wahrheit gesagt haben?

GOLAUD: Lüg nicht mehr so, in der Stunde des Todes!

MELISANDE: Wer wird sterben? – Werde ich sterben?

GOLAUD: Du, du! und ich, ich auch, nach dir! ... Wir brauchen jetzt die Wahrheit ... Wir brauchen jetzt endlich die Wahrheit, verstehst du! ... Sag mir alles! Sag mir alles! Ich verzeih dir alles! ...

MELISANDE: Warum werde ich sterben? – Ich wußte gar nicht ...

GOLAUD: Jetzt weißt du es! ... Es ist Zeit! Es ist Zeit! ... Schnell! Schnell! ... Die Wahrheit! die Wahrheit! ...

MELISANDE: Die Wahrheit ... die Wahrheit ...

GOLAUD: Wo bist du? – Melisande! – Wo bist du? – Das ist nicht natürlich! Melisande! Wo bist du? Wohin gehst du? *Er bemerkt Arkel und den Arzt an der Zimmertür.* – Ja, ja; ihr könnt wieder hereinkommen ... Nichts weiß ich; es ist zwecklos ... Es ist zu spät; sie ist schon zu weit von uns ... Ich werde es niemals wissen! ... Wie ein Blinder werde ich hier sterben! ...

ARKEL: Was habt Ihr getan? Ihr werdet sie noch töten ...

GOLAUD: Ich habe sie bereits getötet ...

ARKEL: Melisande ...

MELISANDE: Seid Ihr es, Großvater?

ARKEL: Ja, meine Tochter ... Kann ich etwas für dich tun?

MELISANDE: Stimmt es, daß es jetzt Winter wird?

ARKEL: Warum fragst du das?

MELISANDE: Weil es kalt ist und man keine Blätter mehr sieht ...

ARKEL: Ist dir kalt? – Sollen wir die Fenster schließen?

MELISANDE: Nein, nein ... erst, wenn die Sonne ganz im Meer ist. – Sie sinkt langsam, heißt das, daß es jetzt Winter wird?

ARKEL: Ja. – Du liebst den Winter nicht?

MELISANDE: Oh! nein. Ich fürchte mich vor der Kälte. – Ich fürchte mich vor der langen eisigen Kälte ...

ARKEL: Fühlst du dich besser?

MELISANDE: Ja, ja; ich habe nicht mehr all diese Befürchtungen ...

ARKEL: Willst du dein Kind sehen?

MELISANDE: Was für ein Kind?

ARKEL: Dein Kind. – Du bist Mutter ... Du hast eine kleine Tochter zur Welt gebracht ...

MELISANDE: Wo ist sie?

ARKEL: Hier ...

MELISANDE: Es ist seltsam ... ich kann die Arme nicht heben, um sie zu nehmen ...

ARKEL: Du bist eben noch sehr schwach ... Ich werde sie selbst halten; sieh ...

MELISANDE: Sie lacht nicht ... Sie ist klein ... Sie wird auch gleich weinen ... Sie tut mir leid ...

Das Zimmer füllt sich nach und nach mit den Dienerinnen des Schlosses, die sich entlang der Wände aufstellen und warten.

GOLAUD *plötzlich aufstehend*: Was ist los? – Weshalb kommen denn alle diese Frauen hierher?
DER ARZT: Es sind die Dienerinnen ...
ARKEL: Wer hat sie gerufen?
DER ARZT: Ich war es nicht ...
GOLAUD: Warum kommt ihr her? – Niemand hat euch gerufen ... Was wollt ihr hier? – Los! Was? – Antwortet! ...
Die Dienerinnen antworten nicht.
ARKEL: Sprecht nicht so laut ... Sie schläft gleich; sie hat die Augen geschlossen ...
GOLAUD: Sie ist doch nicht?
DER ARZT: Nein, nein; seht, sie atmet ...
ARKEL: Ihre Augen sind voller Tränen. – Es ist ihre Seele, die jetzt weint ... Warum streckt sie die Arme so aus? – Was will sie?
DER ARZT: Sicher nach dem Kind. Das ist der Kampf der Mutter gegen den Tod ...
GOLAUD: Jetzt im Moment? – Jetzt im Moment? – Sagt es mir, sagt! sagt!
DER ARZT: Vielleicht ...
GOLAUD: Sofort? ... Oh! Oh! Ich muß ihr sagen ... – Melisande! Melisande! ... Laßt mich allein! laßt mich mit ihr allein! ...
ARKEL: Nein, nein; kommt nicht näher ... Stört sie nicht ... Sprecht nicht mehr zu ihr ... Ihr wißt nicht, was das ist, die Seele ...
GOLAUD: Sie schließt die Augen ...
ARKEL: Nehmt Rücksicht ... nehmt Rücksicht ... Wir müssen leise sprechen. – Sie darf nicht mehr geängstigt werden ... Die menschliche Seele ist sehr schweigsam ... die menschliche Seele geht gern alleine fort ... Sie leidet so schüchtern ... Doch die Traurigkeit, Golaud ... was für eine Traurigkeit bei allem, was man sieht! ... Oh! oh! oh! ...
In diesem Moment fallen im Hintergrund des Zimmers plötzlich alle Dienerinnen auf die Knie.
ARKEL *sich umdrehend*: Was ist los?
DER ARZT *er geht zum Bett und tastet den Körper ab*: Sie haben recht ...
Langes Schweigen.

ARKEL: Ich habe nichts gesehen. – Seid Ihr sicher? ...
DER ARZT: Ja, ja.
ARKEL: Ich habe nichts gehört ... So schnell, so schnell ... Ganz plötzlich ... Ohne etwas zu sagen, geht sie fort ...
GOLAUD *aufschluchzend*: Oh! oh! oh! ...
ARKEL: Bleibt nicht hier im Zimmer, Golaud ... Sie muß jetzt Ruhe haben ... Kommt, kommt ... Es ist schrecklich, aber es ist nicht Eure Schuld ... Es war ein so ruhiges, so schüchternes und so verschwiegenes kleines Wesen ... Es war ein geheimnisvolles armes kleines Wesen, wie wir alle ... Sie liegt da, als wäre sie die große Schwester von ihrem Kind ... Kommt, kommt ... Mein Gott! Mein Gott! ... Ich werde es auch nicht begreifen ... Bleiben wir lieber nicht hier. – Kommt; das Kind darf nicht in diesem Zimmer bleiben ... Es muß jetzt leben – an ihrer Stelle ... Die arme Kleine ... die Reihe ist jetzt an ihr ...
Schweigend gehen sie hinaus.

ENDE

INHALT

Band 1

Band 2

Frühe Texte der Moderne

Pierre Albert-Birot
Das erste Buch von Grabinoulor
Übersetzt und herausgegeben
von Eugen Helmlé

Pierre Albert-Birot
Setzt euch hin und redet nicht so
viel über Dinge,
die man nicht essen kann.
Gedichte 1916 – 1924
Übersetzt und herausgegeben
von Eugen Helmlé

Franz Richard Behrens
Blutblüte.
Werkausgabe Band 1
Herausgegeben
von Gerhard Rühm

Franz Richard Behrens
Geflügelte Granaten.
Werkausgabe Band 2
Herausgegeben
von Gerhard Rühm
und Monika Lichtenfeld

Rudolf Blümner
Ango laïna
und andere Texte
Herausgegeben von Karl Riha
und Marcel Beyer

Theo van Doesburg
Das Andere Gesicht.
Gedichte Prosa Manifeste Roman.
1913 bis 1928
Übersetzt und herausgegeben
von Hansjürgen Bulkowski

Albert Ehrenstein
»Wie bin ich vorgespannt den
Kohlenwagen meiner Trauer«
Gedichte
Herausgegeben von Jörg Drews

Victor Hadwiger
Il Pantegan / Abraham Abt.
Prosa
Herausgegeben
von Hartmut Geerken

Raoul Hausmann
Bilanz der Feierlichkeit.
Texte bis 1933. Band 1
Sieg Triumph Tabak mit Bohnen.
Texte bis 1933. Band 2
Herausgegeben von Michael Erlhoff

Alfred Jarry
Tage und Nächte.
Roman eines Deserteurs
Übersetzt und herausgegeben
von Eugen Helmlé

Franz Jung
Gott verschläft die Zeit. Frühe Prosa
Herausgegeben von Klaus Ramm

Georg Kulka
Werke
Herausgegeben von Gerhard Sauder

Ernst Wilhelm Lotz
Gedichte, Prosa, Briefe
Herausgegeben von
Jürgen von Esenwein

Maurice Maeterlinck
Die frühen Stücke. Band 1 und 2
Übersetzt und herausgegeben
von Stefan Gross

F. T. Marinetti und andere
Es gibt keinen Hund.
Das futuristische Theater.
61 theatralische Synthesen
und 4 Manifeste
Übersetzt und herausgegeben
von Brigitte Landes

Mynona
Ich verlange ein Reiterstandbild.
Grotesken und Visionen.
Prosa. Band 1

Der Schöpfer. Phantasie.
Tarzaniade. Parodie.
Der antibabylonische Turm. Utopie.
Prosa. Band 2
Herausgegeben
von Hartmut Geerken

Otto Nebel
Das dichterische Werk.
Band 1, 2 und 3
Herausgegeben v. René Radrizzani

Paul van Ostaijen
Besetzte Stadt
Übersetzt und herausgegeben
von Hansjürgen Bulkowski

Raymond Queneau
Striche, Zeichen und Buchstaben
Übersetzt und herausgegeben
von Eugen Helmlé

Raymond Queneau
Une histoire modèle /
Eine Modellgeschichte
Französisch / Deutsch
Übersetzt und herausgegeben
von Eugen Helmlé

Raymond Roussel
Nouvelles Impressions d'Afrique
Französisch / Deutsch
Übersetzt und herausgegeben
von Hanns Grössel

Paul Scheerbart
Revolutionäre Theater-Bibliothek.
Gesammelte Arbeiten für das
Theater 1
Regierungsfreundliche
Schauspiele.
Gesammelte Arbeiten für das
Theater 2
Herausgegeben
von Mechthild Rausch

Paul Scheerbart
Das graue Tuch und zehn Prozent
Weiß. Ein Damenroman
Herausgegeben
von Mechthild Rausch

Paul Scheerbart
Der Tod der Barmekiden.
Arabischer Haremsroman
Herausgegeben
von Mechthild Rausch

Paul Scheerbart
Der alte Orient
Kulturnoveletten aus Assyrien,
Palmyra und Babylon
Herausgegeben von Mechthild Rausch

Philippe Soupault
Frühe Gedichte 1917–1930
Übersetzt und herausgegeben
von Eugen Helmlé

Tristan Tzara
Die frühen Gedichte
Übersetzt und herausgegeben
von Oskar Pastior

Urmuz
Das gesamte Werk
Übersetzt und herausgegeben
von Oskar Pastior

Melchior Vischer
Sekunde durch Hirn. Der Teemeister.
Der Hase und andere Prosa
Herausgegeben
von Hartmut Geerken

Melchior Vischer
Fußballspieler und Indianer.
Chaplin. Zwei Schauspiele
Herausgegeben
von Sigrid Hauff

Robert Wienes
Alles Geschriebene bisher quark
Herausgegeben
von Norbert Tefelski
mit einem Essay von Friedhelm Rathjen